Gerd Zipper

Der Tunnel

Gerd Zipper

Der Tunnel

Kriminalroman aus Schwäbisch Gmünd

Prolibris Verlag

Dieser Roman spielt in Schwäbisch Gmünd, im Ostalbkreis und auf der Schwäbischen Alb. Die Schauplätze sind also authentisch. Der Autor hat sich jedoch die Freiheit genommen, bei einigen »Spielstätten« von der Realität abzuweichen, wenn die Geschichte es erforderte.

Figuren, Namen, Handlungen und Ereignisse entspringen allein der Fantasie des Autors. Übereinstimmungen oder Ähnlichkeiten mit lebenden oder verstorbenen Personen und tatsächlichen Begebenheiten sind nicht beabsichtigt und wären rein zufällig.

Originalausgabe 4. Auflage 2013

Tel.: 0561/766 449 0, Fax: 0561/766 449 29

Lektorat: Anette Kleszcz-Wagner
Korrektur: Christiane Helms
Titelfoto: © Panther Media/Ingram Vitantonio Cicorella
Druck: CPI, Clausen & Bosse, Leck
ISBN: 978-3-95475-001-6

www.prolibris-verlag.de

ERSTER TAG - MITTWOCH

Anton Hecht dachte an die sieben Toten, die man zwei Tage vor seinem Urlaub mit abgetrennten Köpfen am Stadtrand gefunden hatte. Seine Kollegen hatten den Fall nicht lösen können, das hätte er in der Zeitung gelesen.

Der Kriminalhauptkommissar fühlte sich nicht ganz wohl in seiner Haut, über drei Wochen war er nicht im Dienst gewesen. So viel Resturlaub hatte er nie zuvor an einem Stück genommen. Außerdem lagen ihm die bevorstehenden Vorsorgeuntersuchungen im Magen, die zu machen er seiner Frau Simone seit Monaten versprochen hatte. Und nun war er auch noch spät dran an diesem Maimorgen, seinem ersten Arbeitstag. In seiner Garage hatte er lange nach dem Grillspieß suchen müssen, den er sich vor dem Urlaub von seinem Freund und Kollegen Gottfried Heckenlaible für ein Grillfest ausgeliehen hatte und den er nun zurückgeben wollte.

Hechts Weg führte aus seinem Heimatort Weiler in den Bergen, einem südlichen Stadtteil von Schwäbisch Gmünd, in die Innenstadt. Das kleine Dorf mit seinen knapp über tausend Einwohnern lag unterhalb der nördlichen Kante der Schwäbischen Alb, idyllisch umrahmt von drei Ausläuferbergen. Sein Fuß drückte das Gaspedal fast ganz durch. Auf keinen Fall wollte er heute zu spät zum Dienst erscheinen.

Vorsorge! Er war gerade mal fünfzig, kerngesund und kräftig. Auf seine breiten Schultern und seine stattliche Größe von einsneunzig war er immer ein wenig stolz gewesen. Leider hatte der muskulöse Oberkörper von einem kleinen Bauchansatz Verstärkung bekommen. Nun, das Alter ging halt nicht spurlos an einem vorüber. Das volle dunkelblonde Haar war seitlich an den Schläfen bereits stark angegraut. Aber es rahmte ein markantes Gesicht ein, das von seiner Nase mit dem flachen Höcker, einem Erbstück seines Vaters, dominiert wurde. Kantig, aber symmetrisch hatte ein Phantombildzeichner der Polizei seinen Kopf einmal eingeordnet.

Langsam fuhr er prüfend mit der Hand seine braun gebrannten, faltenfreien Wangen hinunter. Erst heute Morgen hatte er sich den Bart abrasiert, der über die Urlaubswochen gewachsen war. Simone konnte sich mit diesen wild wuchernden, borstigen Haaren gar nicht anfreunden. In den letzten Tagen hatte sie ihn mit ihrer Abneigung dagegen derart genervt, dass es in aller Frühe zu einem heftigen Streit gekommen war.

Hecht steuerte seinen VW-Bus in Richtung Stadtzentrum. Die Dienststelle lag auf der Westseite der Innenstadt. Sofort fielen ihm die Wahlplakate mit den Porträts der Stadtratskandidaten auf, die an den Masten der Straßenlampen hingen und die bevorstehenden Kommunalwahlen ankündigten.

Er hatte den VW-Bus vor über zehn Jahren als Wohnmobil ausgebaut, benutzte ihn aber schon lange nicht mehr als solches. Die Ölflecken und die Kettensäge, die hinter dem Beifahrersitz neben dem mehrzackigen Grillspieß lag, zeugten davon, dass der Wagen seit Längerem als reines Transportfahrzeug zweckentfremdet wurde.

In den Schubladen und offenen Schränken lagen Baumscheren, Seile und weiteres, für die Garten- und Waldarbeit nützliches Gerät. An der Vorderseite des Wagens war über der Stoßstange eine Seilwinde montiert. Ein Außenstehender konnte den Eindruck gewinnen, es handele sich um ein Fahrzeug des Forstbetriebes.

Hechts Laune hielt sich in Grenzen. Der Zoff heute früh hatte ihm zugesetzt und ging ihm nicht aus dem Kopf. In letzter Zeit kam es oft zu heftigem Streit mit Simone. Der Grund war meistens das jüngere ihrer beiden Kinder – Sohn Stefan.

Hecht fuhr nun auf den rot bemalten Minikreisverkehr zu, von den Gmündern Pizzakreisel genannt, kam dort aber ein wenig von der Fahrbahn ab und rumpelte über die nur leicht erhöhte, befahrbare Mittelinsel. Dann gab es einen Knall, als hinten im

Wagen der Grillspieß umfiel. Er war etwa eineinhalb Meter lang und mit vier verstellbaren, doppelten Haltespießen bestückt. An einem Ende befand sich ein Griff aus Holz, am anderen eine Kupplung zum Anschluss eines Elektromotors.

»Das Teil könnte man auch als Waffe benutzen«, schoss es dem Schwaben durch den Kopf. Gleich darauf sprangen seine Gedanken wieder wild in seinem Kopf herum.

Bereits vor Monaten hatte er sich im oberen Stock seines Hauses ein eigenes Zimmer mit Bett und Fernseher eingerichtet. Seitdem, so war er sich sicher, hatten die Streitereien mit Simone nachgelassen.

Auch die Gerüchte über seine Versetzung zur Polizeidirektion in die Kreisstadt Aalen bereiteten ihm Kopfzerbrechen. Eine Tätigkeit in der Abteilung Staatsschutz war nicht sein Ding. Und dann noch der lange Weg zur Dienststelle. Das wäre das Letzte, was er jetzt gebrauchen könnte.

Die Fahrt führte ein Stück an der von hohen Bäumen begrenzten Uferstraße entlang. Jetzt war es nicht mehr weit bis zu dem vierstöckigen Jugendstilhaus, in dessen Ostflügel das Polizeirevier und die Kriminalpolizei-Außenstelle untergebracht waren.

Seit 1973 schon war Schwäbisch Gmünd nicht mehr Kreisstadt und hatte auch die Polizeidirektion nach Aalen, den Sitz des neu entstandenen Ostalbkreises, abgeben müssen. Ein Umstand, den viele ältere Gmünder – auch Hecht – heute, fast vier Jahrzehnte später, immer noch nicht verwunden hatten.

***

Der Hauptkommissar bog in den Hof der Dienststelle ein. Kurz vor der Abfahrt in die Tiefgarage stand ein metallicbraunes Käfer-Cabriolet mit dem Kfz-Kennzeichen KI auf seinem Parkplatz.

»So ein Seckel!«, entfuhr es ihm, und er überlegte, ob er den Wagen zuparken sollte. Es war ein Oldtimer, für den er schon immer eine Schwäche hatte. Sein erstes Auto war ebenfalls ein VW gewesen, ein Spar-Käfer. Da war nicht nur an der Ausstattung gespart worden, sondern auch mit nur 34 an der PS-Zahl.

Nein! Das wäre Nötigung und könnte ganz schön teuer werden, sagte er sich.

Er stellte seinen VW-Bus kurzerhand auf einen weiter entfernt liegenden Parkplatz, hinter dem ein kleines Schild mit der Aufschrift »Leiter Kriminalpolizei« stand. Den benutzte derzeit sowieso niemand, denn sein neuer Chef, Kriminaloberrat Jochen Herkommer, sollte erst nächste Woche seinen Dienst antreten. Und so lange war immer noch er selbst, Anton Hecht, Leiter des Dezernats 1, genauer gesagt des Dezernats für Tötungs-, Brand-, Sexual-, Jugenddelikte und Kriminaltechnik, auch der stellvertretende Chef der Kripo Schwäbisch Gmünd.

Hecht schwang sich aus dem Wagen und sah an dem monumentalen Gebäude hinauf. Ein zufriedenes Lächeln huschte über sein Gesicht. Er musste sich eingestehen, doch froh zu sein, wieder ins Büro zu kommen. Mit dem Grillspieß bewaffnet, stapfte er in seinen stark profilierten Trekkingschuhen die Treppe zum Reviereingang hoch. Trotz seiner zwei Zentner Gewicht war sein Gang leicht federnd.

Mit dem Spieß zwängte er sich durch die Eingangstür und ging an den großflächigen Panzerglasscheiben vorbei, die den Funk- und Wachraum des Reviers vom öffentlichen Bereich trennten. Hinter der Glaswand fiel Hecht eine gutaussehende Frau in einem grauen Geschäftskostüm auf, die auf einer Holzbank seitlich des Treppenaufganges saß. Neben ihr auf der Bank stand eine große Aktentasche, und an ihrer Seite baumelte eine kleine, goldbesetzte Handtasche aus dunkelgrauem Leder. Ihre makellosen, schlanken Beine, die sie übereinandergeschlagen hatte, endeten in eleganten schwarzen Pumps. Prüfend strich sie über ihr honigblondes Haar, sie hatte es zu einem Pferdeschwanz zusammengebunden. An ihren Ohren blitzten kleine goldene Perlenohrringe. Nun trug sie hastig Lipgloss auf ihre schmalen Lippen auf.

Als die beiden Uniformierten hinter der Glaswand den Vize-Kripochef erblickten, grüßten sie kurz und deuteten heftig mit dem Kopf in Richtung Holzbank. Hecht erwiderte den Gruß und machte den Kollegen gestikulierend klar, dass er nicht blind sei und diese adrett gekleidete Dame bereits bemerkt habe.

Das Surren der Glastür signalisierte endlich deren Öffnung. Hecht trat, den sperrigen Spieß neben sich hertragend, durch die Tür und marschierte auf das Treppenhaus zu. Die Frau, er schätzte sie auf Mitte vierzig, packte rasch ihre Utensilien in die Handtasche. Sie stand auf, begab sich ebenfalls in Richtung Treppe, lächelte und nickte ihm grüßend zu.

»Guten Morgen«, murmelte der Hauptkommissar.

Einen kurzen Moment gingen beide nebeneinander die Treppe hinauf. Sofort nahm Hecht ihr Parfüm wahr, sog es regelrecht ein. Für einen Augenblick schloss er die Augen. Es roch leicht süßlich, nicht etwa aufdringlich. Dennoch, in dieser Situation …

»Noch etwas intensiver, das wäre schon übertrieben gewesen«, dachte er sich.

Die Frau sah auf ihre Armbanduhr. Sie ging schneller und nahm plötzlich zwei Stufen auf einmal. Sie zu beobachten forderte Hechts ganze Aufmerksamkeit. Den Spieß in seiner Hand hatte er vergessen. Er schlenkerte an seinem linken Arm, schwang vor ihm weit aus und zurück seitlich in ihren Rock hinein. Zwei der abgewinkelten Metallspitzen verhakten sich in dem Stoff. Die pendelnde Bewegung wurde brüsk gestoppt, und der Spieß entglitt seiner Hand, krachte auf den Boden. Die Frau erschrak.

»Na klasse!«, rief sie. Sie ließ ihre Aktentasche fallen und widmete sich sofort dem Schaden. Die Metallspitzen steckten in dem Rock fest.

Hecht entfuhr ein verlegenes »Tschuldigung«. Er kniete vor ihr nieder und probierte, den Spieß zu befreien. »Des haben wir gleich«, versuchte er, die Situation zu retten und die Frau zu beruhigen.

Mit Geduld und Umsicht wäre dieses Malheur problemlos zu beseitigen gewesen. Hecht aber wollte die Sache so schnell wie möglich in Ordnung bringen. Seine Hände zitterten. Die Frau bemerkte es, doch bevor sie eingreifen konnte, war ein lautes Geräusch von zerreißendem Stoff zu hören. Das Ergebnis waren zwei lange Risse – aber der Rock war vom Grillspieß befreit.

»Das darf doch nicht …!«, rief die Frau entsetzt.

»Ich, ich ersetz Ihnen den Schaden«, stotterte Hecht kleinlaut.

Fassungslos hielt sie die Stofffetzen in den Händen, schüttelte immer wieder den Kopf.

»Ich glaub's ja nicht!«

»Kann man vielleicht wieder zusammennähen«, schlug er vor, aber es klang nicht sehr hoffnungsfroh.

»Oh Gott!« Die Frau atmete tief ein, verdrehte die Augen genervt zur Decke und entschwand ohne ein weiteres Wort in den zweiten Stock.

Hecht tat es ja leid, aber warum war sie jetzt so überstürzt verschwunden, ohne mit ihm über eine Schadensregelung zu sprechen? »Sicher wieder eine dieser karrieregeilen Rechtsanwältinnen«, dachte er sich. Und die, die hatte er sowieso gefressen. Hatten seine Kollegen und er nach aufwändigen und langwierigen Ermittlungen die Täter ausfindig gemacht und festgenommen, eisten Leute wie diese sie mit irgendwelchen Tricks wieder los. Und er konnte nichts dagegen tun.

***

Mit einem fröhlichen »Morgen!« rauschte Jennifer Funk in einem kurzen Rock und hochhackigen Schuhen aus dem Vorzimmer, das zwischen Hechts Büro und dem Zimmer des Kripoleiters lag. Verblüfft sah Hecht der jungen Polizeimeisterin nach. Seit sie auf dem Revier war, hatte er die Schwarzhaarige noch nie so gekleidet gesehen.

»Die macht echt was her ohne Uniform«, musste er lächelnd zugeben und fragte sich, warum sie heute keine trug.

Auf Hechts Schreibtisch stand wie immer eine Kanne mit seinem Morgenmuffel-Kräutertee, den Nelli Tomberg jeden Morgen für ihn zubereitete. Er wusste das zu schätzen und freute sich, dass sie auch nach seinem langen Urlaub gleich wieder daran gedacht hatte. Die quirlige Polizeisekretärin kam aus dem Fest- und Versammlungssaal zurück, der wie die Räume der Kripo im zweiten Stock lag. Darin fanden die größeren Veranstaltungen der Dienststelle statt. Schon in aller Frühe hatte sie heute Getränke und Butterbrezeln hergerichtet.

Das Alter von neunundzwanzig sah man der einsfünfundsiebzig großen, jugendlich wirkenden Frau nicht an. Ihr gewelltes kastanienbraunes Haar reichte bis zu den Schultern. In ihrem immer freundlich dreinschauenden Gesicht lagen ein breiter Mund mit vollen Lippen und dunkelbraune, fast schwarze Augen. Ihr Lächeln hatte eine gewisse Ähnlichkeit mit dem der Mona Lisa, wie Hecht einmal treffend festgestellt hatte.

Noch bevor er sie richtig begrüßen konnte, betrat ein kleiner, untersetzter Mann sein Büro. Behäbig mit dem Oberkörper wiegend, ging der Kriminaltechniker Gottfried Heckenlaible lachend auf seinen Chef zu. Sein rundliches Gesicht und die Glatze mit dem kurz geschorenen grauen Haarkranz erinnerten an das Aussehen eines mittelalterlichen Mönches.

»Ja, lebst du auch noch? Wird Zeit, dass du mal wieder was arbeitest!«, rief er ihm in breitestem Schwäbisch zu. Hecht erwiderte den Gruß und spürte, dass Gottfrieds Freude ehrlich war. Er wollte nach dem Grillspieß greifen, der an seinem Schreibtisch lehnte.

»Später!«, wiegelte Heckenlaible ab.

Der Mittfünfziger war begeisterter Hobbygriller und seit vielen Jahren Vorsitzender des Grillsportvereins Entenbrust.

Auch er hatte sich - anders als sonst - mit Stoffhose und offen stehendem grauen Jackett in Schale geworfen. Hecht musste grinsen, denn das knapp sitzende Teil stammte wohl aus einer Zeit, als er noch nicht diesen stattlichen Bauch vor sich hergeschoben hatte. Dann glitt sein Blick weiter und er glaubte, seinen Augen nicht trauen zu können, als er durch die offene Tür in das Büro des Kripoleiters schaute. Auf dem Schreibtisch stand ein großer Strauß frischer Blumen.

»Heiratet hier jemand?«, fragte er ungläubig.

»Wenn du das so nennen willst«, sagte Heckenlaible und grinste ihn an.

Für eine weitere Antwort blieb keine Zeit, denn Sascha Obergfell erschien hilfesuchend mit einer Krawatte in der Hand in Tombergs Zimmer. Sie wollte nicht so recht zu dem kleinen Silberohrring und dem sehr leichten Hemd passen, durch das ein durchtrainierter Körper schimmerte. »Guten Morgen, Chef«, rief der junge Kriminalkommissar durch die Tür in Hechts Büro hinüber.

Vor dem Spiegel über dem Waschbecken versuchte er, seine Krawatte zu binden. Der Einmeterachtzigmann musste sich ein wenig bücken, um sich richtig betrachten zu können. Frau Tomberg beschlich die Befürchtung, er könne sich strangulieren.

Hecht blickte aus dem Fenster. Gerade verschwand der Dienst-Mercedes des Polizeipräsidenten aus Stuttgart in der Abfahrt zur Tiefgarage.

»Ein Haufen hoher Viecher, Silberfische und Goldfasanen aus Stuttgart und Aalen haben sich angesagt«, sagte Heckenlaible voller Ehrfurcht vor den silberfarbenen Sternen auf den Schulterklappen des gehobenen und den goldenen des höheren Dienstes. Er sah auf die Uhr und verließ eilig Hechts Büro.

Hecht ging seiner Verwunderung nicht nach, sondern wandte sich Obergfell zu, der noch immer mit seiner Krawatte kämpfte.

»Sascha, was hat sich denn bei den sieben Skeletten ergeben?«

Obergfell schaute ihn aus seinen leuchtend blauen Augen an, bei denen Frauen weiche Knie bekamen.

»Tja Chef, das ist echt ein Ding ...,« setzte er zur Antwort an.

»Beeilung meine Herren!«, rief Frau Tomberg mahnend dazwischen.

»... erzähl' ich dir nachher.«

»Gleich halb neun!«, rief die Polizeisekretärin und versuchte, ihrer Mahnung Nachdruck zu verleihen, indem sie mit ihrem abgewinkelten Finger in schnellen Abständen auf ihre Armbanduhr klopfte. Hecht sah sie fragend an. »Ach so, das wussten Sie ja gar nicht. Einführung des neuen Chefs, ähm ...«

»Jetzt schon?«, unterbrach er sie erstaunt.

»Ganz kurzfristig. Wussten wir bis vorgestern auch nicht. Halb neun im Festsaal, dann Pressekonferenz, anschließend Führungskräftebesprechung.«

»Hhm, komisch«, dachte sich Hecht, »dann muss der Herkommer doch früher aus Aalen weggekommen sein.«

Er freute sich schon auf die Zusammenarbeit mit ihm. Der Kriminaloberrat war in seinen Augen ein unkomplizierter, pragmatischer und äußerst kompetenter Polizist. Eben ein Chef nach seinem Geschmack, mit dem man geschirren konnte, wie er es ausdrückte.

Tomberg musterte Hecht von oben bis unten, was diesen dazu veranlasste, ebenfalls an sich hinunterzusehen. Unter seiner sandfarbenen Weste trug er ein kleinkariertes rotbraunes Hemd, das in einer Outdoor-Hose steckte, die in leichten Falten auf den Trekkingschuhen aufstand.

»Chef! Also, ich will ja nichts, ähm, aber mit dem Outfit ... Finden Sie nicht, das ist ein bisschen underdressed? Sieht Crocodile-Dundee-mäßig aus.«

»Ich hab es ja nicht gewusst, hättet mich ja mal anrufen können«, blaffte er. »Mist, was mach ich jetzt?« Hecht blickte bedröppelt drein. Anzug und Krawatte zog er immer nur bei besonderen Anlässen wie Pressekonferenzen an, wenn er von höherer Stelle dazu gezwungen wurde.

Die Augen der jungen Frau blitzten auf. »Ich könnte Ihnen schnell was besorgen.«

Hecht war erleichtert.

»Aus unserem Fundus unterm Dach«, sagte Frau Tomberg.

Hecht sah sie skeptisch an. Dort war Kleidung der unterschiedlichsten Art für Undercover-Einsätze und Observationen gelagert. »Bis wir da was Passendes ...« Weiter kam er nicht.

Jenny Funk streckte kurz ihren Kopf zur Tür herein und rief: »Auf, es geht los!«

Hecht schnaufte resignierend. Frau Tomberg verzog das Gesicht und meinte: »Dann ziehen Sie wenigstens diese Weste aus.«

***

Seit zwei Jahren gab es im Talkessel von Schwäbisch Gmünd eine kilometerlange Großbaustelle für die neue Ortsumgehung der Bundesstraße 29. Diese sollte auf einer Länge von mehr als zweitausend Metern durch den Einhorn-Tunnel nördlich um die City herumführen und die Stadt vom starken Durchgangsverkehr und Feinstaub entlasten. Zuerst hatte man an den beiden Tunnelenden im Osten und im Westen begonnen, riesige Betonbauwerke für die Tunnelzufahrten zu bauen. Nur von der Westseite aus war man dann in den Berg hineingestoßen, um einen Fahrtunnel und einen parallel dazu verlaufenden Rettungsstollen auszuschachten.

Für Franz Galeitner, den aus Österreich stammenden Baggerfahrer, war heute ein Tag wie jeder andere in den letzten Monaten. Wie immer galt es, Erdreich auszuheben und auf einen Lkw zu verladen. Der Boden hier konnte wichtige historische Spuren enthalten. Deshalb waren die Maschinenführer ausdrücklich zur Umsicht bei den Ausschachtungen angehalten. Er ging also vorsichtig ans Werk.

***

Oberkommissar Heckenlaible hatte sich strategisch geschickt direkt neben dem Tisch mit den Butterbrezeln und anderem Partygebäck in Stellung gebracht. Obergfell nestelte immer noch an seiner Krawatte herum, bis Frau Tomberg es nicht mehr mit ansehen konnte. Mit einem schnellen Griff zog sie ihm das Teil über den Kopf und stopfte es in seine Jackettasche. Erleichtert ließ er seinen Blick schweifen und blieb fasziniert an der gestylten Jenny Funk hängen. Sie hatte die Szene von der gegenüberliegenden Seite des Saales amüsiert beobachtet und genoss nun seine stille Bewunderung, ließ sich aber nichts anmerken und konzentrierte sich auf den Landespolizeipräsidenten Horst Schonter, der mit Heinz Zybura, dem Leiter der Polizeidirektion Aalen, den Raum betreten und sich in der Nähe des Rednerpults aufgebaut hatte. Währenddessen hatte Hecht versucht, Herkommer unter den Anwesenden auszumachen, hatte ihn allerdings bisher nirgends entdeckt.

Alle Kollegen der Kripo und beinahe die gesamte Gmünder Dienststelle der Schutzpolizei waren angetreten. Darunter auch zwei junge Kollegen in den neuen dunkelblauen Uniformen. Hecht fand, sie sahen mit den weißen Schildmützen wie Angehörige der Küstenwache aus. Nein, mit diesem Outfit konnte er sich nicht anfreunden.

Viele hochrangige Beamte und der Pressesprecher der Polizeidirektion des Ostalbkreises waren aus der Kreisstadt Aalen gekommen. Auch Vertreter der Gmünder Stadtverwaltung, wie der Erste Bürgermeister, die Leiterin des Ordnungsamtes und der Stadtbrandmeister, nahmen sich Zeit für die Amtseinführung. Selbst die Anwältin mit ihrem zerrissenen Rock war zu Hechts Verwunderung unter den Anwesenden. Sie unterhielt sich angeregt mit dem Revierleiter, Polizeioberrat Thomas Eisele. Unauffällig schob sich Hecht in die hinterste Position, die Kollegen als Deckung benutzend.

Der hohe Geräuschpegel der sich unterhaltenden Zuhörer sank langsam, als der Polizeipräsident ans Rednerpult trat. Er begann seine Ausführungen mit der Klage über die andauernde chronische Unterbesetzung der Polizei, kam aber gleich auf die neue Leitung der Gmünder Kripo mit ihren dreißig Mitarbeitern zu sprechen. Vor allem zeigte er sich erfreut, dass diese wichtige Führungsposition so schnell wieder besetzt werden konnte. Nebenbei erwähnte er, dass Herkommer bereits letzte Woche kurzfristig die Stelle beim Landeskriminalamt in Stuttgart angetreten hatte.

Hecht musste schlucken. Was war das jetzt? War er im falschen Film?, fragte er sich. »Herkommer beim LKA? Wer sollte dann die Leitung der Gmünder Kripo übernehmen?« Er schaute sich schnell um und wunderte sich, dass die Nachricht keinen der anderen Anwesenden zu überraschen schien. Niemand erwiderte seinen fragenden Blick in die Runde.

Viele Namen schwirrten ihm durch den Kopf und er malte sich die unterschiedlichsten Szenarien aus. Mit seinen Gedanken war er woanders, nahm Schonters Worte eine Zeitlang nur noch bruchstückhaft wahr. Er wurde erst wieder aus seinen Überlegungen gerissen, als dieser sagte: »... freue ich mich, mit Frau Kriminaloberrätin Mona Hering-Schweizer kurzfristig eine geeignete Leiterin gefunden zu haben. Frau Hering-Schweizer kommt aus Kiel und kann auf viele Einsatzgebiete zurückblicken.

Darüber hinaus verfügt sie über eine hohe fachliche und soziale Kompetenz, mit der sie die sehr gute Arbeit der Kripo Schwäbisch Gmünd fortführen und weiterentwickeln wird.«

Die Anwesenden applaudierten. Hecht erbleichte, als er die »Anwältin« neben Schonter ans Rednerpult treten sah. Wäre irgendwo ein noch so kleines Loch gewesen, er wäre am liebsten darin verschwunden. Es dauerte eine Weile, bis er wieder einen klaren Gedanken fassen konnte. »Eine Muschelschubserin«, war das Erste, was ihm einfiel.

Die ganze Zeit über hatte er schon versucht, einen Blick auf den Schaden an ihrem Kostüm zu erhaschen. Doch den verdeckte sie mit ihrer Handtasche so geschickt, dass er von vorn nicht zu sehen war. Außerdem hatte Frau Tomberg – wie er später erfahren sollte – natürlich sofort Sicherheitsnadeln zur Hand, mit denen sie die Risse sehr notdürftig geflickt hatte.

Die nächsten Sätze ließen ihn wieder aufhorchen. Schonter dankte Hecht und lobte ihn für seine mehrmonatige Arbeit als kommissarischer Leiter der Gmünder Kripo. Dann zählte er kurz den Werdegang der neuen Kripochefin auf. Er erwähnte, dass die Volljuristin zuletzt die Leitung des Dezernats »Beobachtung Organisierte Kriminalität« beim Landesamt für Verfassungsschutz Kiel innehatte.

»Heilig's Bügeleisen! Und auch noch eine Sesselfurzerin. Des wird interessant«, sagte Hecht leise vor sich hin, doch gerade laut genug, dass Heckenlaible es hören konnte, der inzwischen, nachdem er sich reichlich bedient hatte, neben ihm stand und ihn grinsend ansah. An seiner Unterlippe lief ein Tropfen zerlaufener Butter hinunter.

Schonter übergab an den obersten Chef aller Polizisten im Ostalbkreis, Heinz Zybura. Mit seinen silbergrau melierten, vollen Haaren und seiner feldherrnhaften Gestik hatte der Endfünfziger bei seinen Auftritten etwas von der Zackigkeit eines preußischen Offiziers an sich. In aller Deutlichkeit ging der Polizeidirektor, mit einem kleinen Seitenhieb auf das Innenministerium, ebenfalls auf die schlechte Personalsituation der Polizei ein. Vor allem an dem landesweiten Abbau von über eintausend Stellen und an den vielen Überstunden, die gar nicht mehr abgefeiert werden konnten, nahm Zybura Anstoß. Wegen der dünnen Personaldecke auch in Schwäbisch Gmünd musste manchmal die Bereitschaftspolizei aus dem zwanzig Kilometer entfernten Göppingen hier aushelfen. Er sprach das aus, was alle wussten und kritisierten. Doch an der Situation hatte sich seit Jahren nichts geändert. Manche Stellen waren nach Versetzungen oder Eintritt in den Ruhestand weiter unbesetzt.

»Schwäbisch Gmünd ist trotzdem eine der sichersten Städte in Baden-Württemberg«, verkündete Zybura. »Die Kriminalität in der Stadt ist leicht rückläufig, die Aufklärungsquote liegt bei fast sechzig Prozent«, sagte er stolz. »Das ist der ausgezeichneten Arbeit der Kollegen vor Ort zu verdanken. Die Gmünder Polizei ist überdurchschnittlich präsent und leistet gute Präventionsarbeit.«

Hecht nahm alle diese Worte kaum wahr. Seine Gedanken kreisten um die neue Chefin, versuchten sich die künftige Zusammenarbeit mit ihr vorzustellen. Des wird was werden, nach meiner sauberen Einführung von vorhin. Dann ließ etwas in Zyburas Rede ihn aufhorchen.

»Kurzum, die außergewöhnliche Situation erfordert eine ungewöhnliche Neuerung.« Der Ton des Polizeidirektors klang jetzt versöhnlicher. Dann erfolgte ein Satz, der Hecht erstarren ließ. »Angesichts der unbesetzten Stellen wird sich Frau Hering-Schweizer bis auf Weiteres bei Bedarf an den Ermittlungen des Dezernats 1 beteiligen.«

Hecht konnte nicht recht glauben, was er da hörte. Es durchzuckte ihn vom Kopf bis zu den Zehen. Das betraf ja ihn. Er würde mit dieser Sesselfurzerin eng zusammenarbeiten müssen, und was am schlimmsten war, nicht mehr sein eigener Chef sein. Ihn schauderte. Dann wurde ihm plötzlich ganz heiß.

Mona Hering-Schweizer verzog indessen keine Miene, sah zufrieden auf den Polizeidirektor. Ab und zu schweifte ihr Blick beobachtend in die Runde.

»Ihnen, liebe Frau Kollegin, wünsche ich alles Gute, stets eine glückliche Hand und einen guten Start in Schwäbisch Gmünd«, schloss Zybura seine Ausführungen. »So, und nun darf ich Sie alle noch zu einem kleinen Imbiss bitten.« Er deutete in Richtung der Tische, auf denen Getränke, Butterbrezeln und weiteres Gebäck hergerichtet waren.

Kurzer Beifall setzte ein. Heckenlaible war der Erste, der wieder eine Brezel und ein Glas Sekt in der Hand hatte. Hecht musste sich erst sammeln. Er versuchte, einen klaren Gedanken zu fassen.

»Ja, isst du denn nichts«, ertönte eine Stimme hinter ihm. »Wenn es heute schon nichts kostet.« Es war Heckenlaible, der plötzlich erneut neben ihm stand und ihm eine Butterbrezel hinstreckte.

»Mir ist der Appetit vergangen«, sagte Hecht und verzog die Mundwinkel.

»Und? Was meinst du dazu?«, wollte Heckenlaible mampfend von ihm wissen. Ein leichtes Grinsen lag auf seinem Gesicht.

Hecht drehte seinen Kopf zu Heckenlaibles Ohr und beugte sich zu ihm hinunter. »Frauen mit Doppelnamen sind gefährlich«, flüsterte er.

»Hhm«, meinte Heckenlaible mit vollem Munde kauend. Hecht wusste jetzt nicht, ob er das als Zustimmung werten konnte. Heckenlaible entzog sich jeder weiteren Diskussion, indem er sich mit dem Handrücken den Mund abwischte und in Richtung Buffet davonwatschelte.

Abwartend sah Hecht zu seiner neuen Chefin hinüber, die an der Fensterfront stand und sich angeregt mit Schonter unterhielt, dabei immer wieder kleine Schlucke aus ihrem Sektglas nahm. Der Polizeipräsident deutete mehrmals in Richtung Hecht und verabschiedete sich.

Mona Hering-Schweizer atmete tief durch und nahm ein zweites Glas vom Tisch. Entschlossen marschierte sie auf Hecht zu, streckte es ihm hin und sagte in versöhnlichem Ton: »Auf gute Zusammenarbeit!« Und trank einen Schluck.

Hecht war verdattert. Wie in Trance griff er nach dem Glas und hob es kurz in ihre Richtung. Beim Trinken verschluckte er sich fast. Langsam reichte er ihr seine Hand und brachte zunächst keinen Ton heraus. Nur zu einem kraftlosen Gekrächze »Hecht, Anton Hecht«, war er fähig.

»Hering, Mona«, entgegnete sie und musste lachen. Auch er konnte sich ein Schmunzeln nicht verkneifen.

»Tut mir leid, dass ich auf Ihrem Parkplatz stehe. In der Wache unten hat es geheißen, Sie seien auf Urlaub.«

»Schon gut«, wehrte er mit der Hand ab. »Was soll dann ich sagen?«, ergänzte er und deutete auf den Schaden an ihrem Rock. Ihm war diese Nummer, die er da vorhin mit dem Spieß abgeliefert hatte, immer noch peinlich.

Hering sah ihm das an. »Haben Sie für das Ding überhaupt einen Waffenschein?«, fragte sie mit einem Lächeln.

Hecht wollte antworten. Doch er kam nicht mehr dazu. Zybura war zu den beiden herangetreten und prostete ihnen zu.

»Frau Hering-Schweizer! Herr Hecht!« Plötzlich stutzte er und fing an schallend zu lachen. »Hecht und Hering, haha ... da können Sie ...«, Zybura begann sich vor Lachen zu schütteln, »da können Sie ja zusammen ein Aquarium aufmachen«, brachte er zwischen zwei Glucksern heraus.

Hering und Hecht lächelten gequält.

Obwohl die weiter entfernt Stehenden nicht wussten, worum es ging, fielen einige von ihnen in Zyburas lautes Gelächter ein.

»Der war, der war echt saugut, Herr Polizeidirektor«, versuchte Heckenlaible die Situation zu beenden. Hecht sah Heckenlaible nur verständnislos an und verdrehte genervt die Augen.

»Nicht wahr, hhgrr?« Das war zu viel, Zybura verschluckte sich am Bissen einer kleinen Schinken-Schneckennudel und konnte nicht aufhören zu husten, bis ihm Frau Tomberg mehrmals kräftig mit der flachen Hand auf den Rücken klopfte und ihm eine Serviette reichte. Er sah sie dankbar an.

»Herr Hecht, das mit meiner Einbeziehung in laufende Ermittlungen, also nicht, dass Sie glauben ... das ist nicht auf meinem Mist gewachsen«, sagte Hering, als sie wieder allein waren.

Hecht nickte verständnisvoll. »Ich kenne den Zybura.«

»Wir sollten die Gunst der Stunde nutzen ...«, sagte Hering.

»... und uns um Verstärkung bemühen?«, fragte Hecht.

»Ja.«

»Können Sie vergessen.«

»Das werden wir ja sehen.«
»Und woher so schnell?«
»Schutzpolizei.«
»Also, wenn Sie des hinkriegen, dann ...«, sagte Hecht.

Hering drückte ihm ihr leeres Sektglas in die Hand und ging zu Zybura hinüber.

***

Die stählern-grauen Schneidezähne der Baggerschaufel gruben sich langsam in den weichen Boden. Gefühlvoll, mit kaum wahrnehmbaren Bewegungen, bediente Franz Galeitner die Steuerungshebel im Führerhaus. In eineinhalb Metern Tiefe legte er ein Stück Tuch frei, das seine Aufmerksamkeit erweckte. Er war nun noch vorsichtiger, räumte weiter Erde ab, bis erkennbar wurde, dass etwas darin eingewickelt war. Was genau es war, konnte er von seinem Führersitz aus nicht erkennen. Über die breite, lehmverschmierte Kette sprang er von seinem Bagger herunter und stieg in den Graben hinab. Vorsichtig schob er mit einem Spaten die brüchige, sackartige Hülle beiseite.

Wie ein Stich fuhr es in seinen Magen. Sein Gesicht wurde augenblicklich aschfahl. Er drehte sich zur Seite und suchte heftig schluckend mit den Händen Halt an der Grabenwand. Aus den Resten des Gewebes schauten ein Menschenschädel und ein skelettierter Fuß heraus.

***

In Herings Büro saß neben Hecht, Obergfell und Heckenlaible auch der Leiter des Dezernats 2, das für Raub, Erpressung, Diebstahl, Fahndung und für Wirtschafts- und Rauschgiftkriminalität zuständig war. Sie hatten sich um den kleinen Besprechungstisch gruppiert. Vor ihnen lagen Aktenmappen mit allen derzeit laufenden Ermittlungen, über die sie die neue Kripochefin in knapper Form informieren sollten. Hecht allerdings hatte damit ein

Problem. Während seines Urlaubs sollten seine Mitarbeiter klären, ob die auf der Tunnel-Baustelle gefundenen sieben Leichen zu einem aktuellen Kriminalfall gehörten. Nur hatte er wegen der Amtseinführung immer noch keine genauen Informationen darüber von Obergfell erhalten. Das musste er nun nachholen und wandte sich an den jungen Kommissar: »Was ist jetzt mit den Skeletten, die wir am Remswasen gefunden haben?«

»Wir haben mit dem Stadtarchivar gesprochen.«

»Und?«

»Todeszeitpunkt der sieben könnte der 7. Dezember 1529 sein.«

Hecht machte ein ungläubiges Gesicht und sah seinen jungen Kollegen skeptisch an. »Ach, komm!«, entfuhr es ihm.

Auch die Kriminaloberrätin, die am Kopfende des Tisches saß, lehnte sich langsam in ihren Stuhl zurück und wartete gespannt auf Obergfells weitere Informationen. Außer ein paar knappen Fragen, hatte sie sich bisher zurückgehalten.

»Ja, nach der vollständigen Freilegung mussten wir davon ausgehen, dass sie schon seit mehreren Jahrhunderten in der Erde liegen«, fuhr Obergfell fort. »Also haben wir im Stadtarchiv nachgeforscht. Es könnte sich um Wiedertäufer handeln, die damals hingerichtet wurden, weil sie ihrem Glauben nicht abschwören wollten. Die Auffindesituation spricht dafür.«

Ungläubiges Staunen lag auf allen Gesichtern.

»Auffindesituation?«, fragte Hering.

»Die Toten lagen sehr dicht beieinander. Die Staatsanwaltschaft Ellwangen meint, dass die Knochen aller Voraussicht nach keine strafrechtliche Relevanz haben.«

»Das heißt für uns?«, fragte Hecht.

»Die Gebeine sind zur weiteren Untersuchung freigegeben«, ergänzte Obergfell.

»Im Klartext, die Anthropologen vom Landesdenkmalamt sind jetzt dran«, stellte Hecht fest.

Obergfell bestätigte kopfnickend. »Wir haben die Skelette an die Fachstelle für Knochenuntersuchungen in Konstanz abgegeben.«

»Und das Alter der Knochen kann man so genau feststellen?«, fragte Hering.

»C14-Methode«, mischte sich Heckenlaible ein, der bisher etwas teilnahmslos am Tisch gesessen hatte und dem fast die Augen zufielen. Vermutlich war es der viele Sekt und die restlichen fünf Butterbrezeln, die er auf Frau Tombergs Drängen aufessen musste.

Hering sah interessiert zu ihm hinüber und wartete auf weitere Erklärungen. Nun musste Heckenlaible aufwachen.

***

Mit saurer Miene saß Frau Tomberg in ihrem Vorzimmer und sortierte Spesenabrechnungen. Auch dies gehörte, ob sie wollte oder nicht, zu den Verwaltungsarbeiten, für die sie zuständig war.

Die Türen zu den Büros von Hering und Hecht standen offen. Hecht saß an seinem Schreibtisch und hackte mit zwei Fingern auf der alten beigefarbenen Tastatur seines Rechners herum. Angestrengt starrte er auf den Monitor. Mit leichten Bewegungen kreisten seine beiden Zeigefinger über den Tasten und kamen dann zielstrebig auf der einen oder anderen zur Landung. Die Sonne schien direkt auf die Tischplatte und ließ in diesem Einfallswinkel seinen leicht angegrauten Schläfenansatz in mattem Weiß erscheinen. Sein Büro war zweckmäßig eingerichtet. Neben einem kleinen Besprechungstisch flankierten zwei Aktenschränke die beiden Fenster, durch die man in den Hof hinuntersehen konnte. Mehrere selbstgemalte, inzwischen bereits vergilbte Bilder seiner Kinder gaben dem Raum eine kleine persönliche Note.

Hering saß mit übereinandergeschlagenen Beinen auf ihrem Bürostuhl und bearbeitete mit ihren gepflegten, schlanken Fingern flink ihr Smartphone.

Im Vorzimmer klingelte Frau Tombergs Telefon. Sie nahm den Hörer ab und meldete sich mit routinierter, ruhiger Stimme. »Kripo Gmünd, Sie sprechen mit Nelli Tomberg, was kann ich für Sie tun?« Eine Weile hörte sie geduldig zu. Dann rief sie aufgeregt: »Chef! Telefon! Dringend!«

Hecht und Hering sprangen auf und standen beinahe gleichzeitig vor dem Schreibtisch der Polizeisekretärin.

»Ähm ja, ähm, Chefin meine ich«, sagte sie und blickte unsicher zwischen den beiden hin und her. Verlegen hielt sie den Hörer in der Hand. »Herr Hecht, ähm Frau Hering, ja wem ...? Der Herr Nuding vom Streifendienst will den Chef sprechen, hat er gesagt.«

»Geben Sie mal her«, sagte Hering endlich und griff entschlossen nach dem Telefonhörer. »Hering!«

Nuding war so aufgeregt, dass er nur eine weibliche Stimme registrierte. »Da Chef solt i hau«, tönte es aus dem Hörer. Alle Umstehenden konnten es hören, Nuding war für seine durchdringend laute Stimme bekannt. Seit ein paar Jahren musste er sich selbst eingestehen, dass sein Hörvermögen merklich nachgelassen hatte.

Hering verstand nur Bahnhof, bevor sie nachfragen konnte, keuchte Nuding, in der Annahme, immer noch Frau Tomberg an der Strippe zu haben: »Mach nore Mädle, es pressiert! Mir henn a Leich gfonda«, versuchte der handgeschnitzte Polizeihauptmeister ihr deutlich zu machen.

»Wie bitte?«, fragte Hering nach. Tomberg drehte sich zur Seite und musste in sich hineinkichern.

»Ha an Tota halt«, schrie Nuding noch lauter ins Telefon, in der Annahme, die Verbindung sei schlecht. Hering schüttelte nur irritiert den Kopf.

Nun gelang es Tomberg nicht mehr, ihr Kichern zu unterdrücken. Rasch lief sie zur Tür hinaus. Auch Hecht musste sich zusammenreißen, um nicht vor Lachen loszubrüllen. »Einen Toten meint er«, übersetzte er mit einem verkniffenen Lächeln.

Endlich streckte Hering ihm den Hörer hin. »Ist wohl doch für Sie«, sagte sie und setzte sich ein wenig pikiert auf Tombergs Schreibtisch.

»Hecht! Grüß dich Lorenz, was gibt's denn?«

Der Hauptkommissar legte den Hörer auf den Tisch und drückte den länglichen Knopf am Telefon, der den Lautsprecher einschaltete.

»Bischt du es, Tone?«

Hecht schreckte vor der Lautstärke zurück und rief laut: »Ja! Was ist denn los?«

Die Neugier trieb Tomberg zurück in den Raum, gerade rechtzeitig, um zu hören, wie der altgediente Polizist, der kurz vor der Pensionierung stand und als Erster mit einem Kollegen auf der Tunnel-Baustelle eingetroffen war, den Fundort des Toten schilderte.

»Des kennen wir schon«, sagte Hecht mit ruhiger Stimme in den Lautsprecher und winkte ab.

»Scho au im Oschta von dera Tunnel-Bauschtell, aber weiter weg, an ra andra Schtell«, entgegnete Nuding.

»Vermutlich ist des wieder ein weiteres dieser mittelalterlichen Skelette«, unterbrach ihn Hecht.

»Definitiv nein!«, bekräftigte Nuding laut und zu Hechts Erstaunen in reinstem Hochdeutsch.

»Warum bist du dir da so sicher?«, schrie Hecht ins Telefon und wunderte sich plötzlich, warum auch er so laut war. Danach wurde es still, und Hecht zweifelte, ob die Leitung noch stand.

»Lorenz?«

»Na weil, weil das Skelett Jeans ond Turnschuh anhat!«

***

Hering verzog das Gesicht und rümpfte die Nase. Mit Mühe wuchtete sie den vollen Kunststoffkanister vom Beifahrersitz und verfrachtete ihn nach hinten in den VW-Bus. Hecht versuchte, mit der Hand die Sägemehlbrösel vom Sitz zu klopfen, was ihm nur zum Teil gelang.

»Jetzt können Sie es selbst sehen, bei uns herrscht nicht nur Personal-, sondern auch Dienstwagenmangel«, murmelte er. Aus einem Papiertuchspender, der zwischen den Sitzen lag, riss er zwei Blatt heraus und legte sie auf den Beifahrersitz.

»Das wäre nicht nötig gewesen, der Rock kann eh nicht noch mehr ruiniert werden.« Hecht wusste nicht recht, ob er das jetzt ernst nehmen oder als Scherz auffassen sollte. Hering versuchte, durch übertriebenes Einatmen den Geruch zu identifizieren, der im Wagen hing.

»Zweitaktmischung«, meinte Hecht. Er deutete mit dem Kopf nach hinten und fuhr los.

Sie zog ihre Mundwinkel nach unten. »Und ein bisschen Kettenöl ist auch dabei.«

Hering drehte sich langsam um und begann, sich im Fahrzeug umzusehen. Ein orangefarbener Schutzhelm mit Plexiglas-Augenschutz kullerte umher. Neben dem Spritkanister lagen zwei Kettensägen. Auf der Rückbank befand sich grüne Schnittschutzkleidung. Die Lederhandschuhe, die daneben lagen, waren stark abgegriffen.

Den seitlich angebrachten Schränken fehlten die Türen. Die offenen Fächer quollen über mit Fallkeilen, Umlenkrollen, Stahlketten und weiteren Holzfäller-Utensilien. Unter dem Spültisch lag eine Spraydose, Gehörschutz für den Helm sowie Äxte und Spalthämmer verschiedenster Größe. Derbe schwarzgelbe Sicherheitsstiefel schauten oben aus dem ausgedienten Spülbecken hervor. Ganz hinten auf der Ablage über dem Motor befanden sich ein kleiner Elektro-Außenbordmotor und ein schlampig zusammengelegtes Schlauchboot.

Sie fuhren die Uferstraße hinunter, die den Josefsbach entlangführte.

»Des mit dem Rock, ähm, des tut mir echt leid.«

»Schon gut«, erwiderte Hering in ruhigem Ton und sah teilnahmslos zum Fenster hinaus.

»Sagen Sie, was es kostet«, ließ Hecht nicht locker.

»Vergessen Sie's. Das Kostüm hat mir sowieso noch nie gefallen.« Langsam drehte sie sich zu ihm hin. Sie lächelte versöhnlich und schaute ihn entschlossen an. »So, und nun, Thema beendet. Okay?«

»Okay!«, bestätigte Hecht, dem die Erleichterung anzumerken war.

»Bin gespannt, was die da genau gefunden haben«, versuchte sie, das Gespräch in die berufliche Richtung zu lenken.

Und dann standen sie im Stau. »Mindestens die Hälfte der fünfunddreißigtausend Fahrzeuge, die sich täglich durch das Nadelöhr B 29 quälen, stehen jetzt vor mir«, dachte Hecht wütend.

Bis Ende nächsten Jahres sollte der Tunnel fertig sein und die Innenstadt von mehr als der Hälfte der Autos entlasten. Hecht nutzte die Wartezeit, um seiner neuen Chefin von der Baumaßnahme zu berichten. Berufsbedingt war er bestens informiert. Zusammen mit der Grubenwehr aus dem Raum Heilbronn und der örtlichen Feuerwehr hatte sich die Gmünder Polizeiführung vor einigen Monaten an einer Notfallübung im westlichen Tunnelbereich beteiligt.

»Fast drei Jahrzehnte haben die Gmünder drauf gewartet, dass die Ortsumgehung kommt. Und jetzt, man mag es nicht für möglich halten, ist der Tunnel endlich im Bau«, sinnierte er vor sich hinlächelnd. Viele hatten wie er wegen der Kosten von beinahe einer Viertelmilliarde Euro schon nicht mehr daran geglaubt. Die Großbaustelle im Osten, zu der die beiden Ermittler fuhren, war einen knappen Kilometer lang und bis zu zweihundert Meter breit. Auch das Flüsschen Rems, das der Tunnel dort später unterqueren sollte, musste in ein neues, künstliches Bett verlegt werden. Hecht dozierte in einem professionellen Ton, der an den Vortrag eines Tunnelführers erinnerte. Erstaunt stellte Hering bei ihm eine gewisse Begeisterung für dieses Projekt fest und fragte sich, ob alle Gmünder so dachten.

Besonders interessant fand sie auch, was schon so alles auf den beiden Baustellenteilen zum Vorschein gekommen war. So hatte man vor den Skelettfunden im Osten eine sehr gut erhaltene Straße aus der Römerzeit im Westteil entdeckt.

Hinter der Baldungskreuzung, dem größten Verkehrsknoten der Stadt, erreichten sie endlich den großen Lagerplatz der Baustelle. Dort herrschte geschäftiges Treiben. Kräne, Bagger, Bohrgeräte, Lader, Lastwagen und andere Baumaschinen bewegten sich in einem ausgeklügelten System. Kreischende Trennschleifer, klirrende Eisenteile, das Schlagen von Hämmern auf Metall – Lärm aus allen Richtungen verursachte eine Kakophonie von Geräuschen. Ein lautes Rauschen entpuppte sich als Schüttgeräusch des Betons, aus dem das neue Flussbett der Rems entstehen würde.

Mehrere Streifenwagen und Heckenlaibles Zivilfahrzeug waren schon vor Ort und überall auf dem Lagerplatz verteilt. Durch langsames Rangieren versuchte ein schwerer, mit Aushub beladener Lkw seinen Weg zwischen den blausilbernen Wagen zu finden. Seitlich davon diskutierte ein wohlbeleibter, mit Warnweste und Helm bekleideter Baupolier gestenreich und lautstark mit zwei Streifenbeamten. Ein uniformierter Kollege brachte Hering und Hecht gleich zum Leichenfundort, in die einige hundert Meter entfernte Baugrube, wo die östliche Tunnelzufahrt entstand. Es roch stark nach frischem Beton.

Hering blieb ein paar Schritte hinter den beiden zurück, was an ihrem unzweckmäßigen Schuhwerk lag. Sie musste sich eingestehen, dass Hecht mit seinen profilierten Outdoor-Schuhen gegenüber ihren Pumps in diesem Gelände klar im Vorteil war.

»Ich bin noch nicht einmal dazu gekommen, den Schreibtisch richtig einzuräumen, und schon geht hier die Post ab«, dachte sie sich, als sie den beiden Polizisten hinterherstakste.

Heckenlaible stand hinter der rotweißen Polizeiabsperrung und wollte gerade mit seinen Untersuchungen beginnen. Ein weiterer weiß bekleideter Kollege stellte im Bereich des Fundortes Schilder mit Nummern auf und begann, Fotos zu machen. Hering bat ihn um Einmalhandschuhe aus seinem Koffer. Auch Heckenlaible hatte sich in einen zu kleinen, vorn aufklaffenden Einweg-Overall mit Kapuze gezwängt. Als Hecht ihn sah, musste er lachen.

»Was?«, fragte dieser und runzelte die Stirn.

Hecht deutete auf den Overall. »Gibt's den auch in deiner Größe?«, wollte er wissen.

Heckenlaible kannte seinen Freund. Er ließ sich nicht provozieren und lachte mit. »Bin da wohl ein kleines bisschen herausgewachsen. Mit dem Sixpack im Speckmäntelchen da.« Liebevoll rieb er seinen Kugelbauch. Dann atmete er tief aus und zog den Bauch ein. Mit der einen Hand versuchte er, die Seitenteile zusammenzuhalten, mit der anderen den Reißverschluss zu schließen. Doch es gelang ihm nicht.

Grinsend wandte Hecht sich an den Fotografen, der das Ganze kopfschüttelnd beobachtet hatte. »Besorgen Sie ihm einen Neuen. Am besten gleich den größten, Modell Festzelt«, sagte Hecht.

Hering hatte inzwischen die Einmalhandschuhe übergestreift und wandte sich an Heckenlaible. »Was haben wir bis jetzt?«, fragte sie in ruhigem Ton, während sich Hecht über die teilweise freigelegte Leiche beugte. Nur in zerfallene Stoffreste eingewickelte Körperteile waren zu sehen. Der Geruch von frisch ausgehobenem, feuchtem Erdreich lag in der Luft.

»Menschliche Überreste. Geschlecht noch nicht feststellbar. Lagen in etwa eineinhalb Meter Tiefe, soweit ich das bisher beurteilen kann. Einzelne Hautpartien, vor allem an den Händen und Unterarmen, sind noch erstaunlich gut erhalten. Der größte Teil scheint jedoch vollständig skelettiert zu sein«, sagte Heckenlaible.

Polizeihauptmeister Nuding kam heran und stellte sich wortlos neben die drei Kripobeamten. Hecht bemerkte ihn als Erster, sah zu ihm auf und fragte: »Wer hat ihn gefunden?«

»An Baggerfahrer. Der do hinta.« Nuding deutete mit dem Kopf in Richtung eines großen orangeroten Baggers. Der Fahrer lehnte an der Kette und rauchte eine Zigarette.

»Der Dreck vo dem Loch do, der leit do dromma«, sagte Nuding und zeigte auf einen frischen Erdhaufen, der ebenfalls mit weißrotem Band abgesperrt war.

»Den schauen wir uns noch an«, sagte Heckenlaible und bedankte sich mit einer Geste.

Ihrem Gesicht nach zu urteilen hatte Hering Nuding nicht verstanden, konnte sich aber in etwa zusammenreimen, worum es sich handelte. Dass sich die Kriminaltechnik darum kümmerte, genügte ihr erst mal. Sie ging neben Hecht in die Hockstellung und legte mit einem dünnen Metallstab verschiedene Stoffreste frei.

»Die Turnschuhe: Billigware«, stellte Hecht fest.

»Reste einer Jeanshose, auch nicht gerade beste Qualität«, sagte Hering. Sie wandte sich an Heckenlaible, der alles beobachtet hatte. »Wie lange könnte der schon hier liegen?«

Der Kriminaltechniker schnaufte und hob die Schultern. »Keine Ahnung, zwanzig, dreißig, fünfzig Jahre vielleicht. Oder mehr. Der Verwesungsgrad, der hängt von unterschiedlichen Faktoren ab.«

Hering stellte sich auf eine weitere Erklärung ein und wurde nicht enttäuscht.

»Bodenbeschaffenheit, Säuregehalt, Luftzutritt und so halt. Wenn ich mir das so anschaue«, Heckenlaible zeigte auf verschiedene Stellen im Liegebereich der Leiche, »da haben wir aufgefüllten Sand und da festen Boden mit Loima«.

Hering sah ihn fragend an.

»Also Leimen, ähm, lehmigen Boden meine ich.« Hering gab ihm zu verstehen, dass sie verstanden hatte, und der Kriminaltechniker fuhr fort. »Und hier vorn, im Bereich der komplett verwesten Füße, der lockere Remskies ... Ich kann's nicht einschätzen.«

»Des wird uns Dr. Krautschneider genauer sagen können«, mischte sich Hecht ein und deutete mit dem Kopf zum oberen Rand der Baugrube. Ein großer, hagerer Mann mit Alukoffer in der Hand stieg etwas unbeholfen über einen schmalen Trampelpfad in die weiträumige Baustelle hinunter.

Hering richtete sich auf und streifte sich die Handschuhe von den Händen. Unterdessen hatte der Mann den Fundort erreicht. Das Erste, was ihr ins Auge stach, waren die Querrisse oberhalb der Knie in den verwaschenen Jeans. Die steckten in verschlissenen Gummistiefeln. Hatte er die von seinem Vater geerbt? Seine schulterlangen blonden Haare hatte er zu einem Pferdeschwanz zusammengebunden, um sie aus seinem bubihaften Gesicht herauszuhalten.

Hecht begrüßte ihn und stellte ihn Mona Hering als Dr. Jochen Krautschneider vom Institut für Rechtsmedizin der Universitätsklinik Ulm vor.

Die Haare könnten auch mal wieder eine Wäsche vertragen, schoss es ihr durch den Kopf, als sie ihn ansah. Dass seine Fingernägel mit schwarzen Rändern verziert waren, bemerkte sie erst, als sie ihre Hand nach der Begrüßung wegzog.

Der Rechtsmediziner war in Polizeikreisen für seine Muffeligkeit bekannt und galt in der Zusammenarbeit als schwierig. Zugleich hatte er jedoch den Ruf eines exzellenten Fachmannes, der schon in den aussichtslosesten Fällen mit seinen Erkenntnissen zur Aufklärung beigetragen hatte. Tatsächlich gab er sich kurz angebunden und begann gleich mit seiner Arbeit.

Während er die Leiche näher untersuchte, befragte Hering den Baggerfahrer. Heckenlaible und Hecht sahen sich auf der Baustelle um. Sie versuchten sich zu orientieren. Selbst Hecht, der in der Innenstadt zur Schule gegangen war und dadurch die Situation vor dem Baubeginn kannte, fiel die Orientierung und Zuordnung zu einem früheren Grundstück schwer.

»Da vorn etwa, da muss das Kreuz und das Bänkle mit Blick auf die Rems gestanden haben. Und da drüben die ehemalige Silberwarenfabrik Franz«, sagte er zu Heckenlaible.

»Dann müsste dort vorn die Remsböschung und das verwilderte Brachland gewesen sein«, sagte der Kriminaltechniker und landete mit der Peilung seines ausgestreckten Armes an der Stelle, an der die Leiche gefunden worden war. Die beiden sahen sich ein wenig ratlos an. Dann beschloss Heckenlaible: »Am besten, ich lass' den Fundort einmessen.«

»Der Zustand der Leiche läst keine schnellen Erkenntnisse zu. Ich werde mir das auf meinem Tisch ansehen müssen«, begann Dr. Krautschneider mit seinen, auch für einen Schwaben sehr langsamen Ausführungen. Dabei ließ er sich nur ungern unterbrechen. Seine gestelzte Sprache, die er bei Unterhaltungen mit Hochdeutsch Redenden immer benutzte, war eine Vergewaltigung für jedes urschwäbische Ohr. Sein Blick streifte Herings Rock und verweilte kurz an dem reparierten Riss. Der Ausdruck seiner bedauernd dreinblickenden Augen war Hering nicht entgangen.

»Ähm, ja, ähm«, stotterte Dr. Krautschneider.

»Vielleicht die Todesart?«, warf die Kriminaloberrätin ungeduldig ein und verdrehte die Augen.

Der Rechtsmediziner machte ein genervtes Gesicht und ignorierte Herings Frage. Hecht hielt sich bewusst zurück und überließ allein seiner Chefin die Befragung des Arztes, während Heckenlaible sich darauf konzentrierte, mit Spachtel und Pinsel das restliche Erdreich um den Kopf des Toten freizulegen.

Dr. Krautschneider deutete auf das seitliche Loch an der Oberseite der Stirn. »Könnte von einem spitzen Gegenstand herrühren, einer Art Zimmermannshammer. Auch ein Einschuss wäre möglich, direkt von oben«, sagte er und verdeutlichte dies mit seiner, zu einer Pistole geformten Hand, die er vorn auf seinem Kopf aufsetzte. Er betrachtete den fast vollständig freigelegten Schädel von allen Seiten. »Keine Austrittsöffnung. Wenn er erschossen wurde, könnte oder müsste sich das Projektil noch im Schädel befinden. Aber sicher bin ich erst, wenn ich ihn untersucht habe.«

»Wunderbar, sehr schön«, lobte ihn Hering mit einem leicht sarkastischen Unterton in der Stimme. »Können Sie auch etwas zum Todeszeitpunkt sagen?«

Dr. Krautschneider sah sie nur an und runzelte die Stirn.

»Von-bis, so in etwa vielleicht?«, präzisierte die Kriminaloberrätin und wiegte ihren Kopf leicht hin und her.

»Gnädige Frau, ähm, heutzutage, da ist ja schon vieles möglich«, entgegnete der Arzt in ruhigem Ton. »Aber bin ich Hellseher?«, wurde er etwas lauter. Er deutete auf die Leiche, indem er beide Hände von sich streckte, und sagte barsch: »Jetzt liegt der bestimmt jahrzehntelang da drin, und ich, ich soll Ihnen in ein paar Minuten sagen, wann genau er gestorben ist. Also gell!«

»So genau wollte ich ...«, versuchte sich Hering zu rechtfertigen.

»Bevor ich den Toten nicht auf meinem Tisch habe, kann ich nicht mehr sagen.«

»Und wann bekommen wir die Ergebnisse?«

»Wenn ich die Untersuchungen abgeschlossen habe.«

»Und wann ist das?

»Na dann, wenn ich fertig bin.«

»Jetzt machen Sie mal kein Quiz daraus«, sagte Hering und presste die Lippen zusammen.

Dr. Krautschneider schnaufte.

»Nicht gerade sehr kooperativ der Mann«, beschwerte sie sich bei Hecht, der inzwischen wieder zu ihnen getreten war. Dem war die Situation peinlich. War er doch immer darauf bedacht, für alle Beteiligten ein angenehmes Arbeitsklima zu schaffen.

»Ihr Zeuge!«, sagte Hering so laut zu Hecht, dass es Dr. Krautschneider hören konnte. Dann drehte sie sich zur Seite, nahm ihr Smartphone aus der Tasche und wählte eine Nummer. Langsam entfernte sie sich Richtung Wagen.

Heckenlaible hatte unterdessen zur Liegezeitbestimmung der Leiche zwei Plastiktüten mit umgebendem Bodenmaterial gefüllt. Die beschriftete er mit seiner krakeligen Kinderschrift und stellte sie mit einem kurzen Hinweis neben den Alukoffer des Rechtsmediziners.

»Was hat sie denn?«, wandte sich Dr. Krautschneider verwundert an Heckenlaible.

Der hob die Schultern. »Keine Ahnung! Frag sie halt!«

»Ich lass mich doch von der nicht hetzen. Und von einem Fischkopf schon gleich gar nicht«, ereiferte er sich und unterstrich mit theatralischer Gestik seine Worte.

»Klar doch, Dr. Krautschneider«, versuchte Hecht, die Lage zu entschärfen, »des wissen wir ja, dass Sie professionell und zuverlässig arbeiten.« Hecht musste sich überwinden, so zu schleimen, sah aber momentan keinen anderen Ausweg, die Situation zu retten. »Die Muschel... ähm die Nordlichter, des ist halt ein anderer Schlag. Die sind ein bisschen direkter, kühler«, versuchte er, Verständnis zu wecken.

»Eine anständige und gewissenhafte Arbeit, die braucht eben ihre Zeit«, entgegnete der Rechtsmediziner.

Hecht klopfte ihm im Vorbeigehen leicht auf die Schulter.

»Des ist doch kein Thema, Dr. Krautschneider.«

Der wurde verlegen und sein Ton sanfter. »Ich weiß ja, dass die neu ist, und dass, dass man da ein bisschen Verständnis haben muss.« Der Arzt schien sich zu beruhigen, seine Worte verloren langsam an Schärfe. Und es hatte für Hecht den Anschein, als täte ihm sein Verhalten leid. Das galt es nun für eine schnelle, weitere Ermittlungsarbeit zu nutzen. »Und ich, ich weiß ja, dass Sie in der Lage sind, die Untersuchung heute noch durchzuführen.«

Der Arzt sah ihn verdutzt an.

»Also dann, vielen Dank einstweilen. Sagen Sie Bescheid, wenn Sie mehr haben«, rief er Dr. Krautschneider im Weggehen zu.

»Alles klar! Mein Gott, wie immer halt!«, schrie ihm der Rechtsmediziner, gegen den Lärm eines vorbeifahrenden Lkws ankämpfend, nach. Seine Hände klopften dabei seitlich an seine Oberschenkel.

Hecht verabschiedete sich kurz mit der Hand an der Stirn von den anderen Kollegen, verließ den Fundort und folgte Hering, die telefonierend bereits den oberen Rand der Baugrube erreicht hatte. Nachdenklich sah Dr. Krautschneider den beiden nach.

Auf dem Weg zurück zur Dienststelle telefonierte Hering mit Obergfell. Sie bat ihn zu überprüfen, wer in den letzten dreißig Jahren in Schwäbisch Gmünd und Umgebung als vermisst gemeldet worden war.

»Jetzt müssen wir halt in Gottes Namen die Untersuchung abwarten«, meinte Hecht zu seiner Chefin, als die ihr Telefonat beendet hatte.

»Was wir vor allem brauchen, ist der Todeszeitpunkt, zumindest einen groben Zeitraum«, bekräftigte Hering.

»Das bedeutet auch weniger Arbeit für Obergfell. Denken Sie an die dünne Personaldecke.«

Hering versprach, sich weiter um eine personelle Verstärkung zu kümmern. Nach kurzer Zeit des Schweigens kam sie auf Dr. Krautschneider zu sprechen. »Mit dem zusammenzuarbeiten, das ist auch nicht gerade die Krönung meiner Beförderung«, sagte sie vor sich hin.

Auf Hecht machte sie einen resignierten Eindruck. »Des dürfen Sie nicht so eng sehen. Man gewöhnt sich an ihn. Haben wir auch getan.«

Trotz des warmen Maitages schien sie ein wenig zu frösteln. »Uach!«, schüttelte sie sich. »Von dem würde ich mich nicht mal als Tote anfassen lassen.«

Hecht musste lachen. »Ach so, wegen der schwarzen Fingernägel. Der Krautschneider, der bastelt zu Hause an alten Autos rum.«

Hering wurde hellhörig. Sie warf ihm einen kurzen, interessierten Blick zu.

»Eigentlich hatte der gar keinen Dienst, musste kurzfristig für den Bereitschaftsarzt einspringen. Kam direkt von daheim, aus Weilerstoffel. Vielleicht war er deswegen ein wenig gereizt«, fuhr er fort. »Eigentlich ist der ganz in Ordnung.«

Hering sah zu ihm hinüber und lächelte gequält.

»Des wird schon. Sie werden sich bestimmt an den gewöhnen«, versuchte er sie aufzumuntern.

»Ich werde ihn anrufen. Gleich morgen früh«, sagte sie.

***

Patriz Hechts Frau hatte eine neue Hüfte bekommen und war seit einer Woche in der Rehaklinik Bad Ditzenbach zur Kur. Deshalb ging er jeden Abend hinüber ins Haus seines Sohnes Anton, das dieser vor mehr als zwanzig Jahren neben das alte Hecht'sche Anwesen gebaut hatte, und ließ sich von seiner Schwiegertochter bekochen. Patriz wollte pünktlich beim Abendessen sein und beendete deshalb rechtzeitig seine Arbeit in der Scheune.

Unter seiner verwaschenen Schildmütze schaute dichtes schlohweißes Haar hervor, der blaue Stoff war ausgebleicht und vorn am Schild abgegriffen. Auch sein gezwirbelter Schnurrbart war inzwischen weiß, reichte aber immer noch fast hinauf bis zu den klar dreinblickenden braunen Knopfaugen. Dazwischen thronte eine ausgeprägt rote Nase, die schon leicht ins Bläuliche überging. Seine Wangen waren von feinen roten Äderchen durchzogen. Der selbstgebrannte Kalte-Feld-Geist hatte bei dem hageren Achtzigjährigen über die Jahrzehnte hinweg seine Spuren hinterlassen. In den letzten Jahren machte ihm zunehmend die Arthrose in den Hüften zu schaffen, worunter seine Mobilität stark gelitten hatte. Das Auf- und Absteigen auf seinen alten Allgaier-Traktor bereitete ihm immer mehr Mühe.

Patriz Hecht sah man an, dass er sein Leben lang schwere Arbeit verrichtet hatte. Seine groben Hände stellten das Werkzeug an seinen angestammten Platz zurück. Er griff nach seinem Rollator und machte sich auf den Weg. Mit dessen Hilfe war er nun wieder etwas mobiler. Aber was hatte es Anton Hecht Mühe gekostet, seinen Vater von den Vorteilen dieses neuen Gelumpes, wie es Patriz bezeichnete, zu überzeugen. Ständig hatte er gejammert, dass er nur noch unter starken Schmerzen zum hinteren Ende seines Anwesens gehen konnte. Hecht war das Wehklagen seines Vaters leid gewesen. Erst vor wenigen Wochen hatte er dieses Gehwägele mitgebracht und es einfach in den Hausgang gestellt. Er hatte einen Typ gewählt, der geländetauglich und mit einer Sitzfläche ausgestattet war. Die großen Ballonräder ermöglichten es Patriz, endlich wieder auf seine ausgedehnten Obstbaumwiesen zu gelangen. An der Vorderseite des Gefährtes war ein kleiner Gitterkorb angebracht. Quasi als Lockmittel legte Hecht eine Baumschere und weiteres nützliches Werkzeug hinein.

Am Abend konnten er und Simone amüsiert beobachten, wie Patriz das neumodische Zeug heimlich ausprobierte. Vorsichtig fuhr er Probe, prüfte die Bremsen, das Lenkverhalten und den Wendekreis. Er blickte um sich, so als wollte er sich vergewissern, dass ihn niemand beobachtete, und schob stolz und erleichtert das Gefährt vor sich her. Und was das Schönste daran war: Seitdem konnte er wieder selbständig und zu Fuß zum Stammtisch in den Gasthof Mondschein gelangen.

Enkel Stefan und Hecht saßen bereits am Esszimmertisch, als er hereinkam. Simone werkelte in der offenen Küche daneben. Heute gab es eine seiner Lieblingsspeisen: Bohnengemüse mit Hefe-Knöpfle. Insgeheim, aber Simone ahnte es, musste er sich eingestehen, dass sie besser kochte als seine Frau. Nicht nur deshalb hatte die zierliche, solariumgebräunte Endvierzigerin bei ihm einen Stein im Brett. Von Anfang an hatte sich Patriz gut mit ihr verstanden und er ergriff bei Streitereien zwischen ihr und seinem Sohn meist Partei für seine Schwiegertochter.

Der alte Mann saß in seiner abgewetzten Arbeitskleidung am Tisch. Er zog sie nur sonntags aus. An den Ärmeln waren im Bereich der Ellenbogen Lederherzen aufgenäht. Die geflickten Latzhosen bedurften schon seit Langem einer Erneuerung. Simone erinnerte ihn ständig daran, doch ihr Schwiegervater meinte nur: »Die tut's noch eine Weile.«

Sein wettergegerbtes Gesicht zeugte von einem harten Arbeitsleben in der Landwirtschaft. Die hatten die Hechts inzwischen aufgegeben.

Während des Essens sprachen sie nicht viel. Nur Stefan quasselte fast ohne Unterbrechung. Patriz unterbrach ihn mit einem

Lob für die Köchin. »War des wieder amal guat.« Er wischte sich mit dem Handrücken den Mund ab. Zufrieden lehnte er sich zurück und sah seinen Enkel an.

Der hatte ihm ausführlich seine Absichten geschildert, die Theorieprüfung für die Mofa-Prüfbescheinigung zu machen. Und die stand bereits morgen an.

»Hascht du auch was g'lernt dafür?«, fragte er etwas skeptisch.

»Logisch Grandpa, ich will doch nicht länger Fußgänger bleiben.«

Als Patriz vor Monaten erstmals den Ausdruck vernommen hatte, mit dem ihn sein Enkel bezeichnete, konnte er nichts damit anfangen. Simone musste ihn aufklären. Er dachte sich: Wenn die jungen Leute heute so reden, sollte es ihm recht sein. Schließlich haben wir ja die Globalisierung.

Aber es war auch das Aussehen. Anfangs hatte Patriz nur an dem Ohrring Anstoß genommen, »diesem Mädleszeugs«. Als Stefan sich dann letztes Jahr, wie viele in seiner Klasse, im Stirnbereich eine Strähne seiner kurzen braunen Haare grün gefärbt hatte, schüttelte der Großvater nur noch verständnislos den Kopf und sagte sich resigniert: Die Hauptsache ist, die Enkel geraten wohl und rauchen kein Haschisch oder nehmen anderes dummes Zeugs. Damit war für ihn die Sache erledigt.

Auf seinem Gesicht lag Zufriedenheit. Er nahm einen letzten Schluck aus seinem Mostglas und zog ein hellblaues Döschen aus seiner Hosentasche. Er klappte den Verschluss zurück und schüttete ein Häufchen Schnupftabak auf seinen Handrücken. Laut schniefend zog er eine kräftige Prise braunen Pulvers in seine Nase.

Er griff nach seiner zerknitterten Schildmütze. Mühsam erhob er sich und stützte sich dabei an der Tischkante ab. Sein Schnurrbart wackelte. Mit einem spitzbübischen Lächeln nickte er Stefan aufmunternd zu. Hecht kannte diesen Blick seines Vaters nur zu gut und wusste, dass er etwas im Schilde führte.

»Nicht, dass du morgen noch durchfällst«, mahnte Hecht besorgt, als Patriz die Tür hinter sich geschlossen hatte.

»Ich komme nicht ohne Prüfbescheinigung heim. Des kannst du mir glauben, Dad«, beruhigte ihn Stefan, stand auf und griff nach seinem Baseballcap. Das hatte er immer auf – außer wenn er zu

Hause mit ihnen am Tisch saß. Das verbaten sich seine Eltern. Seine grauen mit Markenaufdruck bestickten Hosen waren etwas weiter und länger, als sie es hätten sein müssen. Darüber trug er eine großzügig geschnittene schwarze Softshell-Jacke.

»Dein Wort in Gottes Ohr«, mischte sich seine Mutter ein, während sie den Esszimmertisch abräumte.

»Wenn ich da an deine Zensuren in der Schule denke«, sagte Hecht.

»Mensch Dad, so eine Prüfbescheinigung fürs Mofa, des ist doch was ganz anderes. Des ist was Sinnvolles, was fürs richtige Leben«, argumentierte Stefan, dessen Antwort plötzlich etwas Philosophisches an sich hatte. »Vom Daniel, der ist in meiner Klasse, da kann ich übrigens einen super gebrauchten *Firejet* bekommen. Baujahr 2004. Der hat eine geile Form und sieht aus wie ein Roller.«

Hecht sah ihn entsetzt an, sagte kein Wort.

Stefan kam ins Schwärmen.

»Wahnsinn, gell? Und des für schlappe sechshundert Euronen. Ein echtes Schnäppchen«, jubelte der Junge und strahlte über das ganze Gesicht. Er hatte den Blick seines Großvaters und die Nase von Anton.

»Was musst du ein Mofa kaufen? In der Scheune vom Opa, da steht meins von früher. Ein *Hercules Prima*.«

Stefan traute seinen Ohren nicht, konnte kaum glauben, was er da hörte. »Des muss man ja noch mit den Pedalen anlassen.«

»Von wegen. Des hat schon einen Kickstarter. Mit dem bin ich damals bis nach Göppingen rübergefahren. Schau halt mal nach, unter der grünen Plane.«

»Des ist aber jetzt nicht dein Ernst?«, fragte er entsetzt und erhoffte sich eine abschlägige Antwort.

»Mein voller!«

Mit flehendem Blick sah er in die Küche zu seiner Mutter hinüber, die am Spülbecken vor dem Fenster stand und das Geschirr vorspülte.

»Jetzt sag doch du mal was, Mom.« In seiner Stimme lag etwas Weinerliches.

Seine Mutter machte keine Anstalten etwas zu sagen. Sie lächelte nur, sah zu ihrem Mann hinüber und zuckte mit den Schultern.

»Mit so einem vergammelten Ofen, so einem Fossil aus der Steinzeit soll ich rumfahren?«

»Was heißt da vergammelt, des Ding ist Baujahr 72, ich habe es damals sehr gut erhalten gebraucht gekauft«, entrüstete sich Hecht. »Da muss man halt ein bisschen was richten. Vielleicht können wir es neu lackieren.« Hecht sah seinen Sohn hoffnungsvoll an. Aber im Innersten glaubte er selbst nicht mehr daran, ihn überzeugen zu können.

Simone hielt es nicht mehr aus. Sie glaubte, dass es jetzt notwendig wäre, sich einzumischen. »Mensch Tone, überleg doch mal. Es sind eben andere Zeiten«, versuchte sie, das Gespräch zu entschärfen.

Stefans Gesicht erhellte sich. Hoffnung keimte darin auf. »Siehst du, die Mom, die hat's begriffen.«

»Schau es dir doch wenigstens einmal an«, sagte Hecht mit Milde in der Stimme.

»Hab' ich schon.«

»Und?«

»Ich blamiere mich doch nicht bei meinen Kumpels. Wie stehe ich denn da? Mit dem alten Göppel und der Farbe, da brauche ich bei denen doch gar nicht antreten«, entgegnete er trotzig.

»Göppel? Was fällt dir ...« Er wollte etwas sagen, kam aber nicht gegen Stefans Wortschwall an.

»Außerdem ist so was für heutige Verhältnisse viel zu langsam«, argumentierte der Junge verzweifelt weiter.

»Ja willst du denn mit dem Ding Rennen fahren?« Hecht schnappte nach Luft.

Stefan blickte wieder hilfesuchend zu Simone.

»Um in die Stadt hinunterzufahren reicht des doch völlig aus. Und außerdem kostet es dich keinen Cent, nur den Sprit natürlich«, versuchte er es mit einem neuen Argument. Für einen Moment überlegte Stefan, und Hecht glaubte schon, ihn damit überzeugt zu haben. Schnell schob er nach: »Und den Sprit, an dem beteiligen wir uns auch.« Hecht warf einen kurzen Blick zu Simone hinüber. »Den zahle ich dir auch ganz, wenn es sein muss«, ergänzte er sicherheitshalber nach kurzem Zögern. Sie nickte ihm gönnerhaft lächelnd zu.

Stefan ging nicht auf das Angebot ein. Er ließ nicht locker. »Und manipu... ähm ändern auf heutige Bedürfnisse, kann man des schon gleich gar nicht.«

»Frisieren!«, schrie Hecht. »Du hast sie wohl nicht mehr alle? Des ist strafbar! Des schlägst du dir aber ganz schnell aus dem Kopf!« Hechts Gesicht lief rot an. Seine Stimme drohte sich zu überschlagen. Wenn er aufgeregt war – und dies war weiß Gott so ein Moment –, flogen kleine Speicheltröpfchen wie Geschosse aus seinem Mund und landeten nun auf der Tischplatte. »Wenn die dich erwischen! Willst du dir eine Führerscheinsperre einhandeln?«, erboste er sich und sah kopfschüttelnd zu seiner Frau hinüber.

Stefan schluckte und schien einen Augenblick nachzudenken.

»Jetzt lass es gut sein, Tone. Denk an deinen Blutdruck«, fuhr Simone genervt dazwischen. Sie hatte sich währenddessen etwas überlegt und versuchte, einen Vorschlag zur Güte zu machen. Sich die Hände abtrocknend trat sie aus der Küche an den Esszimmertisch. In versöhnlichem Ton fragte sie ihren Sohn: »Schau mal, lohnt es sich denn überhaupt noch, ein Mofa zu kaufen?«

Hecht sah interessiert auf und war gespannt, worauf das jetzt hinauslaufen würde.

»Spar doch gleich auf was Gescheites – einen Motorroller. Der fährt doch auch schneller, oder?« Simone sah ihren Mann fragend an. Der war erstaunt, fand ihren Vorschlag nicht schlecht und nickte heftig. Hoffnung keimte in ihm auf.

»In einem Jahr bist du sechzehn«, erinnerte Simone ihren Sohn und war überzeugt, die Lösung gefunden zu haben.

»Ein ganzes Jahr? Des ist doch alles nichts! Vergiss es!« Stefan schüttelte energisch den Kopf.

»Überleg mal. Der Motorroller, der hat zwei Sitze«, mischte sich jetzt Hecht ein.

»Dann kannst du noch jemanden mitnehmen«, griff Simone den Ball auf und sah ihren Sohn verschmitzt an. »Eine Freundin zum Beispiel«, sagte sie leise und zwinkerte mit einem Auge. Auf ihrem Gesicht lag ein nettes Lächeln.

Einen Augenblick herrschte Stille. Hecht war verblüfft über das Argument seiner Frau, dachte aber nicht lange darüber nach, sondern hoffte, Stefan möge endlich einsichtig werden.

»Mom, du hast das Problem nicht erkannt. Ich muss *jetzt* mobil sein«, betonte er, »und abends aus dem Kaff hier rauskommen und nicht erst in einem Jahr.«

Hecht sagte gar nichts mehr, schüttelte nur resigniert den Kopf. Simone setzte sich zu ihnen.

»Für was habe ich denn die letzten Jahre die ganzen Neben- und Ferienjobs gemacht?« Stefans Stimmlage driftete ins Weinerliche ab. Seine Eltern erkannten, dass sie dieses Thema noch länger beschäftigen würde. Alle saßen einen Augenblick lang schweigend da.

Er begann langsam weiterzusprechen.

»Tolle Vorstellung! Meine Kumpels sind schon alle fünfzehn und fahren Mofa. Und ich, ich fahr Bus.« Stefan zögerte einen Moment, dann holte er aus: »Und damit ihr es wisst, ich kaufe mir ein Mofa. Schließlich habe ich lange dafür gespart wie ein Blöder.«

Hecht lachte laut auf. »Des Geld, des reicht dir doch nie, bei deinem Lebenswandel. Und von uns bekommst du nichts dazu. Basta!«, entgegnete er siegessicher.

Mit einem schnellen Griff schnappte der Junge seine Sporttasche, die neben der Küchentür stand. In der Tür drehte er sich um und sagte schnippisch: »Den Rest, den bekomme ich sowieso vom Grandpa, der hat es mir versprochen.«

Simone verzog das Gesicht. Auch Hecht kochte. Bevor er etwas erwidern konnte, knallte Stefan schon die Tür hinter sich zu.

»Herrschaftsechser! Dass der Bua immer so bockstur sein muss. Mit aller Gewalt seinen Kopf durchsetzen. Wo der des bloß her hat?« Hecht schüttelte verständnislos den Kopf.

»Ja woher wohl?«, schmunzelte Simone. Er winkte genervt ab. Sie drehte sich um, ging in die Küche und begann, den Geschirrspüler zu bestücken.

Hecht öffnete das Küchenfenster und rief laut in den Hof hinaus: »Und mit dem Opa, mit dem hab ich auch noch ein Hühnchen zu rupfen!«

ZWEITER TAG - DONNERSTAG

Nach ihrer Rückkehr ins Büro hatte Hering an ihrem ersten Arbeitstag noch mehrere Besprechungen abgehalten und Zeit gefunden, sich mit diversen Verwaltungs- und Personalangelegenheiten zu befassen. Mit Erschrecken musste sie feststellen, wie viele Kollegen auf Lehrgängen oder zu anderen Polizeidienststellen, vor allem nach Stuttgart, abgeordnet waren.

Im Hinblick auf weitere Unterstützung für einen bevorstehenden Einsatz bei Demos gegen das Bahnprojekt S21 am Stuttgarter Hauptbahnhof telefonierte sie vorsorglich mit Zybura. Am Ende des Gespräches hakte sie nochmals nach, wann sie mit personeller Verstärkung rechnen könne. Zuerst eierte er ein wenig herum. Aber sie ließ nicht locker, führte die Erkenntnisse aus ihrem Aktenstudium und vor allem den neuen Mordfall ins Feld, der mit der dünnen Personaldecke nicht effektiv zu bearbeiten sei.

Zybura wollte längst heim, denn seine Frau hatte ihn für die abendliche Einladung der Nachbarn zum Putzen von Schnittbohnen nach Hause beordert. »Eine! Mittlerer Dienst. Reden Sie mit dem Eisele. Das ist dem sein Ressort«, antwortete er am Ende genervt.

Gleich heute früh hatte sie deshalb mit dem Revierleiter gesprochen. Hecht hätte nie gedacht, dass es seiner Chefin gelingen könnte, Zybura auch nur eine Stelle aus dem Kreuz zu leiern. Umso erfreuter war er, als er von der Abordnung der jungen Polizeimeisterin Jennifer Funk vom Streifendienst erfuhr.

***

Hering stand nachdenklich mit verschränkten Armen am Fenster in Hechts Büro und sah auf den Hof hinunter. Heute trug sie praktische Jeans und flache, geschlossene Schuhe. Die Haare waren hinten auf Ohrenhöhe zu einem Ballerinaknoten zusammengebunden. Der verlieh ihr etwas Klassisches, aber auch eine gewisse Unnahbarkeit. Sogar einen Hauch von Strenge, wie Hecht es empfand. Der saß zurückgelehnt hinter seinem Schreibtisch und telefonierte.

Davor lümmelte sich Heckenlaible auf einem Stuhl und zupfte vorsichtig an einer Brandblase an der rechten Hand. Die hatte er sich beim gestrigen Grillen durch eine kleine Unaufmerksamkeit zugezogen. Tomberg kam mit einem Stapel Zeitungen auf dem Arm herein und legte sie vor Hecht auf den Tisch. Sofort griffen Hering und Heckenlaible zu.

Jeden Morgen lag die Tagespresse des Ostalbkreises auf den Tischen der Dezernatsleiter und der Kripochefin. Der gestern gefundene Tote war allen Blättern nur ein paar Zeilen unter der Rubrik Polizeibericht wert. Dagegen brachte die Remspost Herings Amtseinführung mehrspaltig und mit großer Überschrift auf ihrer lokalen Titelseite.

Während die anderen lasen, besprach Hecht das weitere Vorgehen im Fall des unbekannten Toten mit der Staatsanwaltschaft Ellwangen. Mit dem Ergebnis war er sehr zufrieden: Man ließ der Gmünder Kripo freie Hand. Er legte den Hörer auf, griff nach der Remspost und zog den Lokalteil heraus. »Schwäbisch Gmünder Kriminalpolizei in Frauenhand«, lautete die Schlagzeile, die er laut vorlas.

»Fallen denen keine besseren Überschriften ein?«, kommentierte Hering.

»Na endlich«, jubelte dagegen Nelli Tomberg. Sie blätterte im Exemplar einer Tageszeitung der Kreisstadt Aalen und las den Aufmacher im Lokalteil vor: »Neue Chefin für die Gmünder Kriminalpolizei. Erstmalig steht mit der fünfundvierzigjährigen Kriminaloberrätin Mona Hering-Schweizer eine Frau an der Spitze einer

Kriminaldienststelle im Land. Polizeipräsident Horst Schonter führte gestern im Rahmen einer ...«

»Na Klasse! Jetzt weiß die ganze Stadt wie alt ich bin«, schnaufte Hering und verzog das Gesicht.

Hecht musterte sie demonstrativ von oben bis unten und fragte: »Haben Sie damit ein Problem?«

Heckenlaible zog Kopf und die Schultern ein und wartete gespannt auf ihre Reaktion.

»Ach was!«, winkte sie ab. »Unser Pressesprecher in Aalen, der hat mich um zwei Jahre älter gemacht. Mit dem werde ich noch ein Wörtchen reden müssen«, meinte sie augenzwinkernd und verschwand aus Hechts Zimmer.

***

Polizeimeisterin Jennifer Funk betrat Herings Büro. Sie strahlte über das ganze Gesicht. Unter ihren Arm hatte sie ein Schreibbrett geklemmt. Hering bedeutete ihr, neben Obergfell Platz zu nehmen. Der wurde etwas verlegen, seine Wangen erröteten leicht. Hecht lehnte sich langsam in seinem Stuhl zurück und streckte die Beine weit von sich.

»So, dann kann's ja losgehen«, sagte Hering in die Runde.

Ohne dass es einer Aufforderung bedurft hätte, stand Heckenlaible auf und ging zu der seitlich aufgestellten Pinnwand. Er war heute schon früh in der Dienststelle gewesen und hatte darauf Fotos, Indizien und die gesammelten Erkenntnisse vorbereitet, über die er die Kollegen informieren wollte.

Gestern Nachmittag hatte er noch mit Kurt Viereckle, dem Chef der Tunnel-Bauleitung, in dessen Büro zusammengesessen. In mühevoller Kleinarbeit versuchten die beiden den Leichenfundort einem ehemaligen Grundstück zuzuordnen. Dies gestaltete sich schwierig, war doch das ganze Gelände früher in kleine Flurstücke aufgeteilt. Es gelang ihnen aber, eine mit fast undurchdringlichem Gehölz bewachsene Fläche dem Leichfundort zuzuordnen. Sie war zusammen mit anderen Gärten als brachliegendes Land im Überschwemmungsgebiet der Flussaue ausgewiesen.

Auf alten Fotos konnte man erkennen, dass das Grundstück auf der Landseite eingezäunt und für Fremde nur vom Flüsschen Rems her offen und daher nicht für jedermann zugänglich war.

»Die einzige Möglichkeit den früheren Eigentümer herauszubekommen ist über das Notariat und die Grunderwerbsabteilung des Regierungspräsidiums«, beendete Heckenlaible gerade seine Ausführungen, als Nelli Tomberg in Herings Büro kam und mit einem Stapel Papieren wedelte.

»Der vorläufige Bericht von Gerichtsmedizin und Spurensicherung.« Sie drückte jedem der Anwesenden ein Exemplar in die Hand.

Hering war das Erstaunen darüber anzumerken, dass dieser bereits vorlag. Dr. Krautschneider hat wohl die Nacht durchgearbeitet, dachte sie sich.

»Und, was steht drin?«, fragte Hecht und lächelte Frau Tomberg an. Er wusste, dass sie die Gabe hatte, den Inhalt eines Gutachtens in wenigen Sätzen präzise zusammenzufassen.

»Die Mappe mit Fotos liegt Ihnen allen auch bereits als E-Mail-Anhang vor. Todeszeitpunkt nach derzeitigem Kenntnisstand Mitte der neunziger Jahre. Männlich, Alter etwa fünfundvierzig, Größe einsfünfundachtzig, stabiler Knochenbau, Erhebung des Zahnstatus' – der liegt bei. Der relativ gute Erhaltungszustand im Bereich des Oberkörpers ist auf das besondere Erdmaterial zurückzuführen, in dem das Opfer gefunden wurde.«

Nelli Tomberg hatte sich die maßgebenden Seiten mit gelben Klebezettelchen markiert und konnte sofort die wichtigen Stellen aufschlagen. Alle saßen bequem zurückgelehnt da und hörten ihr interessiert zu. Hering war gespannt und musste innerlich lachen. Sie bewunderte, mit welchem Selbstbewusstsein und Sachverstand die 29-Jährige die Sache anging und die Kollegen informierte.

»Todesursache Kopfschuss. Im Schädel wurde ein nur gering deformiertes Projektil gefunden. Stammt aus einer 9-mm-Waffe. Bei der Untersuchung des Kopfes kam ein Ohrring zum Vorschein. Weitere Hinweise sind Hosen- und Hemdenetikett, die Reste einer Zigarettenschachtel und ein Plastikfeuerzeug mit

Werbeaufdruck.« Tomberg blätterte schnell im Bericht und schlug eine Seite auf. »Frisia Secura stand darauf«, las sie langsam vor. »Das Hemd eine Art Holzfällerhemd, hoher Polyesteranteil, daher nicht so stark zersetzt wie die Jeans. Abgewetzte Billigturnschuhe.« Sie griff schnell zur Seite mit dem letzten gelben Zettel. »Eine Tätowierung am Unterarm, der ist aber nur teilweise erhalten, deshalb konnte sie noch nicht identifiziert werden.« Sie deutete auf ein Foto im Bericht und zeigte es den Anwesenden.

Hecht sah zu seiner Chefin hinüber, die ihre Anerkennung durch ein leichtes Nicken ausdrückte.

Nelli Tomberg klappte die Gutachtenmappe zu und gab damit zu verstehen, dass dies alles war. Beim Verlassen des Büros blieb sie plötzlich vor der Tür stehen und machte auf dem Absatz kehrt. »Ach ja, einen Gruß soll ich noch sagen.«

Alle im Raum schauten sie an.

»Von Dr. Krautschneider an Frau Hering«, sagte sie lächelnd zu ihrer erstaunten Chefin. Hecht grinste. Heckenlaible sah kurz zu ihm hinüber und befasste sich dann mit dem Gutachten. Er tat so, als ginge ihn das alles nichts an. »Mehr geht nicht, hat er gemeint«, ergänzte Tomberg. Nun lächelte Mona Hering ihr zufrieden zu.

Zeit, sich wieder dem Fall zuzuwenden. »Hecki, die Überprüfung von dem Ohrring und der Tätowierung, könntest du dich darum kümmern?«, fragte Hecht den Kriminaltechniker.

Hering sah Hecht vorwurfsvoll mit einem Blick an, den er interpretierte als: »Wer leitet denn hier die Ermittlungen?«

»Tschuldigung«, sagte er, zog leicht das Genick ein und bedeutete ihr mit einer Geste, dass er ihr bei der Aufgabenverteilung den Vortritt lassen wollte.

Heckenlaible überging das Geplänkel und antwortete auf Hechts Frage: »Hhm, die hier müssten erst mal reichen.« Er zeigte auf die detaillierten, scharfen Bilder des Gutachtens.

»Der ausführliche Bericht und die verwertbaren Gegenstände kommen noch per Kurier aus Ulm«, sagte Tomberg, bevor sie aus der Tür verschwand.

Sie hatte nicht einmal gefragt, ob sie die Besprechung verlassen könne. Hering schüttelte den Kopf und wandte sich an den jungen Kommissar. »Etiketten und Feuerzeug? Herr Obergfell, wenn Sie und Frau Funk sich darum kümmern würden. Vielleicht kommen wir da weiter.«

***

»Bravo Herr Hecht! Gratuliere!«, sagte der Fahrlehrer und kam auf Stefan zu. Der saß gespannt mit einem Dutzend anderer Jugendlicher im Unterrichtsraum der Fahrschule Rieg. Auf seinem Gesicht lag ein entspanntes Lächeln.

Wow! Die erste Prüfung in seinem Leben – und die hatte er bestanden.

Der große, breitschultrige Mann schüttelte ihm kräftig die Hand und überreichte ihm ein kleines graues Dokument. Stefan fiel ein Stein vom Herzen. Er nahm das Papier, schloss die Augen, atmete tief durch und presste es fest zwischen seine Hände.

***

Obergfell hatte den Fall mit den vor Wochen gefundenen Skeletten auf Herings Anweisung jetzt allein zu bearbeiten. Es machte ihm nichts aus, denn im Moment gab es damit sowieso kaum etwas zu tun. Erst wenn die Ergebnisse der Knochenuntersuchungen vorlägen, würde die Akte endgültig abgeschlossen werden können. Bis dahin konnte er an dem neuen Fall mitarbeiten, zum Beispiel Informationen zu dem Feuerzeug einholen, das man bei dem Toten gefunden hatte.

Seine Kollegin Jennifer Funk überprüfte das Etikett im Hemd des Toten. Es war ihr gelungen, die Herstellerfirma in Bremen aufzuspüren. Am Telefon teilte man ihr mit, dass Hemden dieser Serie Anfang der Neunziger Jahre produziert worden waren.

Inzwischen war Sascha Obergfell bei der Versicherung fündig geworden. Frisia Secura hatte diese Feuerzeuge nur im ersten Quartal 1996 als Werbegeschenke verteilt – und das schwerpunktmäßig im norddeutschen Raum. Ein weiterer Hinweis darauf, dass die Spur des Toten nach Norddeutschland führte.

***

Langsam stieg Hering die Treppe zum Dachgeschoss hinauf, in dem die Kriminaltechnik untergebracht war. Die hölzernen Stufen knarrten trotz ihres niedrigen Gewichtes. Wie mag sich das erst bei Heckenlaible anhören, dachte sie sich.

Aus einem Raum hörte sie ein anhaltendes, quietschendes Geräusch und wurde neugierig. Die Tür war einen Spalt breit geöffnet. Vorsichtig drückte Hering sie auf und betrat lautlos das fensterlose Zimmer. Der Oberkommissar saß an einem Schreibtisch und drehte ihr den Rücken zu. Seine Halbschuhe hatte er ausgezogen und sauber ausgerichtet neben dem Tisch platziert. Die Füße, die in Socken mit ein paar Löchern steckten, bewegten sich langsam auf den Rollen eines hölzernen Massagerollers hin und her. Unwillkürlich musste sie lächeln.

Der Raum erinnerte sie mit seinen Apparaturen und Geräten ein wenig an das Chemie- und Physiklabor ihres Gymnasiums. Als erstes stach ihr das große Foto eines Bikers auf einem Motorrad ins Auge, das an der Wand hing. Sie betrachtete es näher. Der Fahrer saß lässig auf einer Harley Davidson. Die Arme, von denen Fransen herunterhingen, ruhten auf dem Lenker. Er trug eine Sonnenbrille und eine schwarze Lederkluft, die sein Körper prall ausfüllte. Das grinsende Gesicht war in ein gebundenes rotes Piratentuch gehüllt. Über seinem Kopf befand sich eine Sprechblase mit dem Inhalt *Born to be wild*.

Hering staunte nicht schlecht. Kein Zweifel, dachte sie sich, das war Heckenlaible.

Der hielt den Griff eines merkwürdigen zylinderförmigen Gerätes in der Hand und fuhr damit über die Stoffreste, die auf dem Tisch lagen. Hin und her, mal gerade, mal schräg. Daneben befanden sich Fotos des unbekannten Toten von der Tunnelbaustelle.

Lautlos war Hering hinter ihn getreten. Heckenlaible hatte sie bisher nicht bemerkt und erschrak, als sie sich über seine Schulter beugte. Er fing sich aber schnell, drehte sich um und streckte ihr stolz das Gerät entgegen. Sofort bemerkte Hering das Leuchten in seinen Augen.

»Die Projectina, meine nagelneue Errungenschaft.«

Hering nahm den Apparat, betrachtete ihn und drehte ihn in ihren Händen. »Eine Spektrallampe, neuestes Modell?«

Umständlich schlüpfte er in seine Schuhe.

Herings Gesicht erhellte sich. »Damit wir noch besser auf Sekretspuren untersuchen und sie sichtbar machen können?«

Heckenlaible freute sich. Da schien jemand zu sein, der sich mit seiner Arbeit auskannte - sich zumindest für sie interessierte. »Jetzt fehlt mir nur noch die Spheron-Kamera.«

Hering sah ihn fragend an.

»Mit der kann man ringsum den Tatort aufnehmen und lückenlos dokumentieren. Geht ruck zuck.«

»Hhm, das wäre schon eine Erleichterung«, sagte sie verständnisvoll. »Würden Sie mir bitte die anderen Räume zeigen?«

Heckenlaible führte seine Chefin im Obergeschoss herum. Einer der Räume war als Werkstatt eingerichtet. Ein anderer war vollgestopft mit allerlei Apparaturen, Messgeräten und Vorrichtungen und glich mehr einem Labor. Geräte wie Stereomikroskop, Kameragestelle, diverse Lampen und spezielle Leuchten, ein Bedampfungsschrank zur Kenntlichmachung von Fingerabdrücken und ein Live-Scanner zu deren digitaler Erfassung befanden sich darin. An einer Wand stapelten sich verschiedene Taschen und Spezialkoffer aus Aluminium. Im Kurzdurchlauf erklärte er Hering die Funktionen der einzelnen Geräte. Das war es, das Reich von Heckenlaible, da war er in seinem Element.

»Schauen Sie, wie es hier aussieht, wie wir zurechtkommen müssen.«

»Da könnte man mit geringen Mitteln bestimmt was daraus machen«, sagte Hering und strich mit der Hand über den abgewetzten Türrahmen.

»Seit Jahren schon versprechen die mir den Umbau. Aber Sie sehen ja«, deutete er gestikulierend um sich.

Sie blieben in Heckenlaibles Büro vor einem großen Bildschirm stehen. Darauf war das Foto eines mumifizierten Unterarmes mit einer Tätowierung zu sehen. Er zoomte das Tattoo mit mehreren

Mausklicks heran und forderte Hering auf, sich die Vergrößerung genauer anzusehen.

»Was meinen Sie?«

Sie beugte sich näher zum Bildschirm und überlegte.

»Sieht aus wie, wie ein ...«

»... wie ein Spinnennetz?«, ergänzte Heckenlaible mit einem fragenden Blick.

»Genau!«

»Und da ist noch etwas.« Er griff nach einer Mappe, die neben dem Gerät auf dem Tisch lag. »Im Bericht der Gerichtsmedizin, da steht«, er blätterte, bis er die richtige Seite hatte. »Hier!« Mit seinen dicken Fingern fuhr er über das Blatt und zitierte: »Zwischen rechtem Daumen und Zeigefinger sind noch die Reste von drei Punkten zu erkennen.« Eine Serie von weiteren Bildern lief über den Monitor, bis er das gewünschte Foto gefunden hatte.

»Die Anordnung sieht fast aus wie das Blindensymbol«, meinte Hering.

Auch er hatte zunächst keinen Zusammenhang zwischen den beiden Informationen gesehen. Aber seine jahrelange Kriminalerfahrung hatte bei ihm nach Herings Feststellung eine Vermutung aufkommen lassen. »Wenn man beides zusammen betrachtet ... Hhm. Es könnte sich dabei um Knasttattoos handeln, die beiden Symbole zusammengenommen weisen darauf hin«, sagte er vorsichtig. »Den Träger solcher Punkte bezeichnet man als »Steher«, einen verschwiegenen Mann, einer der nichts sagt, nichts sieht und nichts hört.«

»Und das Spinnennetz?«, fragte sie.

»Bedeutet gefangen, wie im Netz einer Spinne.«

»Die Qualität ist auch ziemlich schlecht«, warf Hering ein.

»Man kann vermuten, dass sie mit primitivem selbstgemachtem Werkzeug in einem Gefängnis gestochen wurden«, dachte Heckenlaible laut. Er sah seine Chefin mit überzeugtem Blick an.

»Kein Zweifel, das sind Knasttattoos.«

***

Funks INPOL-Abfrage und die Recherchen in den Vermisstendatenbanken des gesamten Bundesgebietes und den benachbarten Ländern, brachten keine neuen Erkenntnisse. Dort war niemand eingetragen, zu dem die Daten passten, die sie bislang erhoben hatten. Obergfell hatte die Unterlagen und den Zahnstatus aus der Gerichtsmedizin an die Krankenhäuser aller deutschen Justizvollzugsanstalten – im Norden beginnend – übermittelt. Er musste nicht lange auf ein Ergebnis warten.

»Volltreffer!«, rief er mit einem Siegerlächeln Hering und Hecht zu, die beide im Büro der Kriminaloberrätin saßen und diverse Vorgänge durchsprachen. Hering war nicht nur mit dem aktuellen Mordfall beschäftigt. Sie musste sich als Chefin auch um das Tagesgeschäft, die Verwaltung und die Organisation der Dienststelle kümmern.

Per E-Mail war eine Antwort eingetroffen – aus Hamburg. Obergfell hatte bereits die Ergebnisse zusammengefasst. Nach Information der norddeutschen Kollegen handelte es sich bei dem Toten eindeutig um einen ehemaligen Insassen der Justizvollzugsanstalt Hamburg-Fuhlsbüttel. Das Zahnschema passte zweifelsfrei zu einem gewissen Wolfgang Nadolny, geboren 1967 in Schleswig. Ein Dreiseitenbild zeigte ihn mit Ohrring. Der nackte Unterarm wies ein Tattoo im Ellenbogenbereich auf. In Santa Fu, wie die Einheimischen die JVA Fuhlsbüttel nannten, hatte er fünf Jahre eingesessen. 1991 hatte er zusammen mit einem Komplizen einen Supermarkt im Stadtteil Poppenbüttel überfallen. Weil Nadolny die ganze Zeit über dichtgehalten hatte, konnte sein Mittäter nicht ermittelt werden.

Für die Kripo galt es nun zu klären, aus welchem Grund Nadolny nach Gmünd gekommen war, zu wem er Kontakt gehabt und warum er hier den Tod gefunden hatte. Ein Aufruf in der Presse könnte helfen. Hecht beabsichtigte wie immer in solchen Situationen, vorerst nur die beiden ortsansässigen Tageszeitungen und den regionalen Radiosender um Mithilfe zu bitten. Hering wollte den Fall gleich höher hängen und sich zusätzlich für die

Sendung »Aktenzeichen XY ... ungelöst« an das ZDF wenden, was nach seiner Meinung der Verhältnismäßigkeit der Mittel widersprach. Doch letztlich lag die Entscheidung ohnehin beim Leiter der Polizeidirektion. Sie schalteten ihn per Telefon ein. Für Zybura kam ein Fernsehaufruf vorerst nicht in Frage. Er erwartete, dass zunächst auf kleiner Flamme gekocht werde. Seine Direktion solle den Fall selbst lösen und sich nicht vorschnell dem Vorwurf der Hilflosigkeit aussetzen. Erst wenn alle üblichen Möglichkeiten – die Bordmittel, wie er es immer ausdrückte – ausgeschöpft seien, könne man diesen Weg gehen.

Hering nahm die Entscheidung gelassen auf und formulierte gemeinsam mit Hecht einen Text, der ihre Fragen enthielt, und leitete ihn mit den Fotos aus der JVA an die Pressestelle weiter. Nun hieß es warten.

***

»Und, was habe ich dir gesagt?«, rief Stefan seiner Mutter entgegen, als er mit einem Stück dunkelgrauem Papier wedelnd das Esszimmer betrat. »Heute fängt das Leben an. Fußgänger ade. Da! So sieht er aus, der Schlüssel zur mobilen Freiheit«, frohlockte er und legte freudestrahlend die Prüfbescheinigung vor Simone auf den Tisch, an dem auch sein Großvater saß.

»Mensch Stefan, wo du auch immer diese Ausdrücke herbringst«, entgegnete sie kopfschüttelnd und warf einen Blick darauf.

Der alte Mann streckte seine Hand aus. »Zeig amal her dein' Mofaführerschein.« Patriz holte seine Hornbrille aus dem abgegriffenen Etui, setzte sie mit zittrigen Fingern auf und begann das Papier zu lesen, das Stefan ihm gereicht hatte. Dann blickte er auf und sah seinen Enkel mit zusammengekniffenen Augen an. »Willsch wegen dem Mofa no amal mit deim Vater schwätza?«

»Des kann ich vergessen«, sagte er und winkte ab.

Patriz blinzelte ihm zu. Sein weißer Schnurrbart vibrierte leicht. »Und wenn's Geld net langt, wenn du no mehr brauchscht, woischt ja, dann schwätz mit mir.«

Stefans Augen leuchteten. Stolz nahm er das Papier wieder an sich und faltete es vorsichtig an den dafür vorgesehenen Kanten zusammen. Er schob es in ein blaues Kunststoffmäppchen und steckte es in die Außentasche seiner Jacke. Zufrieden klopfte er mehrmals mit der flachen Hand darauf.

***

»Und schon die Einrichtung, die ist doch megaout, so richtig altbacken. Ständig hängt einem der Mief aus den Fünfzigern in der Nase«, wetterte Sigmund Endlich. Er war der Vorsitzende einer der etwa fünfzig Altersgenossenvereine in Gmünd, in denen sich Frauen und Männer eines gleichen Geburtsjahrgangs bereits im Alter von 30 Jahren zusammenschließen und ab dem vierzigsten alle runden Geburtstage gemeinsam feiern. Diese Vereine, die nur als AGV mit der Jahreszahl ihres Jahrgangs bezeichnet werden, und die es in dieser Art nur in Gmünd gibt, blickten auf eine fast 150 Jahre alte, immer noch sehr ernst genommene Tradition zurück. Die Mitglieder von Endlichs Altersgenossenverein würden im nächsten Jahr vierzig und das gemeinsam feiern.

Der Vorsitzende, ein ursprünglich aus Bamberg stammender Mann, hatte rötlichblondes gegeltes Haar, das er auf der linken Seite ordentlich gescheitelt hatte, und trug Anzug und Krawatte. Das war für ihn Alltagskleidung, denn er arbeitete in einem der Geldinstitute der Stadt, der Gamundia Hypo. Vor acht Jahren war er nach mehrjähriger Arbeit im Norden von Lübeck nach Gmünd gezogen. Seitdem hatte er vergeblich versucht, in der Bank Karriere zu machen. In der Vereinsspitze war er der einzige Zugereiste. Das verriet schon sein fränkischer Dialekt, in dem es beim Sprechen zwischen B und P keinen Unterschied gibt. Das wurde ihm erstmals zum Verhängnis, als er einer Vereinskameradin ein Kompliment machen wollte. Er bezeichnete sie als Powerfrau. Doch die waschechte Schwäbin reagierte äußerst ungehalten, wollte sich nicht als Bäuerin oder gar Bauerntrampel bezeichnen lassen.

Im Nebenzimmer des heimeligen Traditionsgasthauses Weißer Hahn in der Innenstadt, tagte heute Abend der zehnköpfige Vorstand von Endlichs AGV mit Ausschuss. Der war für die Organisation des ersten gemeinsamen Jahrgangsfestes im nächsten Jahr verantwortlich.

Da der Schwabe im Allgemeinen mit Erreichen des vierzigsten Lebensjahres »gscheit« wird, sind es die Vierzigjährigen, die jedes Jahr Anfang Juni den Reigen gemeinsamer Feiern eröffnen. Fünf mal – bis zum Fest der Achtzigjährigen – werden alle runden Geburtstage so gefeiert.

»Wir brauchen ein anderes Vereinslokal. Und eine neue Vereinsfahne, die ist doch schon gar nicht mehr zeitgemäß«, sagte Endlich mit einer abfälligen Geste.

»Nicht mehr zeitgemäß?«, fragte die Schriftführerin Sandra Hölldampf erstaunt.

»Es geht nicht um Zeitgemäßes, Tradition ist angesagt«, meldete sich Tessa Brenner, die stellvertretende Vorsitzende.

»Tradition ist Tradition bei allen Altersgenossenvereinen, und die muss gewahrt bleiben. Da können wir doch nicht so einfach ausscheren«, rief Pressereferentin Valerie Sperrle vom unteren Ende des Tisches.

Tessa, die ihre auffallend langen Beine übereinandergeschlagen hatte, stellte beide Füße wieder auf und erhob sich. »Und außerdem ist eine Fahne auch in der Satzung verankert«, sagte sie, und begann, vor dem Tisch stehend in einem Stapel Papieren zu blättern.

»Man muss trotzdem mit der Zeit gehen. Natürlich in einem gewissen vertretbaren Rahmen.« Endlich versuchte, einen versöhnlichen Ton anzuschlagen.

»Leute! So kommen wir doch nicht weiter«, mahnte Sandra die Streithähne zur Vernunft. »Also, ganz einfach, wir stimmen ab: Wer ist für eine Vereinsfahne?« Sandra sah sich in der Runde um. Bis auf den Vorsitzenden hob jedes Ausschussmitglied ohne zu zögern die Hand.

»Mehrheitlich dafür, einer dagegen«, stellte Sandra fest und vermerkte es im Protokoll.

Endlich schnaufte. Er warf seinen Kugelschreiber auf die Unterlagen vor sich und ließ sich zurück an die Rückenlehne seines Stuhles fallen.

Sandra erklärte sich bereit, im Internet Vorlagenbeispiele für eine Vereinsfahne zu suchen und bis Sonntag daraus Entwürfe zu entwickeln. Die Eile war nötig, denn als Nächstes stand die Fahnenweihe auf dem Programm, die traditionsgemäß immer im Herbst stattfindet. Zu Hölldampfs Erleichterung erklärte sich Tessa bereit, die Organisation dafür zu übernehmen.

Die meisten Anwesenden hatten ihren Laptop vor sich stehen, so dass man meinen konnte, es handelte sich um ein Geschäftsmeeting. Sandra wollte die Zeit für erste Recherchen nutzen und startete ihr Netbook, das immer automatisch als Startseite den Aufmacher der Remspost-online anzeigte. Heute waren ganz oben die Bilder und die Beschreibung des tot aufgefundenen Wolfgang Nadolny zu sehen.

Sandra schaute die Fotos an und überflog den Aufruf der Polizei. Dann drehte sie ihren Bildschirm zu den anderen hin und sagte: »Schaut mal her! Da haben sie gestern eine Leiche gefunden.«

»Wo?«, wollte Valerie wissen.

»Auf der Tunnelbaustelle der B 29.«

»Da waren wir doch neulich erst, bei der Tunnelbesichtigung.« Tessa fröstelte bei der Vorstellung, dort vielleicht einem Toten ganz nahe gewesen zu sein.

Auch die anderen scharten sich unterdessen näher um Sandras Bildschirm herum. »Nein, wir waren am Westportal, und die Leiche, die haben sie im Ostteil gefunden«, stellte Sandra richtig und las vor: »Gewaltsamer Tod durch eine Schussverletzung im Kopfbereich. Die Polizei sucht Leute, die den Toten kannten.«

»Erst die vielen alten Skelette und jetzt diese Leiche hier«, brachte Kassierer Ralf Ackermann fassungslos hervor. »Wer weiß, was die da noch so alles finden.«

Alle betrachteten interessiert das Porträt sowie die Detailbilder und lasen mehr oder weniger ausführlich den dabeistehenden Text.

»Guckt euch bloß mal diesen Blick an!« Sandra schwärmte regelrecht.

»Sandra! Also jetzt komm aber!«, empörte sich Valerie.

»Und die Tätowierungen, der hat was, gell?«, stimmte Tessa bewundernd zu. Valerie quittierte es mit einem entsetzten Seitenblick.

»Ich finde, der sieht aus wie ein Verbrecher«, widersprach Ralf.

Tessa schaute nochmals kurz auf das Bild und befasste sich dann wieder mit ihren Unterlagen. Sandra drehte ihr Netbook zu sich zurück und wandte sich an alle: »Jeder, der will, macht für die Fahnen Vorschläge. Maximal zwei. Am Sonntagabend, da treffen wir uns noch mal und entscheiden dann. Einverstanden?« Sie sah erwartungsvoll in die Runde. Alle signalisierten Zustimmung, nur Endlich, dessen Wangen in der Zwischenzeit noch röter geworden waren, hatte ihnen demonstrativ den Rücken zugedreht und starrte ins Leere.

DRITTER TAG - FREITAG

Die regionalen Radiosender der Ostalb brachten am nächsten Tag den Aufruf der Kripo jeweils am Ende ihrer halbstündlichen Regionalnachrichten. In ihren beiden Tageszeitungen konnte die Schwäbisch Gmünder Bevölkerung das Foto des Toten sehen und dazu folgendes lesen:

Die Polizei bittet um Ihre Mithilfe

Gestern wurde eine teilweise skelettierte, männliche Leiche im Bereich der östlichen Tunnel-Baustelle der B 29 auf Höhe der Leonhardsbrücke gefunden. Bei dem Toten handelt es sich um den am 12. April 1967 in Schleswig geborenen Wolfgang Nadolny. Die Obduktion hat ergeben, dass er einen gewaltsamen Tod durch eine Schussverletzung im Kopfbereich erlitten hat. Der vermutliche Todeszeitpunkt liegt nach bisherigen Untersuchungen zwischen Anfang 1994 und Ende 1997.

Der Tote weist folgende Merkmale auf:

- Körpergröße etwa 178 cm.

- Tätowierungen (Spinnennetz) am rechten Unterarm im Bereich

des Ellenbogens und drei Punkte zwischen rechtem Daumen und Zeigefinger.

- Silber-Ohrring von 7 mm Länge in Form eines kleinen Delfins.

Die Kripo Schwäbisch Gmünd bittet um Mithilfe bei der Klärung folgender Fragen:

Wer kannte den abgebildeten Wolfgang Nadolny?

Wer hat Herrn Nadolny in der Zeit von Anfang 1994 bis Ende 1997 oder davor in Schwäbisch Gmünd oder Umgebung gesehen?

War Wolfgang Nadolny allein oder in Begleitung weiterer Personen?

Sachdienliche Hinweise bitte an die Kripo Schwäbisch Gmünd oder jede andere Polizeidienststelle.

***

Die grasbewachsenen Ufer des glasklaren blaugrün schimmernden Sees waren von steilen, bewaldeten Felsen umgeben. Hier und da lagen verrottete graue Baumreste. Aus dem Wasser ragten drohend wie lange, spitze Pfähle abgestorbene, dünne Fichtenstämme. Vor mehr als hundert Jahren hatte ein Bergsturz die Schlucht mit Kalkfelsen blockiert und den Fluss zu einem See aufgestaut.

Das große, gerahmte Bild an der Wand neben ihrem Schreibtisch erinnerte Nelli Tomberg an ihre unvergessliche und behütete Kindheit. Es zeigte den in zweitausend Metern Höhe gelegenen Kaindy-See im Südosten Kasachstans. Sie war in einem kleinen Ort in der Nähe geboren worden. Mit zwölf war sie nach Deutschland gekommen und seit nun schon sechs Jahren arbeitete sie als Sekretärin bei der Gmünder Polizei und war die gute Seele der Kripo. Nur ihr leicht betontes rollendes R verriet, dass sie keine gebürtige Schwäbin war.

Erst vor ein paar Monaten war sie von zu Hause ausgezogen und hatte sich eine kleine Wohnung eingerichtet. Die war bereits nach kürzester Zeit mit allerlei Nippes und allem, was mit Eulen zu tun hat, vollgestopft. Wenn Sie jemanden bekochen konnte, war sie selig. Abends verschlang sie seit Jahren schon Krimis und Thriller. Daraus war irgendwann der Wunsch entstanden, bei der Polizei zu arbeiten.

Aber es war nicht vorrangig Spannung, die sie in diesem Beruf suchte. Ihr bereitete die interessante Tätigkeit im Team große Freude. Der Gerechtigkeit, dem Land, der Demokratie und dem Gesetz dienen und den Menschen im Rahmen ihrer Möglichkeiten helfen - das war es, was sie wollte.

Sie war mit Feuereifer bei der Arbeit und wohl deshalb war sie auch die Erste, die feststellte, dass Hering und Hecht den Schriftverkehr, der die Dienststelle durchlief, beide mit dem Kurzzeichen He abzeichneten. Sie rief Hecht an, um ihn darauf aufmerksam zu machen.

Wer von ihnen sein Kürzel nun ändern sollte, darauf konnten die beiden sich auf Anhieb nicht einigen. Aber Hering wollte es auch nicht von sich aus bestimmen. Und so stellten sie die Entscheidung hintenan. Es gab Wichtigeres zu besprechen.

Hecht war der Ansicht, dass sie sich im Fall Nadolny nicht nur allein auf eventuelle Hinweise aus der Bevölkerung verlassen sollten. Er konnte Hering überzeugen, dass jemand von ihnen schnellstmöglich nach Hamburg musste. In der Befragung des Vollzugspersonals und der Durchsicht von JVA- und Gerichtsakten sah er eine weitere aussichtsreiche Möglichkeit, in dem Fall weiterzukommen.

***

Bis zum Spätnachmittag meldete sich die alte Wirtin der früheren Pension Martha, die direkt im Stadtzentrum gelegen hatte. Dort sollte Nadolny übernachtet haben. Hering und Hecht machten sich gleich auf den Weg.

Bevor Hecht den klobigen schwarzen Klingelknopf drückte, sah er langsam an dem dreistöckigen Gebäude hinauf. Das Haus erweckte einen heruntergekommenen Eindruck und schien seit Jahren dem Verfall preisgegeben zu sein.

Eine gut gekleidete Dame, er schätzte sie auf etwa achtzig, öffnete die Tür und bat die beiden Ermittler herein. Als sie das Gebäude betraten, schlug ihnen ein modriger Geruch entgegen.

Die alte Frau konnte sich gut an den Mann erinnern, weil ihr damals sein Ohrring mit dem kleinen Delfin aufgefallen war. Und heute Morgen hatte sie ihn wiedergesehen – in der Zeitung.

Der Mann habe kein Auto gehabt, erinnerte sie sich, er sei mit dem Zug gekommen, habe er ihr erklärt. »Woher, weiß ich allerdings nicht. Viel hat er sowieso nicht erzählt. Ein ganz Ruhiger war das.« Nach nur zwei Nächten hatte er bezahlt und war abgereist. Den Meldezettel, den hatte sie vor vielen Jahren schon längst zusammen mit alten Steuerakten entsorgt. So konnte sie es zwar nicht belegen, aber sie war sich sicher, dass er im Herbst 1996 hier gewesen sei, denn kurz zuvor, im September dieses Jahres, war ihr Mann gestorben.

Als sie die ehemalige Pensionswirtin verließen, war es bereits Zeit, Feierabend zu machen. Ausnahmsweise einmal pünktlich. Hecht freute sich darüber, denn es war Freitag – und Binokel-Abend an seinem Stammtisch im Gasthof Mondschein.

VIERTER TAG – SAMSTAG

Johannes war noch nicht aufgetaucht. Sie waren auch erst in einer halben Stunde verabredet. Aber heute war es Hecht ohnehin egal, wenn sein alter Schulfreund unpünktlich war, denn seine Nacht war sehr kurz gewesen. Die Binokelrunde hatte bis morgens um vier Uhr durchgespielt.

Trotzdem war er in aller Frühe aufgestanden und in Richtung Wald gefahren. Schon seit Langem hatte er Johannes versprochen, ihm zu helfen, einen morschen Hochsitz zu erneuern. Den neuen würden sie direkt neben dem alten bauen und diesen anschließend abreißen. Hecht hatte bereits die in seinem Urlaub selbst geschlagenen Holzstangen hergerichtet und am Aufstellplatz deponiert.

Er saß am Nordhang des Bernhardus, dem Hausberg von Weiler in den Bergen. Eine graubraune Katze tigerte weit oben am Waldrand mit schnellen und dann wieder langsamen Bewegungen auf der feuchten Wiese umher. Plötzlich blieb sie stehen, rührte sich nicht mehr, lauerte auf Beute. Mäuse gab es genug hier draußen. Und das war auch gut so, denn hier sorgten die Katzen, anders als die in der Stadt, noch selbst für ihre Nahrung. Mit tiefen Zügen sog Hecht die kühle Morgenluft ein. Er genoss es, am Waldrand zu sitzen und auf seinen Heimatort hinabzublicken. So oft er auch hier war, von diesem Anblick konnte er nie genug bekommen. Als die Kinder noch klein waren, waren alle zusammen oft in den Wald gegangen. Die ganze Familie, auch die Großeltern.

Nervös hüpfte ein Gartenrotschwänzchen unter einem Baum herum und flog dann aufgeregt davon. Irgendetwas musste es aufgeschreckt haben.

Mit lautem »Hiääh« kreiste ein Mäusebussard über seinem Revier. Hecht schaute hinauf. Ein Riesenviech. Mehr als einen Meter Spannweite muss der schon haben, dachte er sich. Plötzlich legte der Vogel seine Flügel an und stürzte sich pfeilschnell auf den Wiesenhang hinunter. Knapp über dem Boden öffnete er seine mächtigen Schwingen und landete mit ausgestreckten Krallen. Flatterndes Gefieder, ein kurzes schrilles Fiepen. Dann erhob sich der Greifvogel und flog mit einer Feldmaus in den Fängen zur Waldkante.

Hecht griff nach seinem Fernglas. Nach direktem Flug setzte sich der Bussard auf einer hohen Fichte nieder. Klar doch, es ist Mai und Brutzeit, erinnerte sich Hecht. In einer Astgabel konnte er einen Horst ausmachen. Ein brütendes Weibchen saß darin, das sich gleich gierig über die Beute hermachte, die ihr Männchen für sie gerissen hatte. Genaue Aufgabenverteilung, wie beim Menschen auch, kam es ihm in den Sinn. Sie sorgt sich um den Nachwuchs, brütet das Gelege aus. Und er, er kümmert sich um die Nahrung.

Am klaren blauen Himmel kreisten mehrere Segelflugzeuge vom nahen Flugplatz Hornberg. Wenn sie niedrig genug flogen, konnte Hecht sogar ihr leises Rauschen vernehmen.

Durch das Fernglas sah er auf ein weiter im Osten liegendes, frisch eingesätes Maisfeld. Wildschweine, deren Population immer rasanter zunahm, hatten auf der Suche nach Nahrung darauf ganze Wühlarbeit geleistet. Ein großer Schaden, für den Jagdpächter wie Johannes aufkommen mussten. Sein Blick schweifte über die Landschaft nach Norden und blieb unten im Tal am Ortsrand hängen. Dort dehnten sich zwischen den kleinen Feldern die Streuobstwiesen aus. Einige davon gehörten ihm, sein Vater hatte sie ihm vor einigen Jahren überschrieben. Der wusste, dass sie bei seinem Sohn in guten Händen waren und er sie in seinem Sinne weiterpflegen würde. Besonders stolz war Hecht auf ein gutes Dutzend Bäume, die einzigen in weitem Umkreis, die eine seltene schwäbische Birnensorte trugen, die Champagner-Bratbirne. Die war nicht zum Essen geeignet. Doch sie gab den besten Most ab. Und der hatte fast schon Prosecco-Qualitäten – wie er schwärmte.

Hecht ließ sich weiter von seinen Gedanken treiben. Er musste daran denken, wie er vor Jahren den Wald von seinem Vater übernommen hatte, der schon seit Generationen im Besitz ihrer Familie war. Patriz war froh, dass Anton den Wald weiter bewirtschaften würde. Er konnte sich nicht mehr darum kümmern, seit er so schlecht zu Fuß war. Aber sein Enkel, Stefan, war nicht – noch nicht? – dafür zu begeistern und so ging Hecht seit letztem Herbst allein zum Holzmachen. Simone mochte das gar nicht. Wegen des Unfallrisikos machte sie sich große Sorgen und war immer erleichtert, wenn ihn Leute wie Johannes begleiteten.

Neben dem etwa hundert Meter hangabwärts von Hecht verlaufenden Schotterweg stand ein steinernes Feldkreuz mit einer kleinen Jesusfigur, das von zwei Fichten flankiert war. Davor lag ein Beet mit robusten Pflanzen, die dem rauen Klima an der Albkante trotzten. Unten am Kreuz war ein silbernes Metallschildchen befestigt, das folgende Inschrift trug:

Besseres kann kein Volk vererben
als vererbten Väterbrauch.
Wo des Landes Bräuche sterben,
stirbt des Landes Blüte auch.

Wo der nur blieb? Wenn wir den Hochstand heute noch aufstellen wollen, wäre es langsam Zeit, dass er erscheint, dachte sich Hecht. Er streckte sich auf einer Plane im feuchten Gras aus, schloss die Augen und genoss die noch flachen Sonnenstrahlen.

Nach dem langen, strengen Winter erstrahlten die Wiesen und Bäume der Umgebung in kontrastreichen Farben. Das Gras war bereits hoch und längst reif für die erste Mahd. Nicht umsonst hatte Patriz zu Hause bereits den Balkenmäher hergerichtet und unter dem Scheunenvordach bereitgestellt. Gesagt hatte er nichts, doch Hecht wusste, was er damit meinte: höchste Zeit, die Baumwiesen zu mähen.

»Schon Anfang Mai, bald ist wieder das halbe Jahr vorbei.«

Er musste lachen, als ihm bewusst wurde, dass sich dieser Gedanke auch noch reimte. Mit zunehmendem Alter schien die Zeit immer schneller zu vergehen. Früher hatte er manchmal gedacht, wenn es nur schon Freitag wäre. In den letzten Jahren dagegen, musste er immer häufiger feststellen: »Mein Gott, schon Freitag!«

Und er musste sich eingestehen: Die Alten, die ständig über dieses Zeitgefühl redeten, hatten ja so was von Recht!

Vor allem – und das stimmte ihn nachdenklich – erinnerte ihn seit sieben Jahren der jährliche Brief von Alexander Nazarenko daran, wie schnell doch die Zeit verging. Jedes mal bedankte sich der junge Ukrainer bei Hecht, dass es ihm gelungen war, ihn festzunehmen.

***

»Also, ich muss dann«, sagte Stefan und ging zur Tür.

»Wo willst du denn hin?«, wollte Simone wissen, »es gibt gleich Mittagessen.«

»Probe fahren, mit dem Mofa vom Daniel«, erwiderte er mit einer abgeklärten Selbstverständlichkeit, die Simone erstarren ließ.

»Geht das nicht alles ein bisschen zu schnell? Willst du dir das nicht noch mal überlegen?«, fragte sie besorgt.

»Des haben wir doch schon alles besprochen, Mom. Und außerdem, Probe gefahren ist ja noch nicht gekauft«, versuchte er, seine Mutter zu beruhigen.

»Dann sei wenigstens vorsichtig«, rief sie ihm nach.

»Ja Mom, ist ja gut, was soll denn passieren?«, grummelte Stefan leicht genervt zurück. Die Haustür fiel ins Schloss. Simone sah ihm nach. Ein seltsames Gefühl beschlich sie.

***

Bis Mona Hering-Schweizer eine Wohnung gefunden haben würde, war sie im Gasthof Mondschein in Weiler in den Bergen untergekommen. Das Zimmer hatte ausgerechnet Frau Tomberg kurzfristig für sie besorgt. Als Hecht dies mitbekommen hatte, war er sauer auf seine Sekretärin, denn der Mondschein mit seiner gemütlichen Geselligkeit war das Allerheiligste für ihn – seine Stammkneipe.

Das ließ Hering unbeeindruckt. Sie fühlte sich wohl in dem frisch renovierten, stilvoll eingerichteten Fremdenzimmer. Ein Internetzugang und eine naturnahe Lage waren ihre Vorgaben gewesen und hatten den Ausschlag gegeben, das Zimmer zu buchen. Dass der Gasthof zufällig in Hechts Heimatort lag, war nicht beabsichtigt – das zumindest behauptete Nelli Tomberg.

In Herings Zimmer war auf dem Tisch vor dem Fenster zur Dachterrasse eine Wanderkarte von Schwäbisch Gmünd und der Schwäbischen Alb aufgefaltet. Mit einem gelben Marker hatte sie mit dickem Strich mehrere verschiedenfarbige Wegstrecken eingezeichnet. Im Augenblick jedoch lag Hering auf ihrem Bett und blätterte in einem dunkelblauen Buch. Sie legte es aufgeklappt neben sich und griff nach dem Glas auf dem Nachttisch. Mehrmals nippte sie von ihrem Mineralwasser, während sie seufzend auf das Buch blickte, auf dessen Rücken stand: Schnell informiert – Polizeigesetz Baden-Württemberg.

Mit einem Ruck zog sie die Ohrstöpsel des MP3-Players heraus und griff nach ihrem Smartphone, das auf dem anderen Bett lag. Praktisch waren sie schon diese Dinger, vor allem der Touchscreen mit der unkomplizierten Bedienung per Fingerstreich. Hering schätzte die Vielfalt an Möglichkeiten, die diese Geräte boten. Neben dem Telefonieren nutzte sie hauptsächlich die Digitalkamera, das eingebaute GPS als Navigationssystem und das Diktiergerät.

Schon mehrmals hatte sie heute Vormittag versucht, ihren Sohn Torben auf seinem Handy zu erreichen. Doch einzig seine Mailbox meldete sich.

Der Vierzehnjährige war in Kiel bei ihrem geschiedenen Mann Eike Schweizer geblieben. Allerdings hatte Hering mit ihm vereinbart, dass er zum Ende des Schuljahres zu ihr in den Süden ziehen würde. Sie war froh, dass Torben das selbst und ohne Druck so entschieden hatte, und hoffte, bis dahin eine passende Wohnung gefunden zu haben.

Hering empfand den Wechsel nach Baden-Württemberg als starken Einschnitt in ihr Leben, aber auch als Chance zur Neuorientierung. Sie musste diesen Schritt tun – vor allem um wieder zu sich selbst zu finden. Eikes ständige Frauengeschichten hatte sie nicht mehr ertragen können, sie waren ihr zuletzt heftig an die Nieren gegangen, zumal Kiel doch ein Dorf war, sodass sie andauernd den Abenteuern ihres Mannes über den Weg lief. Daher hatte sie Empfänge, Elternabende und viele andere Veranstaltungen fürchten gelernt. Eines Tages fasste sie endlich den Mut und reichte die Scheidung ein. Und meldete sich bei der Stellentauschbörse der Polizei an. Als sie dann sehr plötzlich die Nachricht von einer Tauschmöglichkeit bekam, war sie fast außer sich vor Freude. Damit hätte sie so schnell nicht gerechnet. Sie hatte das Glück, dass ein Kollege vom LKA Stuttgart schon seit längerer Zeit wieder in den Norden zurück wollte.

Aber dann war es doch nicht so einfach gewesen. Sie hatte sich auf Stuttgart gefreut, vor allem wegen des breitgefächerten kulturellen Angebots und der großen Theaterszene der Landeshauptstadt. Doch es wurde Schwäbisch Gmünd. Pech, denn der Kollege Herkommer von der PD Aalen, der eigentlich für ihre Stelle hier vorgesehen war, hatte sich bereits beim LKA beworben und deshalb als Schwabe den Vorzug bekommen.

Was soll's, hatte sie sich gedacht, vielleicht ergibt sich später ein Wechsel zum LKA. Hauptsache ist, zunächst mal im Süden Fuß gefasst zu haben.

Irgendwie glaubte sie bei den neuen Kollegen eine unterschwellige Feindschaft zu verspüren, auch wenn sie nicht offen ausgesprochen wurde. So kompliziert hatte sie sich die Zusammenarbeit mit Hecht und vor allem mit dem Rechtsmediziner nicht vorgestellt. Was konnte sie denn dafür, dass ihre Stelle nicht Hechts Wunschkandidat bekommen hatte?

Auf ihrem Smartphone begann sie, die Nummer ihrer besten Freundin zu suchen. Sie überlegte kurz. Dann legte sie das Gerät wieder zur Seite. So sehr sie Britta auch mochte, für ein mehrstündiges Gespräch über deren Chakren-Probleme, meditativen Kreistanz oder gar experimentelles Ballett wie beim letzten Mal hatte sie heute keinen Nerv.

***

Ein halbes Dutzend leichter Zweiräder parkte auf dem Parkplatz vor der Bernhardushalle in Weiler. Die Fahrer, alle so um die fünfzehn Jahre, lagen in der Nähe an einer Böschung im Gras und schauten hinunter zu Daniel und Stefan.

»Und, was sagst du?«, fragte Daniel. Stefan beäugte einen schwarzgelben Mofaroller, der in seiner Lackierung einem Feuersalamander ähnelte. Langsam schlich er um das Gefährt herum und betrachtete jedes Detail. Dann schwang er sich auf den Sitz, seine Finger umklammerten die Griffe. Mehrmals wippte er auf und ab, um die Federung zu prüfen. Dann stieg er wieder ab. Seine Hand fuhr über die Frontpartie, die Scheinwerfer hinauf und blieb an dem grauen Schriftzug *firejet 50 one* hängen. Er klappte das abschließbare schwarze Topcase auf, das hinter dem Sitz befestigt war. Ein blauer Helm kam zum Vorschein.

»Den gibt's gratis dazu«, sagte Daniel, dessen Stimme sich plötzlich so großzügig anhörte, wie die eines Marktschreiers bei seinen Dreingaben. Er ging in dieselbe Klasse wie Stefan, war aber ein Jahr älter. Das rührte daher, dass er bereits in der vierten Klasse eine Ehrenrunde gedreht hatte. War das bisher vor allem ein Anlass für Hänseleien, so wandelte es sich nun zu seinem Vorteil. Seit einer Woche war er sechzehn und durfte einen Motorroller fahren. Und der fuhr statt der fünfundzwanzig Stundenkilometer eines Mofas schon fünfundvierzig – legal versteht sich.

»Ich brauch die Kohle, und das so bald wie möglich, damit ich den Rest von meinem neuen Roller zahlen kann.« Daniel zeigte auf den firejet. »Sonst kriegt den der Dennis, der ist auch ganz scharf drauf.«

»Und was läuft die Mühle?«, fragte Stefan.

»So sechzig, das bringt die locker«, sagte Daniel ohne rot zu werden. Stefan sah ihn nur skeptisch an. »Glaubst du's nicht?«, fragte er.

»Die Katze im Sack kaufe ich nicht. Nee, nee. Nachher bringt des Teil den Speed nicht und die anderen hängen mich ab.« Stefan überlegte. Diese Blamage, kaum auszudenken. Da wäre er bei seinen Kumpels sofort unten durch. Andererseits müsste er schön blöde sein, wenn er nicht zugreifen würde. Außerdem hatten zwei Schulkameraden das gleiche Modell. Das hieße Chancengleichheit.

»Probier's halt aus. Mach eine Probefahrt«, sagte Daniel.

»Ist des Ding noch zugelassen?«, wollte Stefan wissen und deutete auf das Nummernschild.

»Das darfst du nicht so eng sehen.«

»Wie jetzt?«

»Das ist von meiner neuen Maschine. Hab ich nur montiert, um mit dem Mofa hierher zu fahren.« Daniel entfernte das grüne Versicherungskennzeichen und klemmte es sich unter den Arm. »Überleg's dir.«

»Soll ich etwa ohne des Nummernschild fahren?«, fragte Stefan.

»Nimm halt den Talwiesenweg. Die paar Meter, da kommt doch kein Auto. Bis zu der Hütte da vorn wirst du schon voll aufdrehen können.«

Stefan überlegte und sah auf das Duchfahrt-verboten-Schild, unter dem eine Zusatztafel mit der Aufschrift »Landwirtschaftlicher Verkehr frei« hing. Dann schwang er sich kurz entschlossen auf den Mofaroller und ließ ihn an. Sofort fiel ihm auf, dass der Auspuff auch im Standgas etwas lauter war. Aufmerksam horchte er auf das knatternde Geräusch.

»Das sind die technischen Veränderungen.« Daniel sah Stefan an und zwinkerte mit einem Auge.

Dem ging ein Licht auf. Sein Gesicht erhellte sich. Er griff nach dem Helm und setzte ihn auf. Langsam gab er Gas und fuhr los. Immer schneller und lauter wurde das Mofa. Stefan nahm sich vor zu testen, was die Karre hergab. Der Gestank von verbrannter Zweitaktmischung zog den Weg entlang.

Der öffentliche Talwiesenweg war eine beliebte Spazierroute und führte direkt an einer Hütte vorbei, in der sich auch ein Bienenstand mit einem Dutzend Völkern befand. Sie gehörte Karl Wamsler, der ebenfalls in Weiler wohnte und den alle nur Strümpfelmüller-Karle nannten. Mit seinen siebenundachtzig Jahren war er immer noch Zuchtwart des örtlichen Bezirksbienenzüchtervereins und betreute dessen Lehrbienenstand im Remstal. Heute hatte er seinen alten taubenblauen Eicher-Traktor in die Nähe der Hütte gefahren und lud gemächlich, Stück für Stück, sein Feuerholz auf einen kleinen Anhänger.

Ein älteres Ehepaar, die Stegmaiers, hatten auf ihrem Spaziergang gerade die Hütte passiert. Hier hatte der starke, nächtliche Gewitterregen Ackerkrume auf den Asphalt gespült und auf mehreren Metern Länge einen dünnen Schlammüberzug hinterlassen. In voller Lautstärke und hoher Geschwindigkeit raste Stefan heran, nahm aber, da er ein rücksichtsvoller Fahrer war, Gas weg und bremste vor dem Ehepaar stark ab.

Plötzlich verstummte das Motorengeräusch. Nur noch schleifender Kunststoff und Metall auf Asphalt waren zu hören. Der Mofaroller und sein Fahrer drehten sich auf dem Schlammfilm. Dann ein dumpfer Schlag und splitterndes Holz. Der Roller rasierte den Pfosten des Vordaches und donnerte mit dem Hinterrad in die Hütte – nur wenige Meter von den beiden Spaziergängern entfernt.

Langsam quälte sich Stefan unter dem Mofaroller hervor. Er sah an sich hinunter und stellte fest, dass er von oben bis unten mit Schlamm verschmiert war. Daran verschwendete er keinen Gedanken. Seine Sorge galt dem Schaden. Er schämte sich, wäre am liebsten im Boden versunken. Was werden die Kumpels sagen?, fragte er sich.

Während Herr Stegmaier ihm half, das Gefährt wieder aufzustellen, sah seine Frau sich einem Angriff von Bienen ausgeliefert, die, erschreckt durch den Aufprall, zu Dutzenden aus den Ausflugsöffnungen der Stöcke herausgekommen waren. Sie begann mit den Armen wild um sich zu schlagen als die ersten Bienen eintrafen. Ihr Atem beschleunigte sich und panisch schrie sie auf ihren Mann ein, Hilfe zu rufen. Das Gekreische endete erst, als Herr Stegmaier mit seinem Handy telefonierte. Durch das Gezeter der Frau wurde nun auch Karl Wamser auf den Vorfall bei seiner Hütte aufmerksam. Er warf ein letztes Holzscheit auf den Anhänger und stieg auf seinen Traktor. An der Hütte besah er kurz den Schaden und wollte wissen, was genau passiert war. Doch er hatte keine Chance. Frau Stegmaier ließ weder Stefan noch ihren Mann oder den Strümpfelmüller zu Wort kommen. Erst als sie eine Biene an ihrem Hals zerquetschte, verstummte sie und verfiel ein paar Mal in kurze Schnappatmung.

»Meine Frau ist wohl allergisch gegen Bienenstiche.«

»Was treibet ihr euch dann in der Nähe von meine Bienenständ' rum?«, warf der Strümpfelmüller den beiden entrüstet vor.

»Gleich links und rechts an die Backen geschlagen gehört dem Kerle«, ereiferte sich Frau Stegmaier weiter und wollte auf Stefan losgehen.

Das war dem Strümpfelmüller dann doch zu viel. »Stegmaiere, du hälscht jetzt amal dei Gosch.« Der alte Mann drohte ihr mit dem rechten Zeigefinger.

Obwohl Stefan sich elend fühlte, konnte er sich ein inneres Lachen nicht verkneifen. Dies lag wohl daran, dass die Bewegung mit dem Finger nicht das sonst übliche Bedrohliche ausdrückte. Außer einem kleinen Stummel am Handansatz fehlten die vorderen beiden Glieder. Die hatten ihm die Russen 1941 in der Kesselschlacht von Smolensk weggeschossen. Dann wandte er sich dem Jungen zu.

»Ja Bua, wem gehörst denn du?«, fragte er in beruhigendem Ton.

»Dem Hecht«, antwortete Stefan ängstlich.

»Dann bist du dem Holde sei Bua?«

Stefan wünschte sich jetzt nichts sehnlicher, als für die nächsten Tage der Sohn seines Onkels Reinhold zu sein, korrigierte aber artig. »Nein, dem Tone seiner.«

»Oje!«, entfuhr es dem Strümpfelmüller-Karl verständnisvoll, der natürlich wusste, dass der Anton Hecht ein Kriminaler war. Dann begutachtete der Imker den Schaden und kam schnell zu einem Ergebnis. »Das kann ma wieder richta. Ist ja eh ein altes Glomp. Da vier Latta, hier zwei kurze Brettla von hinta aufnagla und gut isch«, stellte er fachmännisch fest.

Stefan fühlte eine gewisse Erleichterung in sich aufsteigen.

»Soll ich mal mit deim Vater schwätza?«, fragte er mit beruhigender Stimme.

»Des mit dem Bienenstand Herr Wamsler, des ist nicht mein größtes Problem.«

Der alte Mann runzelte die Stirn und sah ihn fragend an.

»Mein größtes, des kommt da hinten«, seufzte Stefan.

Der Strümpfelmüller-Karl drehte sich um. »Oje!«, entfuhr es ihm, als er den herannahenden Streifenwagen erblickte.

»So, jetzt bischt reif Bürschle«, zeterte Frau Stegmaier und zeigte mit dem ausgestreckten Zeigefinger heftig atmend auf Stefan. Mit wilder Gestik winkte sie den Wagen herbei. Oberkommissar Rettig, der Chef des zuständigen Polizeipostens im nahen Waldstetten, stieg aus dem Streifenwagen. Er baute sich auf, straffte seine Uniformjacke und platzierte seine Schirmmütze. Mit der linken Hand fuhr er an seinem buschigen Schnauzer hinunter und marschierte auf die Hütte zu. Frau Stegmaier stellte sich ihm in den Weg und wollte eine Anzeige erstatten.

»Gleich, Frau Stegmaier!«, sagte Rettig besänftigend und wandte sich Karl Wamsler und Stefan zu.

Dem wurde richtig übel, als Rettig einige Meter vor ihm stehen blieb und ihn überrascht ansah.

»Stefan, ... Stefan Hecht?« Zuerst musste Rettig grinsen, aber dann drückte sein Gesicht nur noch Bedauern aus.

»Servus Rettig«, begrüßte ihn Karl. »Die Polizei hätt's net braucht. Der Bua hilft mir bei der Reparatur. Damit isch die Sach' erledigt«, sagte der Strümpfelmüller-Karl bestimmt.

»Tja, das ist leider nicht so einfach, Karl«, entgegnete der Polizist und deutete mit dem Kopf auf die Stegmaiers.

***

Johannes stieß einen anerkennenden Pfiff aus und schaute fasziniert auf den Weg hinab, der etwa hundert Meter weiter unten vorbeiführte. »Mein lieber Schwan«, rief er zu Hecht hinüber.

Der ließ langsam den Zimmermannshammer sinken.

»Ich hab ja schon viele Hasen da unten vorbeijoggen sehen, aber so einen wie den noch nie«, sagte Johannes und deutete mit dem Kopf hangabwärts.

Eine blonde Frau, Hecht schätzte sie so Ende Dreißig, kam den leicht ansteigenden Schotterweg herauf. Ihr Blick war unter der Baseballmütze stur geradeaus auf den Weg gerichtet, der um den Bernhardus herum nach Osten in Richtung Ölmühle führte. Die Haare waren zu einem Pferdeschwanz zusammengebunden, der bei jedem ihrer schnellen Schritte hin- und herpendelte. Sie trug ein weit ausgeschnittenes graues Top. An ihrer figurbetonten schwarzen Hose war ein MP3-Player befestigt. Die dünnen Kabel ihres Kopfhörers schwangen im Rhythmus ihrer Bewegungen mit und streichelten dabei gleichmäßig über ihre Wangen.

Hecht konnte nicht glauben, was er da sah. Es dauert einen Augenblick, bis er sich gefangen hatte und einen Ton herausbrachte. »Heilig's Bügeleisen!«, entfuhr es ihm.

»Waaas? Du kennst die?« Johannes sah ihn ungläubig an.

Hecht hatte die Frau bisher nur in beruflich korrekter Kleidung erlebt. In ihrem Trägertop aber und der eng anliegenden Lauftight kamen ihre makellose Figur, besonders aber die wohlgeformten, schmalen Schenkel und die gut proportionierten Rundungen ihres Pos voll zur Geltung.

»Mein Gott, wem gehört bloß dieser geile Arsch?«, fragte Johannes mehr sich selbst.

»Meiner neuen Chefin«, sagte er trocken.

Johannes blieb der Mund offen stehen. Langsam sank Hecht auf den Stapel mit Leitersprossen nieder und wischte sich mit dem Ärmel den Schweiß von der Stirn.

***

Vor dem Haus der Hechts fuhr ein blausilberner Streifenwagen vor. Mit gesenktem Kopf stieg Stefan aus und ging mit dem Postenführer durch den gepflegten Vorgarten zur Haustür. Der Junge wollte die Tür aufschließen, doch Rettig hielt ihn zurück und drückte auf den Klingelknopf.

»Ich muss dich in die Obhut deiner Eltern abgeben. Tut mir leid, Vorschrift«, sagte er mit bedauerndem Achselzucken.

»Muss des unbedingt sein?«, fragte Stefan vorsichtig.

»Geht nicht anders, weil die Frau Stegmaier so ein Bohei macht. Der Tone, ähm dein Vater, der wird dir schon nicht den Kopf abreißen«, versuchte er ihn aufzumuntern.

»Haben Sie eine Ahnung. Mein Dad flippt aus, wenn er des erfährt.«

Simone öffnete die Haustür und erschrak, als sie ihren Sohn zusammen mit Rettig erblickte. »Was ist denn passiert?« Mit großen Augen wechselte ihr Blick ängstlich von Rettig zu ihrem lehmverschmierten Sohn. »Und wie siehst du denn aus?«

Rettig beruhigte sie und erläuterte ihr ausführlich die Situation und die Anzeige von Frau Stegmaier. Montag früh sollte sich Stefan auf dem Polizeirevier in der Stadt melden.

Wenigstens hat es Mom als Erste erfahren. Des ist gut, dann wird es vielleicht nicht ganz so schlimm, dachte sich Stefan.

»Was hast du dir denn dabei gedacht?«, warf ihm Simone vor, als sie die Haustür hinter sich geschlossen hatte. »Das kannst du deinem Vater selbst beibringen. Wer den Nerv hat, ein nicht zugelassenes Mofa zu fahren, kann da nicht kneifen.«

Stefan stimmte schweren Herzens zu, wollte aber erst die Stimmung seines Vaters abwarten und notfalls, wenn die nicht so gut sein sollte, auch bis morgen warten.

»Gut, du kannst den Zeitpunkt deiner Beichte selbst bestimmen. Aber gebeichtet wird!«

***

Hecht saß am Esszimmertisch und blätterte in einem der Anzeigenblätter, welche die Tageszeitungen einmal wöchentlich kostenlos an die Haushalte verteilten. Simone studierte eine dieser bunten Frauenzeitschriften.

Normalerweise beschäftigte er sich nur mit dem Floh- und vielleicht noch mit dem Automarkt. Doch heute waren es die Immobilienseiten mit den Wohnungsvermietungen, die ihn interessierten. Simone bemerkte, dass sein Finger auf der großen Anzeige mit Vermietungsangeboten eines Immobilienbüros langsam hinunterfuhr und dann stoppte. »Wilkens, Immobilien – Finanz- und Vermögensberatung«, stand in großen roten Buchstaben darüber, die zusammen mit einer stilisierten Häusersilhouette die ganze Seite dominierten.

»Willst du ausziehen?«, fragte sie augenzwinkernd.

Er reagierte nicht.

»Willst du dir eine eigene Wohnung suchen?«

Hecht sah langsam auf. »Sind wir schon so weit?«, fragte er gereizt. »Des wäre dir wohl gleich recht, oder?«, bemerkte er spitz.

Simone erschrak. Sie war erstaunt, wie ernst er ihre Aussage sofort nahm. Sie hatte sowieso den Eindruck, dass er, seit er wieder im Dienst war, ständig schlecht gelaunt und empfindlich war. Hatte ihn die neue Personalsituation so mitgenommen?, fragte sie sich.

Einen Moment herrschte Stille zwischen den beiden. Hecht bereute den Spruch zutiefst, wollte es sich aber nicht anmerken lassen. Er entschloss sich, lieber ehrlich mit ihr zu reden. »Für meine neue Chefin, die Hering«, sagte er ohne aufzublicken und wartete auf eine Reaktion seiner Frau.

»Aha! Sieht gut aus die Dame.«

»Woher weißt denn du ...?«

Simone kramte eine Zeitung aus dem Zeitschriftenständer hervor. »Die Amtseinführung«, sagte sie.

Sie schlug eine Seite auf, legte sie vor ihm auf den Tisch und zeigte auf ein großes Bild von Mona Hering-Schweizer zusammen mit der Polizeiführung. »Und du, du bist wieder mal nicht mit drauf.«

»Da war ich wohl schon weg«, sagte Hecht lapidar ohne aufzublicken.

»Natürlich, wie immer. Wahrscheinlich hast du dich wieder irgendwo hinter deinen Chefs versteckt.« Verständnislos schüttelte Simone ihren Kopf so heftig, dass ihr auberginefarbenes Ponyhaar hin- und herwirbelte. Demonstrativ verschränkte sie ihre Arme vor sich. »Dass du für eine Kollegin eine Wohnung suchst ... das hast du doch noch nie für einen neuen Kollegen getan. Solange nicht, wie du bei der Polizei bist.« Ungläubig verzog sie das Gesicht.

»Die wohnt drüben im Mondschein«, sagte Hecht beiläufig.

Simone ging ein Licht auf. »Ach so, jetzt verstehe ich. Daher weht der Wind.«

Genervt verdrehte er die Augen und sah seine Frau mit zur Seite geneigtem Kopf an. »Was soll denn des jetzt schon wieder heißen?«

Simone lächelte. Sie kannte ihren Tone nur zu gut. »Deswegen hängst du dich da so rein.«

»Quatsch«, empörte sich Hecht. »Des tät ich für jeden.«

»Ach hör nur auf, ich kenne dich doch. Du willst nur nicht, dass die Frau Hering auch noch abends im Mondschein rumhängt. Ich kann's mir so richtig vorstellen. Du mit deinen Kartenspielern am Stammtisch. Eure blöden Sprüche und das Geschrei. Und deine Chefin sitzt am Nebentisch.« Sie amüsierte sich köstlich. »Da möchte ich mal Mäusle sein und zuhören.«

»Jetzt hör aber auf!«

Simone genoss es sichtlich, in einer Wunde zu bohren. Sie wusste, dass sie einen empfindlichen Nerv bei ihm getroffen hatte. »Das ist dir doch peinlich. Deine Ruhe willst du haben am Stammtisch. Vor dem Geschwätz und den Frotzeleien von deinen Stammtischbrüdern hast du Angst.«

»Blödsinn!« rief er empört.

Simone lachte laut. »Da musst du dir ja jedes Mal überlegen, wie viele Hefeweizen du trinkst.«

Hecht war entsetzt. Er sank in sich zusammen. »Dann fragt die womöglich noch, ob sie sich an den Stammtisch herhocken darf«, sagte er kraftlos zu sich selbst. »Oder die anderen bieten es ihr an.« Hecht blies seinen Atem hinaus. Er versuchte, einen überzeugenden Ton anzuschlagen. »Ich will halt nichts Dienstliches schwätzen. Dienst ist Dienst und Schnaps ist Schnaps.«

»Die soll dort nur noch eine Weile wohnen bleiben. Das täte dir mal ganz gut«, sagte Simone leicht provozierend, aber nicht ganz ernst gemeint.

Hechts Gesicht war in der Zwischenzeit rot geworden. Er sprang vom Stuhl auf und begann, hastig die Anzeigenblätter zusammenzufalten. »Und damit du's weißt, meinen Vollkornsprudel, den kann ich auch woanders trinken«, sagte er leicht stotternd und in etwas beleidigtem Tonfall.

Am veränderten Klang seiner Stimme erkannte sie, dass sie etwas zu weit gegangen war. »Mein Gott! Mensch Tone, jetzt sei halt ...«

Hecht machte eine abwehrende, ruckartige Handbewegung. Seine Ader am Hals schwoll an.

Simone kannte ihn lange genug um zu wissen, dass dies und der Beginn seines leichten Stotterns signalisierte: Nun ist für ihn Schluss mit lustig.

»Dann such ich mir halt eine andere Stammkneipe«, sagte er schnell. Sie glaubte ihren Ohren nicht zu trauen und sah ihn skeptisch an. »Es gibt ja schließlich noch mehr Wirtschaften. Und des nicht nur in Weiler.«

Simone ließ ihre Zeitschrift sinken. Ungläubig schüttelte sie langsam den Kopf und legte zärtlich ihre Hand auf seine Schulter. »Mein Gott, das glaubst du doch selbst nicht. Du hast schon bessere Witze gemacht.«

Hecht erkannte, dass er sich sein unglaubwürdiges Geschwätz hätte sparen können. Simone betrachtete ihn mit einem unbeschreiblich liebevollen Ausdruck in ihren großen braunen Rehaugen. Er konnte machen, was er wollte. Diesem Blick erlag er immer wieder – seit er sie kannte.

FÜNFTER TAG – SONNTAG

Schon früh am Morgen brachen Hecht und Simone nach Schwäbisch Gmünd auf. Diesmal nahmen sie ihren Polo. Der VW-Bus passte wegen seiner Höhe nicht in das Parkhaus nahe beim Zentralen Omnibusbahnhof. Dort wartete der Bus, der Simones Altersgenossenverein nach Stuttgart-Bad Cannstatt zur Schiffsanlegestelle am Neckar bringen sollte. In Bad Cannstatt würde das Schiff schon bereitstehen, um die etwa drei Dutzend Teilnehmer flussabwärts bis Marbach zu bringen, der Geburtsstadt des Dichters Friedrich Schiller.

Schon seit Wochen freute sich Simone auf die Jahresausfahrt. Hecht hingegen sah dies als reine Pflichtübung gegenüber seiner Frau an. Wäre er nicht mitgegangen, hätte es wieder Streit gegeben, und sie wäre tagelang verschnupft gewesen. Auf dem Programm stand ganz klar »Jahresausflug mit Familie.«

Tochter Marie-Luise studierte seit einem halben Jahr Medienwissenschaften in Köln und kam nur alle paar Wochen nach Weiler in den Bergen. Diese kurze Zeit zu Hause war kostbar für sie. Da wollte die Zwanzigjährige lieber Freunde und Bekannte treffen und nicht, wie sie sagte, auf so einen Kinderausflug mitgehen.

Und Stefan, der hatte sowieso keine Zeit. Auch er ging am Wochenende bereits eigene Wege, meist zum Fußballspielen. So blieb Hecht als einzig verbliebenem Familienmitglied nichts anderes übrig, als um des Friedens willen mitzugehen. Er tröstete sich mit der Aussicht, wenigstens gegen neun Uhr abends wieder zu Hause an seinem Stammtisch sein zu können.

***

Auch wenn Hering nicht direkt mit den Ermittlungen im Fall der gefundenen Skelette befasst war, ging ihr das Thema doch irgendwie nahe. Sogar mit dem Stadtarchivar hatte sie ausführlich über den Fund und seine Nachforschungen dazu gesprochen.

Nun saß sie am Tisch in ihrem Zimmer und recherchierte mit ihrem Laptop im Internet. Was sie irritierte, waren die beiden unterschiedlichen Bezeichnungen Täufer und Wiedertäufer. Aber sie wurde schnell fündig. Als Täufer bezeichneten sich die Mitglieder einer Bewegung selbst, die in der Reformationszeit, im ersten Viertel des 16. Jahrhunderts, in der Schweiz ihren Anfang genommen hatte. Wiedertäufer wurden sie von Kirche und Staat genannt.

Die Anhänger sahen die Säuglingstaufe als unbiblisch und ungültig an. So war die von ihnen als Erwachsene vollzogene Taufe in ihren Augen keine Wieder- sondern die Ersttaufe. Außerdem forderten sie eine von Staatsmacht und Klerus unabhängige Kirche, stellten also die bestehende Gesellschaftsordnung in Frage. Das machte sie zu einer Gefahr für die weltlichen und kirchlichen Machthaber, die über sie die Todesstrafe verhängten.

Der Archivar hatte im Gmünder Stadtarchiv Quellen gefunden, nach denen im 16. Jahrhundert sieben Wiedertäufer eingekerkert worden waren. Monatelang weigerten sie sich standhaft, ihrem Glauben abzuschwören. Am 7. Dezember 1529 wurden sie schließlich durch das Schmiedtor zum außerhalb der Stadtmauer liegenden Richtplatz auf den Remswasen geführt und mit dem Schwert hingerichtet.

Hering hatte bisher nur von den Wiedertäufern in Münster gehört, dort hatte sich eine Hochburg gebildet. Nun erfuhr sie, dass sie auch – und dies trotz Diskriminierung und Verfolgung – in Süddeutschland verbreitet waren und sogar innerhalb weniger Jahre europaweit zu einem bedeutenden Zweig der Reformation geworden waren. Was sie aber noch mehr erstaunte war, dass das Gedankengut der Täuferbewegung bis heute in den Gemeinden der Freikirchen, der Hutterer und der Mennoniten bewahrt wurde.

Hering klappte ihren Laptop zu und lehnte sich nachdenklich zurück. Ihr Magen knurrte. Inzwischen war es bereits Mittag geworden.

***

Obergfell saß entspannt auf dem Beifahrersitz. Er war froh, dass Hering ihn ausgesucht hatte, nach Hamburg zu fliegen. Er hoffte, dass ihm neben seinen Recherchen noch ein wenig Zeit bleiben würde, sich in der Stadt umzusehen. Der aus dem südbadischen Lörrach stammende Rettungssanitäter war noch nicht weit herumgekommen. Direkt nach seiner Ausbildung war der breitschultrige Einmeterachtzigmann in die Bereitschaftspolizei Lahr eingetreten. Nach seinem Abschluss an der Hochschule für Polizei in Villingen-Schwenningen hatte er sich vor einem Jahr nach Gmünd versetzen lassen.

»Ermittlungsgruppe Hamburg. Herr Obergfell als Einmanntruppe. Klingt doch gut. Da ist man sein eigener Chef«, frotzelte Jennifer Funk.

Der junge Kommissar sagte nichts und lächelte. Er war froh, dass die attraktive Fünfundzwanzigjährige zur Kripo abgeordnet worden war. Bisher hatte er sie wegen ihres Schichtdienstes immer nur zwischen Tür und Angel sehen können, aber jetzt arbeiteten sie sogar zusammen. Er ließ sich allerdings nicht anmerken, dass er schon seit Wochen ein Auge auf seine Kollegin geworfen hatte, die nicht nur hübsch, sondern auch sehr sportlich war. Mehrmals in der Woche besuchte sie ein Kampfsporttraining. Da sie außerdem großen Wert auf gesunde Ernährung legte, fiel es ihr nicht schwer, ihr Gewicht von gerade einmal einem Zentner zu halten. Ihm gefiel auch, dass sie ein richtiges Ostalbmädle war, von der Albhochfläche stammte, aus Bartholomä. Dort, wo die Kinder von den Außengehöften in den harten Wintern noch auf Langlaufskiern zur Schule kamen und die Mädchen natürlich und unkompliziert waren.

Nun brachte die zierliche Schwarzhaarige ihn an diesem Sonntagnachmittag mit dem Dienstwagen zum Flughafen Stuttgart. Gleich am Montagmorgen sollte er im Hamburger Landgericht auf der Matte stehen und dort Wolfgang Nadolnys Prozessakten durcharbeiten.

Funk steuerte den Wagen vor das Abflugterminal des Stuttgarter Flughafens. Obergfell stieg aus und verabschiedete sich.

»Halt!«, rief sie noch, bevor er die Wagentür schloss und griff in ihre Tasche. »Hier, damit du dich nicht verläufst.« Lächelnd drückte sie ihm ein Buch in die Hand.

***

Der Vorstand und der Ausschuss von Endlichs Altersgenossenverein traf sich wie vereinbart am Abend nochmals zur Sitzung im Gasthaus Weißer Hahn.

»Manche meinen immer noch, die Traditionen aufweichen zu können«, sagte Sandra und blickte in die Runde, ohne jemanden direkt anzusehen.

»Aber nicht mit uns«, bekräftigte Tessa.

»Dass ihr immer so stur sein müsst, euch kein bisschen bewegen könnt«, konterte Endlich.

»Was dabei rauskommt, das hat man ja beim letztjährigen Vierziger-Umzug gesehen. Statt wie es Tradition ist, mit schwarzem Frack und Zylinder zu erscheinen, haben doch glatt zwei Jungs einfach eine schwarze Jeans angehabt«, ereiferte sich Tessa und schüttelte dabei ihre blonde Löwenmähne.

»Ja und! Wieso denn nicht?«, fragte Endlich.

»Wehret den Anfängen«, warf Ralf ein, »beim nächsten Mal haben die womöglich noch Löcher und Schlitze in den Hosen.«

»Wo lebt ihr eigentlich?« Endlichs Stimme klang überheblich.

»Wenn du alles umkrempeln willst, wirst du Schiffbruch erleiden. Du kannst doch nicht alles Gewachsene so einfach kaputt machen«, entgegnete Tessa mit einem leichten Flehen in der Stimme.

»Von kaputt machen redet doch keiner. Nur in die Zeit muss es reinpassen. Wir leben nun mal im Zeitalter von Facebook und Twitter«, argumentierte der Vorsitzende.

»Wir müssen doch nicht mit aller Gewalt, koste es was es wolle, dem Zeitgeist nachjagen. Dieses lebendig gebliebene Brauchtum, diese gewachsene Tradition, das ist doch, das ist Gmünder Kulturgut«, beschwor Tessa ihn .

Endlich schüttelte nur verständnislos den Kopf und lachte.

»Wart's ab Sigmund, das wird auch noch Thema in der nächsten AGV-Dachverbandssitzung sein«, sagte Tessa. Ihr Ton klang unversöhnlich.

Sandra bat die beiden Streithähne, wieder zum eigentlichen Thema, der Fahnenweihe im Herbst, zurückzukommen. Der Termin war festgelegt. Die Segnung der neuen Vereinsfahne sollte in der Höhlenkirche auf dem Salvator, einem Berghang im Norden Gmünds, im Rahmen einer feierlichen Andacht stattfinden. Tessa war es gelungen, dafür den in der Bevölkerung beliebten Diakon Edwin Gundersdorfer zu gewinnen.

Nun galt es, die Entwürfe für die neue Fahne zu begutachten. Sandra positionierte ihr Netbook so, dass alle auf den Monitor blicken konnten und ließ ihre Vorschläge nacheinander auf dem Bildschirm erscheinen.

»Tragefahne, Unterschriftenfahne, Turmfahne. Und hier noch der Tischwimpel.«

»Super«, sagte Sperrle.

»Passt alles! Respekt Sandra«, freute sich Ralf und applaudierte.

»Wie sieht denn das aus? Wie die Lappen von einem überalterten Schnabeltässlerverein. Das kann man doch in der heutigen Zeit nicht mehr bringen«, ereiferte sich Endlich.

»Tradition ist und bleibt Tradition«, beharrte Sandra.

»Wir können doch da als einziger Verein nicht ausscheren. Da hat der AGV-Dachverband auch noch ein Wörtchen mitzureden«, gab Tessa zu bedenken.

»Du tust ja schon so, als wärst du bereits als Dachverbandsvorsitzende gewählt«, giftete Endlich.

»Jetzt bleib aber mal auf dem Teppich, Sigi«, versuchte Sandra zu schlichten.

»Mit deiner Einstellung stehst du allein. So hast du nie Chancen. Wer wählt schon einen, der mit der Tradition bricht?« Tessa beharrte auf ihrem Standpunkt.

»Ich werde auf jeden Fall bei der Vorstandswahl gegen dich antreten«, erwiderte Endlich trotzig.

»Reicht dir denn deine Kandidatur für den Gemeinderat nicht?«, fragte Tessa mit spöttischem Unterton.

»Es ist taktisch besser, nur eine aus dem Verein antreten zu lassen. Außerdem ist es so besprochen«, stellte Sandra fest und deutete auf Tessa.

»Genau, das haben wir längst beschlossen. Sigmund, du als Politiker solltest wirklich ein besseres Demokratieverständnis haben. Du kannst es einfach nicht ab, wenn man anderer Meinung ist als du. Das ist ganz schlecht für eine Karriere als Politiker. Was glaubst du, wie der politische Gegner dich im Gemeinderat auseinandernehmen wird. Vorausgesetzt, du wirst überhaupt gewählt«, trat Tessa noch einmal nach.

Endlich schlug mit der flachen Hand auf den Tisch, dass die anderen zusammenzuckten. Sein Kopf rötete sich, als hätte er vierzig Grad Fieber. Hastig begann er, seine Papiere zusammenzuräumen und ungeordnet in seiner Aktenmappe zu verstauen.

»Mensch Sigi, jetzt lass dich doch ...« sagte Sandra.

»Och, unser Sensibelchen«, unterbrach Tessa sie und fing sich von Sandra einen vorwurfsvollen Blick ein. Endlich schnappte vor Wut schnaubend seine Mappe und verließ grußlos den Raum.

In entspannter Atmosphäre besprachen die verbliebenen AGV-Mitglieder weitere Details. Die Sitzung zog sich hin.

Es war etwa Viertel nach elf, als Tessa einen Anruf auf ihrem Handy erhielt. Sie hörte nur kurz zu, dann wurde ihre Miene ernst. Gleich darauf verließ sie den Raum, um draußen im Gang weiterzutelefonieren.

Nachdenklich betrat sie nach einigen Minuten wieder die Gaststube. Ohne eine Erklärung packte sie ihren Laptop und die Unterlagen zusammen, griff nach Jacke und Handtasche.

»Also Tschüss dann, ich muss!«

***

Kräftig packte jemand die Frau an beiden Oberarmen, rüttelte sie heftig hin und her, redete auf sie ein. Sie schüttelte energisch den Kopf. Da wanderten die Hände schnell hoch an ihren Hals. Packten zu. Ganz fest. Noch fester.

Der Mund der Frau war aufgerissen. Die Augen quollen weit hervor. Ihre Hände krallten sich in die fremden Unterarme, versuchten, sie wegzudrücken. Nach kurzer Zeit öffneten sie sich langsam und fielen schlaff nach unten.

Ruckartig stieß die Gestalt die Frau von sich über den Rand der Baugrube hinein in die Tiefe. Einen Augenblick später war entfernt ein dumpfer Aufprall zu hören.

Die Gestalt schnaufte. Keuchend beugte sie sich vor und sah hinunter. In der Dunkelheit und der schwachen Beleuchtung waren die Umrisse der Frau kaum zu erkennen.

Ihre Gliedmaßen waren unnatürlich verdreht, wie bei einer Puppe, die achtlos auf den Müll geworfen worden war. Die Frau stöhnte leise. Ihre Bewegungen waren kaum wahrnehmbar. Blut lief aus ihrem Mund und den Ohren. Schemenhaft nahm sie wahr, dass jemand auf sie zukam, sich langsam über sie beugte und sich wieder aufrichtete.

Ihr Instinkt gebot ihr, die Arme schützend vor das Gesicht zu nehmen. Doch der eine war verdreht und unter ihrem Oberkörper begraben, der andere vollständig zerschmettert und nicht der kleinsten Bewegung fähig. Nur noch verschwommen und im Bruchteil einer Sekunde nahm sie wahr, wie ein klobiger, schwerer Gegenstand auf ihren Kopf zuraste. Dann war es um sie herum dunkel und still. Von oben drang der permanente Verkehrslärm der nahen Bundesstraße, der kurz von einem vorbeifahrenden Zug übertönt wurde, in die Baugrube hinunter.

SECHSTER TAG – MONTAG

Dem Abschnittspolier der Tunnel-Arbeitsgemeinschaft, die alle nur kurz ARGE nannten, war die Erleichterung anzusehen. Heute sollten endlich die Betonwände der Tunnelzufahrt ausgeschalt werden, wovon viele Folgearbeiten abhingen. Jeder weitere Tag Verzug würde die beteiligten Firmen eine Menge Geld kosten. Deshalb hatte er sich morgens mit dem Abschnittsbauleiter auf dem westlichen Baustellenteil verabredet, um das weitere Vorgehen zu besprechen. Sie konnten aufatmen, der Kostendruck würde nun nachlassen.

Die zwei erreichten den Rand der Grube. Der Blick des Poliers fiel nach unten, und er erstarrte. Ohne ein Wort zu sagen, packte er seinen Chef am Arm. Entsetzt schauten beide in die Baugrube hinunter. Auf der anderen Seite, am Fuß einer fünfundzwanzig Meter hohen Betonwand, lag der leblose Körper eines Menschen.

***

Der Geräuschpegel von Hafen und Elbe gemischt mit Straßenlärm und die noch sehr tief stehende Sonne schlugen Obergfell entgegen, als er morgens im Strom der Pendler die Treppe der U-Bahn-Station Sankt Pauli hinaufging. Die Stadt war schon voller Leben. Er sah auf seine Uhr, ging am Hamburgmuseum vorbei. Jenny hatte ihm noch den Stadtführer in die Hand gedrückt, den sie für ihren letzten Musicalbesuch gekauft hatte. Daher wusste er, dass das Museum eine umfangreiche Sammlung über die Stadt-, die Schifffahrts- und Kulturgeschichte und die Numismatik zeigte. Er sah sich die Schaukästen an und schlenderte dann langsam weiter den Holstenwall entlang. Vielleicht konnte er später, wenn die Zeit reichen würde, dem Museum einen kurzen Besuch abstatten.

Sievekingplatz, las er auf einem Straßenschild und bog nach links ab. Er erreichte ein mächtiges klassizistisches Gebäude, dessen Mittelteil mit dem Portal ein kleines Glockentürmchen schmückte.

Von dort schlug es gerade acht Uhr, als Obergfell über den von Bäumen gesäumten Weg zum Eingang des Landgerichtes Hamburg ging.

***

Mit einer jungen Angestellten stieg er eine breite Steintreppe hinunter, bis sie vor einer Tür mit der Aufschrift Archiv standen.

Die Frau hantierte an dem doppelten Sicherheitsschloss und öffnete mit Mühe die schwere Tür. Sie betraten einen Gewölbekeller und gingen einen langen Gang entlang, der von übermannshohen Stahlregalen gesäumt war. Diese bogen sich vor Überlastung in der Mitte durch. Manche waren mit Ordnern und Mappen bestückt, andere mit braunen Kartons, die fein säuberlich mit einer zur Schleife gebundenen rotweißen Kordel verschlossen waren.

»Welche menschlichen Schicksale und Tragödien sich darin verbergen mögen«, fragte sich Obergfell.

Trotz der wummernden, altersschwachen Klimaanlage stieg ihm ein muffiger Geruch von Staub und vergilbtem Papier in die Nase. Durch die kleinen, halbrunden Fenster drangen einzelne Sonnenstrahlen herein und bildeten verzerrte Halbkreise auf dem Boden und an den Regalen. Eine spärliche Deckenbeleuchtung sorgte zusätzlich für ein insgesamt immer noch schwaches, aber doch ausreichendes Licht.

Die Angestellte zog nacheinander mehrere Aktenordner heraus und stapelte sie auf dem wenige Meter entfernt stehenden Tisch. Jeder Ordner, den sie herausnahm, hüllte die beiden kurzfristig in eine Staubwolke. Obergfell machte ein enttäuschtes Gesicht, als sich die Frau nach der Ablage von Ordner Nummer vierzehn den Staub von ihrer Bluse klopfte und sich anschickte, den Raum zu verlassen.

»Kopierer steht da hinten.« Sie deutete mit dem Kopf zum Ende des Gewölbekellers und lächelte. »Na dann viel Erfolg«, wünschte sie und ließ den jungen Kommissar allein zurück.

***

In einen dunkelblauen Hosenanzug gekleidet betrat Hering ihr Büro. Zwei Anzeigenblätter, aufgeschlagen auf den Seiten mit Immobilienangeboten, lagen auf ihrem Schreibtisch. Ein kurzer Hauch von Rührung stieg in ihr auf. Echt nett, wer hat die wohl hingelegt, fragte sie sich.

Sie setzte sich, schob die Zeitungen ein wenig beiseite und begann, die Unterlagen in ihrem Pultordner durchzulesen und abzuzeichnen. Mit einem Filzstift wollte sie gerade auf das erste Schriftstück ihr Kurzzeichen setzen. Aber sie hielt kurz inne, überlegte und zeichnete dann ab – mit dem Kürzel MH. Als sie fertig war, brachte sie den Ordner in Hechts Büro und legte ihn vor ihm auf den Schreibtisch.

»Den hatte ich schon«, sagte er und lächelte sie freundlich an. Er schlug ihn auf und zeigte auf ein Kurzzeichen auf einem der Schreiben. Zwischen den vielen anderen Signaturen der Kollegen konnte man deutlich ein AH erkennen.

***

Stefan Hecht war nicht wohl in seiner Haut. Bisher hatte er immer noch nicht den Mut gefunden, seinem Vater seinen Unfall mit dem Mofa zu beichten. Schweren Herzens stieg er die Treppen zum Polizeirevier hoch und ging durch den Eingang. Er stand vor der Sicherheitsglaswand, die den Wachraum vom öffentlichen Bereich trennte. Bevor der Beamte am Funktisch sein Telefonat beenden und sich um ihn kümmern konnte, trat Heckenlaible aus dem Zimmer des Dienstgruppenführers, das hinter der Wache lag. Als er Stefan erblickte, drückte er gleich den Türöffner.

»Ja Stefan! Guten Morgen! Willst du mal wieder deinen Vater besuchen?«, begrüßte er ihn.

»Hhm, eigentlich nicht so wirklich«, druckste er leise herum, während er den Wachraum betrat.

Der Kriminaltechniker sah ihn nur fragend an.

»Soll mich hier auf dem Revier melden.«

Heckenlaible musterte ihn einen Augenblick. Ihm ging ein Licht auf. »Du wirst doch nichts angestellt haben?«, fragte er augenzwinkernd. Der Beamte am Funktisch hatte die Unterhaltung mitbekommen. Grinsend nahm er ein Schriftstück aus einem Ablagefach und reichte es wortlos seinem Kollegen. Der überflog es kurz, runzelte die Stirn. Er sah Stefan mit bedauernder Miene an. »Oh Jessas! Gibt wohl mächtig Ärger, was?«

Stefan verzog das Gesicht.

Heckenlaible kannte Stefan schon von klein auf. Oft war er bei den Hechts zu Besuch, mochte den Jungen sehr. Wohl auch, weil ihm und seiner Frau eigene Kinder versagt geblieben waren. Nun hatte er ehrliches Mitleid mit ihm. Wie sein Vater wohl reagieren würde?

***

Mit eiligen Schritten kamen Hecht und Hering die Treppe herunter.

»Jahrelang gab es kaum Leichenfunde oder gar Tötungsdelikte bei uns, und jetzt, in wenigen Wochen, nein Tagen, diese Häufung«, stellte Hecht gerade fest.

»Schon seltsam«, erwiderte Hering nachdenklich.

»Man könnte fast meinen, Sie hätten sich Arbeit mitgebracht«, meinte er schmunzelnd mit einem Seitenblick zu ihr. Sie tat, als sähe sie es nicht.

Im Gehen zog Hecht seine Jacke an und erblickte Stefan.

Heckenlaible zwängte sich schnell aus der Glastür in Richtung Treppenhaus, an seinem Chef vorbei. Im Vorbeigehen sagte er: »Bitte, Tone, sei nicht so streng mit ihm.«

Hecht machte ein verdutztes Gesicht. Hering sah ihn ungeduldig an und streckte ihm erwartungsvoll ihre offene Hand entgegen. »Ich gehe dann mal schon zum Wagen.« Halb automatisch kramte Hecht den Wagenschlüssel aus seiner Tasche und gab ihn ihr.

»Was machst du denn hier? Und des auch noch so früh am hellen Morgen?«, fragte er verwundert und ging langsam durch die offene Glastür auf Stefan zu. Dem war übel. Es lag nicht an dem eigenartigen Behördengeruch, einer Duftmischung aus vielen Akten und dem Linoleum des antiquierten Bodenbelages, die im ganzen Gebäude hing. Er machte keine Anstalten, etwas zu sagen, sah nur betreten vor sich auf den Boden.

»Das letzte Mal, als du mich besucht hast, warst du noch ein kleiner Bua.« Hecht deutete mit der Hand einen Meter Höhe über dem Boden an. Dann sah er seinen Sohn, der bisher noch nichts gesagt hatte, genauer an. Er merkte, dass etwas nicht stimmte. »Bist du krank?«

Stefan richtete den Kopf nach oben und blickte seinen Vater schweigend an.

»Siehst gar nicht gut aus.« Es klang weniger besorgt als ungeduldig. Hecht saß wie auf Kohlen. Eigentlich sollte er schon längst im Wagen sitzen und mit seiner Chefin auf dem Weg zu einer neuen Leiche sein.

Der Junge sah Hilfe suchend zu dem Uniformierten am Funktisch hinüber. Hecht folgte seinem Blick. Der Mann saß zurückgelehnt und wippend auf seinem Bürostuhl, beobachtete die beiden und kaute auf einem gelben Bleistift herum. Als Hecht ihn anblickte und langsam zu ihm hinüberging, stand der Beamte auf. Er griff nach dem Schriftstück, das vor ihm auf dem Tisch lag, reichte es dem Hauptkommissar und grinste dabei.

Hecht hatte kein gutes Gefühl. Ihm war klar, dass ihn nichts Gutes erwartete. Oben auf dem Blatt erkannte er sofort, dass es ein Protokoll des Polizeipostens Waldstetten war. Und er wusste, dass der auch für seinen Wohnort Weiler in den Bergen zuständig war. Flüchtig überflog er das Schriftstück und schüttelte seufzend den Kopf. Es dauerte einige Sekunden bis er verarbeitet hatte, was er gerade gelesen hatte, und Worte fand. »Heilig's Bügeleisen! Des glaub' ich jetzt nicht!« Er sah seinen Sohn eindringlich an und verzog das Gesicht. »Sag, dass des nicht wahr ist! Gefährdung von Fußgängern, Mofa ohne Zulassung«, er schüttelte den Kopf, konnte einfach nicht glauben, was da stand, »versuchte Körperverletzung. Durch Bienen?« Hecht stutzte.

Stefan blickte zu Boden. Seufzend sah der Kriminalbeamte auf seine Uhr.

»Da müssen wir heute Abend noch ausführlich drüber reden«, sagte er, während er sich in Richtung Treppenhaus entfernte.

Erleichtert, erst einmal davongekommen zu sein, rief Stefan ihm hinterher: »Muss nicht heute sein Dad, lass dir ruhig Zeit, es pressiert nicht so.«

***

Hecht lenkte den silbernen Mercedes vom Hof des Polizeireviers. Heute hatten sie einen der wenigen zivilen Dienstwagen zur Verfügung, eines der neuen Leasingfahrzeuge, für das in den letzten Monaten ein altes ausrangiert worden war. Es war mit Navi, Sprachsteuerung und all diesen modernen Assistenzsystemen ausgestattet, für deren Bedienung man Kurse belegen musste, wie Hecht einmal angemerkt hatte.

Dass er kein Freund großer und vieler Worte war, das war Hering in der Zwischenzeit klar geworden. Aber dass er seit der Begegnung mit seinem Sohn noch gar nichts geredet hatte, war ihr doch unheimlich. Sie machte sich ernsthaft Sorgen, denn ihr Gefühl als Mutter sagte ihr, dass es große Probleme mit dem Jungen zu geben schien.

Seit wenigen Minuten standen sie in der Lorcher Straße stadtauswärts im Stau. Weiter westlich war wegen der Tunnel-Baustelle eine Fahrspur blockiert.

»Kleine Kinder, kleine Sorgen, große Kinder, große Sorgen?« Dieses abgedroschene, aber wahre Sprichwort richtete sie als vorsichtige Frage an ihn.

Hecht atmete langsam ein und wieder aus und schloss für einen Augenblick die Augen. Seine gespreizten Finger fuhren über die Stirn bis in die Haare. »Was hab ich bei dem Bua nur falsch gemacht«, fragte er leise vor sich hin und schüttelte den Kopf. Das war alles, was er hervorbrachte.

Hering ließ es gut sein und beschloss, ihn mit dem Thema in Ruhe zu lassen.

Als die Autokolonne sich in Bewegung setzte, zog plötzlich ein Wagen vor ihnen auf ihre Fahrspur hinüber. Um eine Kollision zu verhindern, musste Hecht stark bremsen. Mit voller Wucht schlug er seine Faust auf die Hupe, genauer gesagt auf das, was er dafür hielt.

»Bitte geben Sie ein Kommando!«, ertönte eine Computerstimme aus dem Sprachdialogsystem des Navis.

»Seckel!«, entfuhr es Hecht, als er sich von einem kurzen Schrecken erholt hatte.

»Dieses Kommando ist nicht zulässig!«, sagte die Stimme aus der Lenksäule in energischem Ton, um dann zu wiederholen: »Bitte geben Sie ein Kommando!«

Hering konnte sich ein Lächeln nicht verkneifen. Erst ihr deutlicher Ausruf »Abbruch!« in Richtung Lenkrad beendete seine Konversation mit dem Gerät. Hecht verzog das Gesicht und konzentrierte sich wieder ausschließlich auf den Verkehr.

Die Lorcher Straße war wie fast alle anderen in der Stadt von Wahlplakaten gesäumt. Eines fiel Hering besonders auf. »Ich glaub's ja nicht!«, rief sie und deutete mit dem Kopf in Richtung eines der bunten Plakate. Darauf prangte das übertrieben grinsende Konterfei eines rötlichblonden Mannes.

»Wählt Sigmund Endlich – und es wird endlich etwas getan in unserer Stadt«, las Hering mit einer gewissen spöttelnden Melodie in der Stimme vor. Sie schien sich dabei köstlich zu amüsieren. »Mit so einem trivialen Wahlslogan will der die Bürger erreichen?« Sie schüttelte ungläubig den Kopf.

»Der hat sie nicht mehr alle«, kommentierte er leise und ließ die flache Hand vor seinem Gesicht kreisen.

Hecht bog auf das Gelände einer ehemaligen Tankstelle ein. Unter seiner Überdachung und auf den ausgedehnten Stellflächen wurden Material und Baumaschinen für den westlichen Teil der Tunnelbaustelle gelagert.

Vor fast zwei Jahren war an dieser Stelle mit großer Beteiligung von Politikern und der Tunnelpatin der Tunnelanschlag erfolgt. So, hatte Hecht damals gelernt, nennen die Tunnelbauer den feierlichen Baubeginn eines bergmännischen Tunnels in ihrer Fachsprache. Eine gut sichtbare silberne Tafel, die über dem Portal des Haupttunnels angebracht war, bezeugte die Zeremonie. Auf ihr prangte der Schriftzug *Glück auf, Christine-Tunnel,* das Anschlagdatum und zwei gekreuzte Bergmannshämmer. Seitdem waren etwa zweihundert Menschen mit dem Tunnelbau beschäftigt, im bergmännischen Baustellenteil wurde sogar rund um die Uhr gearbeitet.

Hecht und Hering ließen einen mit Tunnelaushub beladenen grünen Sattelzug passieren. Zu Fuß überquerten sie eine schmale Behelfsbrücke, die die Tunnelöffnung überspannte. Eine Duftmischung aus Dieselruß, Hydrauliköl und feuchtem Beton wehte von dort herauf. Rechts hinter der Brücke stand ein gelber Bohrwagen zur Herstellung der Sprenglöcher für die Tunnelröhre. Seine weit nach vorn reichenden dünnen Bohrarme ähnelten den Fühlern großer Insekten. Ein Arbeiter war mit der Befestigung eines Hydraulikschlauches an einem Bohrkopf beschäftigt. Hecht fragte ihn nach den Büros der Bauleitung. Sie befanden sich in einer, direkt neben der Baustelle gelegenen ehemaligen Fabrikantenvilla.

Oberbauleiter Kurt Viereckle ging mit ihnen zum Fundort der Leiche. Er war großräumig abgesperrt. Hier standen nun Kräne, Lader, Lastwagen und andere Spezialbaumaschinen still. Arbeiter diskutierten und rauchten in Gruppen außerhalb des rotweißen Bandes, darauf wartend, von Jenny Funk oder einem der uniformierten Beamten befragt zu werden.

Dr. Krautschneider hockte hinter der Leiche. Er öffnete ihre Lider und tröpfelte eine Flüssigkeit auf die Pupillen. Dann las er von einem Thermometer ab und machte sich auf einem Klemmbrett Notizen. Hering trat neben ihn.

»Guten Morgen, Doktor Krautschneider.«

Der Rechtsmediziner richtete sich auf und musterte sie misstrauisch. »Guten Morgen.«

»Vielen Dank für die schnelle und gute Arbeit im Fall Nadolny«, rief Hering in einer Lautstärke, so dass es alle Umstehenden hören konnten. Sie lächelte dabei.

»Schon recht«, sagte der Arzt etwas verlegen.

Hering sah sich das Opfer an. »Das sieht gar nicht gut aus«, stellte sie fest.

»Todesursache muss nicht der Sturz aus großer Höhe gewesen sein«, sagte er. Beide sahen nach oben.

»So zwanzig, fünfundzwanzig Meter sind das schon«, schätzte sie.

»Mehrere, mindestens drei Schläge mit einem kantigen Gegenstand auf den Kopf. Dadurch starke Frakturen.«

»Tatwerkzeug?«, wollte sie wissen, sich seinem kurz angebundenen Redestil anpassend.

»Hhm, schwierig. Irgendein schweres, eckiges Metallteil. Auf jeden Fall was Winkeliges. Die Frau wurde gewürgt. Vermutlich vor dem Sturz.«

Der Rechtsmediziner wandte sich wieder dem Opfer zu und sah sich die Pupillen an, dann begann er auf seinem Klemmbrett zu rechnen. Hering nutzte die Gelegenheit, um ihre Phantasie spielen zu lassen. Sie sah zur oberen Kante der Baugrube hinauf.

»Sie könnte dort oben gewürgt worden sein, bestimmt hat sie sich gewehrt. Dann hat der Täter sie hinuntergestoßen. Hier!« Sie deutete zu den Füßen der Leiche. Darunter war der an der Oberfläche noch nicht sehr feste Beton von Schuhen abgeschabt worden. Die Spuren waren inzwischen getrocknet, aber deutlich erkennbar noch frisch. »Sie muss sich noch bewegt haben. Vermutlich ist dann der Täter dort heruntergestiegen.« Hering zeigte hinüber zu einem Treppengerüst, das in die Baugrube führte. »Dann hat er festgestellt, dass sie noch nicht«, sie schluckte, »und den Rest, mit dem Metallstück.«

Dr. Krautschneider sah zu ihr auf. »So muss es gewesen sein.«

»Irgendwelche Faserspuren?«

»Sieht so aus. Wir müssen die Auswertung abwarten«, sagte der Mediziner.

Hering bohrte weiter. »Was gibt es sonst noch Wichtiges?«

»Gepflegte Erscheinung, stilvolle Kleidung ... Drogen- und Prostituiertenmilieu würde ich ausschließen.«

»Todeszeitpunkt?«

»Mitternacht. Plus/minus eine halbe Stunde.«

Hecht war, während seine Chefin sich mit dem Rechtsmediziner unterhielt, über das Treppengerüst wieder nach oben zu Heckenlaible hinaufgestiegen, der nun sein Gespräch mit dem Oberbauleiter kurz unterbrach. »Entschuldigung, Herr Viereckle«, sagte er und wandte sich Hecht zu.

»Was ist mit der Tatwaffe?«, fragte Hecht.

»Wir suchen noch.«

Enttäuscht verzog Hecht das Gesicht.

»Fundort ist der Tatort, das steht bereits zweifelsfrei fest«, sagte Heckenlaible und deutete dabei nach unten in die Grube. »Und hier«, der Kriminaltechniker zeigte neben sich, wo einer seiner Mitarbeiter Gips in verschiedene verschlammte Fußabdrücke goss, »Spuren eines Kampfes.«

»Wissen wir, wer sie ist?«, fragte Hecht.

Heckenlaible schüttelte heftig den Kopf und schnaufte laut. »Keine Papiere, kein Handy, nichts. Der Mörder muss dem Opfer alles abgenommen haben, damit es nicht so schnell identifiziert werden kann.«

Er nahm zwei Beweissicherungsbeutel mit Inhalt aus seinem Koffer und zeigte sie dem Hauptkommissar. »Nur das hier, das haben wir gefunden. Ein paar Meter weiter, dort drüben.« Er zeigte in Richtung Treppengerüst. In der einen Tüte befand sich eine Damenumhängetasche, in der anderen deren üblicher Inhalt. »Mal sehen, ob wir damit was anfangen können«, sagte der Kriminaltechniker. »Bis jetzt habe ich nichts darin entdeckt, was uns für die Identifizierung nützlich sein oder sonst wie weiterhelfen könnte.«

»Dass des ein Raubmord ist, des kann ich nicht so recht glauben«, sagte Hecht nachdenklich.

»Hhm. Wir werden sehen«, erwiderte Heckenlaible. »Die zentrale Frage ist doch: Was macht eine junge Frau in Geschäftskleidung mitten in der Nacht auf so einer Großbaustelle?«

»Auch das werden wir sehen«, konterte Hecht. »Haben wir sonst noch irgendwelche Spuren?«

»Von Reifen, eine ganze Menge. Aber bei dem weichen Schlamm hier ... Das dauert, bis die aufgenommen und ausgewertet sind. Wird wohl auch nichts dabei rauskommen«, meinte Heckenlaible resignierend. Er wusste aus Erfahrung, dass dies bei dem Spurengemenge auf dem verschlammten Boden nur Personal binden und nichts bringen würde.

»Tja, das können wir wohl vergessen. Und was gibt's noch?«, wollte Hecht wissen.

»Fußabdrücke, jede Menge. Meistens von Profilsohlen, aber manche auch von flachen Schuhen.«

»Bis wann kannst du die überprüfen?«

Er stutzte und sah seinen Chef eindringlich an. »Also Tone, bei aller Liebe. Auf der Baustelle hier laufen über zweihundert Leute rum.« Heckenlaible schnaufte. »Besorg mir eine Hundertschaft von der Bereitschaftspolizei oder wenigstens den Einsatzzug, dann können wir darüber reden«, sagte er.

»Okay, lass gut sein!« Hecht nahm mit beiden Händen abwehrend eine entschuldigende Haltung ein. Er wusste, dass dies ein zu großer Aufwand war und sie erst mal die gesamte Spurenlage abwarten mussten. »Sonst was Verwertbares?«

Heckenlaible schüttelte den Kopf.

Ab und zu war ihr Gespräch durch sehr laute Geräusche gestört worden. Meist traf Metall auf Metall. Den größten Lärm verursachten Großbohrgeräte, die das geförderte Erdmaterial von den riesigen Schneckenbohrern schüttelten. Plötzlich ein sanftes Rumpeln, das sich wie ein Erdbeben anfühlte. Dann ein Donnern, das an eine entfernte Gewitterfront erinnerte.

»Die sprengen wieder!«, beruhigte sie Viereckle, der bisher interessiert zugehört hatte, in seiner ruhigen Art. »So geht das halt. Sieben Tage die Woche, rund um die Uhr. Meter für Meter. Seit Monaten holen wir den hellbeigefarbenen harten Stubensandstein raus. Nur heute Nacht nicht, da stand überraschend dunkelgrauer Tonstein an ...«

Heckenlaible wurde hellhörig.

»... nur mit ganzen drei Metern Mächtigkeit. Das haben wir bisher nur einmal angetroffen, ist schon länger her.« Viereckle überlegte einen Moment. »Kurz nach dem Tunnelanschlag muss das gewesen sein.«

»Und was heißt das genau?«, fragte Heckenlaible und spitzte die Ohren.

»Hhm! Am besten, Sie kommen nachher rüber in mein Büro, dann können Sie sich die geologischen Aufzeichnungen anschauen«, sagte der Oberbauleiter und verabschiedete sich.

***

Vor ein paar Wochen hatte Hecht mit Interesse das Angebot angenommen, die Arbeiten unter Tage zu besichtigen. Mit einer kurzen Erklärung hatte ihm Viereckle neben Helm und Warnweste einen Selbstretter zum Umhängen in die Hand gedrückt. Der würde ihn eine Stunde lang mit Atemluft versorgen, sollte im Tunnel ein Brand ausbrechen. Ein Geländewagen brachte ihn mit dem Oberbauleiter und dem zuständigen Polier über eine schlammige Fahrspur durch den parallel verlaufenden Rettungsstollen in den Berg. Über einen der Querstollen, die später im Notfall zur Evakuierung genutzt werden würden, erreichten sie den Haupttunnel. Zuckend reflektierte das Gewölbe die gelben Blitze der Rundumleuchten auf dem Wagendach. An der Tunneldecke waren Frischluftschläuche befestigt, an den Wänden hingen Kabel.

Überall war das Röhren der gelenkigen Muldenkipper und das Quietschen und Knacken der Bagger zu hören, die das Gestein im Sohlenbereich des Tunnels ausbrachen. Kurz nach dem Aussteigen aus dem Wagen verspürte Hecht ein starkes Kratzen im Hals. Die staubige, abgasgeschwängerte Luft machte ihm zu schaffen. Nur im Bereich der Austrittsöffnungen der dicken Belüftungsschläuche konnte er tief durchatmen. Das vibrierende Gehämmer der Bohrwagen, die ganz vorn im Deckenbereich die Löcher für den Sprengstoff bohrten, ließ kaum eine Verständigung zu.

Wahnsinn! Jahrelang in Zwölf-Stunden-Schichten im Berg bei dieser Luft zu arbeiten, dachte sich Hecht. Er bewunderte die österreichischen Mineure, die hier unten bei spärlicher Beleuchtung und in diesem Klima schufteten.

Auf der Rückfahrt fuhren sie nach halber Strecke durch einen der engen Querschläge wieder in den Haupttunnel hinüber. Sie hielten an und stiegen aus. Während Viereckle mit dem Polier über eine Leiter zum Sohlbereich hinunterstieg, sah sich Hecht um. Er entdeckte die Kaverne, die später die Abluftzentrale mit den riesigen Ventilatoren aufnehmen würde und ging neugierig hinein. Nach etwa fünfzig Metern, kurz vor dem Ende, versperrte ihm ein Stahltor mit großen Warnschildern das Weiterkommen. Hecht versuchte, durch einen schmalen Spalt zu sehen, was dahinter vorging. Plötzlich erschrak er und wich zurück. Mit lautem Gerumpel krachten hinter dem Tor Gesteinsbrocken auf den Boden hinunter.

Er ging wieder in den Haupttunnel zurück. Während seine beiden Begleiter immer noch das Felsmaterial begutachteten, das demnächst ausgebrochen werden sollte, ließ er seine Gedanken schweifen. Wie viele Millionen Jahre mag dieses bisher unberührte Gestein wohl hier unten liegen?, fragte er sich. Und nun drangen die Menschen hier ein, entdeckten Überraschendes und legten Geheimnisse bloß, um die Menschen in der Stadt vom Verkehr zu entlasten. Hecht musste sich eingestehen, dass diese riesigen Kavernen und der breite Haupttunnel etwas Mystisches an sich hatten. Ein Hauch von Faszination und ein gewisses Gefühl der Unsicherheit überkamen ihn.

Der Hauptkommissar hatte Verständnis für den Kollegen gehabt, der es ablehnte, mit in den Berg zu fahren und für den schon ein dunkler Keller etwas Unheimliches bedeutete. Da hätte er in einem Tunnel erst recht Angst empfunden. Nie hätte Hecht gedacht, dass ganz vorn - im Bereich der Bohrgeräte - auch ihn ein leichtes Gefühl der Beklemmung beschleichen würde.

***

Jennifer Funk beendete ein Telefongespräch und ging langsam das Treppengerüst hinunter, um zu Hering und Hecht zu stoßen, die in der Nähe des Opfers standen und mit Dr. Krautschneider sprachen. Es kostete sie ein wenig Überwindung und doch konnte sie es kaum erwarten, näher an den Ermittlungen beteiligt zu sein. Während sie hinabstieg, sah sie zu Hering in die Baugrube. Seit sie bei der Amtseinführung ihren Werdegang erfahren hatte, bewunderte sie ihre neue Chefin wegen ihrer bisherigen Karriere, wollte sie selbst doch ebenfalls in den gehobenen Dienst, auch wenn sie dafür noch ein Studium an der Hochschule für Polizei absolvieren musste.

»Irgendwas Neues in puncto Vermisstenmeldung?«, fragte Hering.

»Fehlanzeige!«, antwortete Funk prompt. Mit ihren Gedanken war sie jedoch ganz woanders.

Verstohlen sah sie in die Richtung, in der die Leiche lag, die aus ihrer Position nicht zu sehen war. Ein Schaufellader und eine mit Schalungsteilen gefüllte Stahlgitterbox versperrte die Sicht darauf. Langsam ging sie zum Fundort hinüber, an dem Dr. Krautschneider gerade seinen Koffer zusammenpackte.

»Lass gut sein, Jenny, des musst du dir nicht unbedingt antun«, rief Hecht ihr nach. Auch Hering warf ihr einen kurzen Blick hinterher, der signalisierte, dass sie ihm voll zustimmte.

Vorsichtig näherte sie sich dem Opfer. Sie ging zwischen den nummerierten Täfelchen hindurch, die rund um den Tatort auf dem Boden standen. Ein Beamter der Spurensicherung machte Fotos. Hering folgte ihr und streifte sich dabei langsam die Einmalhandschuhe über, die Heckenlaible verteilt hatte.

Bei dem Anblick der Toten musste Jenny heftig schlucken. Das Gesicht war fast vollständig mit den langen blonden Haaren bedeckt und mit einer großen Blutmenge verkrustet. Wie ein Kürbis war der Schädel an einer Seite aufgeplatzt. Hirnmasse lag daneben. Zwischen den Beinen, im Schritt des Opfers, war die Nässe von ausgetretenem Urin zu erkennen.

Jennys Magen rebellierte, zog sich krampfhaft zusammen. Ihr Gesicht erblasste schlagartig. Sanft berührte Hering ihre Schulter. Sie hielt sich schnell die Hand vor ihren Mund, drehte sich zur Seite und entfernte sich wankend einige Schritte. Ein Strahl Erbrochenes schoss aus ihrem weit geöffneten Mund. Hering war ihr gefolgt, hielt sie fest. Mit weit aufgerissenen Augen sah Jenny sie an, so als wollte sie sich entschuldigen.

»Uns allen ist es so gegangen ... Ist nicht einfach beim ersten Mal«, sagte sie mit mitfühlendem, verständnisvollem Blick. Jenny atmete schwer aber gleichmäßig. Heckenlaible reichte ihr eine kleine Flasche Mineralwasser. Sie nahm ein paar Schlucke.

»Besser? Geht's wieder?«

Jennys gequälter Blick sprach Bände.

»Das Personal im Zapp-Areal sollte noch befragt werden«, fuhr Hering behutsam fort, und deutete auf den hinter der Baustelle liegenden Firmenkomplex, von dem aus der Tatort einzusehen war.

Jenny schloss ihre Lederjacke und holte tief Luft. »Mach ich ... Geht schon.«

Hering ging in die Knie und beugte sich über die Leiche. Sie nahm eine Hand des Opfers und sah sich diese genauer an. Hecht stand beobachtend neben ihr.

»So was macht man nicht selbst«, sagte Hering. Sie sah sich jeden der gepflegten, aber ringlosen, schlanken Finger genau an. Die Nägel waren alle mit einem aufwändigen Design versehen.

»Nagelstudio?«, fragte er.

Hering nickte. Sie bedeutete ihm, sich das anzusehen, und legte die Hand des Opfers in seine.

Hecht warf nur einen schnellen Blick darauf und deutete auf drei Finger. »Hier! Sehen Sie?« Zwei der Nägel waren abgebrochen, einer abgeknickt und eingerissen. »Hat sich kräftig gewehrt«, sagte er.

»Dann müssen Faserspuren unter den Nägeln sein«, schlussfolgerte sie. Sie zog ihr Smartphone hervor. »Können Sie die Hand zu mir drehen und so halten?«, forderte sie ihren Kollegen auf. Hecht nahm die Hand der Toten und hielt sie zu ihr gerichtet hin. Hering korrigierte ein wenig die Position und machte dann mehrere Detailfotos von den Fingernägeln.

Dr. Krautschneider stand bereits oben an der Brüstung und blickte zum Fundort in die Baugrube hinab. »Und wie bekommen wir das Opfer hier raus?«, rief er sorgenvoll zu den beiden Ermittlern hinunter. Auf Hering wirkte er ein wenig hilflos. Hecht schaute nach oben. Ein silbergrauer Leichenwagen war dort schon in Position gefahren worden. Die Heckklappe stand offen. Im Wageninnern war ein Zinksarg zu erkennen. Zwei schwarz gekleidete Männer lehnten gelangweilt an der Brüstung und sahen zu Dr. Krautschneider hinüber, der ihnen gestikulierte, dass sie warten sollten.

Direkt über ihnen stand ein Kran still. Hecht stieg das Treppengerüst hinauf und sprach einige Worte mit dem Kranführer, der sich ein gabelförmiges Gestell bringen ließ. Darauf konnte der Kran den Zinksarg direkt zum Leichenwagen heben. Der würde das Opfer zur weiteren Untersuchung in die Pathologie des Stauferklinikums nach Mutlangen bringen.

***

Auf der Suche nach Zeugen suchte Hering zusammen mit zwei uniformierten Kollegen ein Bordell auf. Es lag in der Nähe des Tatortes direkt an der stark befahrenen Bundesstraße 29.

Die Mädchen dort zeigten sich zunächst sehr zugeknöpft und gaben vor, kein Deutsch zu sprechen. Erst die Androhung von ausgiebigen Personenkontrollen und verstärkten künftigen Razzien machte sie gesprächiger. Alle behaupteten, die ganze Nacht hindurch beschäftigt gewesen zu sein. Keine hatte etwas beobachtet oder gar Schreie gehört. Livia brachte es in gebrochenem Deutsch auf den Punkt: »Gestern Nacht nix gehört. Viel, viel los ... starkes Verkehr.«

Auch die Befragungen der im Schichtbetrieb arbeitenden Tunnelbauer brachte die Kripo nicht weiter. Keiner von ihnen machte irgendwelche außergewöhnliche Beobachtungen.

Gegenüber der Baustelle lag das Zapp-Areal. Vor über zehn Jahren war die frühere Mantelfabrik zum Gründerzentrum umgebaut worden und beherbergte seitdem etwa dreißig Einzelfirmen. Jenny Funk hatte mit einer Mitarbeiterin der Gebäudebetreuung gesprochen. Die konnte anhand der Chipkarten-Speicherung auf einer Anwesenheitsliste genau sagen, dass sich in der Nacht nur der Inhaber einer Firma in dem Gebäudekomplex aufgehalten hatte. Er hatte kurz nach halb zwölf schemenhaft zwei Personen ohne die markante Schutzkleidung im Bereich des Tatortes bemerkt. Ob es sich um einen Mann und eine Frau gehandelt hatte, war in der Dunkelheit nicht auszumachen. Das hieß im Klartext, dass niemand etwas gesehen oder gehört hatte, was die Polizei weiterbrachte. Die Ermittler konnten sich nur sicher sein, dass das Opfer um diese Zeit noch gelebt haben musste.

Während Heckenlaible auf den Baustellenstraßen Gesteinsproben nahm und in kleine Kunststoffbehälter packte, sprachen Hering und Hecht mit Viereckle in dessen Büro.

»Das war kein spontanes Treffen. Täter und Opfer müssen sich dort verabredet haben«, mutmaßte Hecht. »Das ist ja kein Ort, an dem man in der Nacht spazieren geht.«

»Auf dem weiter vom Tunneleingang entfernt liegenden Baustellenteil, auf dem die Leiche gefunden wurde, wird nachts nicht gearbeitet. Deshalb ist er so gut wie nicht beleuchtet«, berichtete der Oberbauleiter.

»Wahrscheinlich hat der Täter das gewusst«, vermutete Hering.

Die Bürotür öffnete sich. Eine Sekretärin brachte Jenny Funk ins Büro.

»Was gibt's denn Frau Funk?«, fragte Hering.

»Heute Nacht hat jemand versucht, einen kleinen Schaufellader kurzzuschließen«, berichtete sie.

Hering und Hecht wurden hellhörig. Hecht reagierte als Erster: »Etwa den in der Nähe des Tatortes?«

»Ja! Wär' auch fast gelungen.«

»Hat der Täter damit die Leiche wegtransportieren wollen?«, überlegte Hering laut.

»Das macht doch keinen Sinn. Der Lader kommt doch nicht ohne Kran da unten raus«, stellte Hecht fest.

Viereckle hatte eine andere Idee. »Und vielleicht zuschütten? An den Böschungen hinter den Wänden?«

»Wäre schon möglich«, sagte Hecht nachdenklich zu Hering, die Viereckle einen anerkennenden Blick zuwarf.

»In den nächsten Tagen sollte sowieso ein Teil der Betonwand fertig gestellt werden. Dahinter würde dann alles bis zur Oberkante wieder mit Erdmaterial und Schotter aufgefüllt«, erklärte er.

»Da wäre die Leiche für immer verschwunden gewesen«, merkte Funk an.

»Der Täter muss durch irgendwas gestört worden sein …«, vermutete Hecht.

»Und konnte seinen Plan nicht zu Ende führen«, ergänzte Funk stolz.

»Setzt das voraus, dass der Täter sich auf der Baustelle auskennt?«, fragte Hering.

»Nicht unbedingt«, stellte Viereckle richtig, »er muss nur beobachten.« Der Oberbauleiter trat ans Fenster seines Büros. »Dort drüben an der Bundesstraße, da gibt es einen Aussichtspunkt mit Infotafeln.« Er zeigte hinüber auf die andere Seite der großen Baugrube. »Jeder kann sich ständig über das aktuelle Geschehen informieren und den Betrieb beobachten.«

Hering trat ans Fenster und sah ebenfalls hinaus. »Warten Sie mal!«, warf er nachdenklich ein, als sein Blick auf den alten Bohrwagen fiel, der seit heute früh drüben am Wartungsplatz repariert wurde.

»Die ARGE hat heute in aller Frühe einen nagelneuen Ersatzbohrwagen für den Sprengvortrieb in den Tunnel geschafft.« Er zückte sein Handy und führte ein kurzes Telefonat.

Dann berichtete Viereckle den Ermittlern, dass die Baumaschine kurz vor Mitternacht angeliefert und sofort abgeladen worden war. Der Fahrer des Tiefladers hatte noch eine Pause eingelegt und das Lkw-Gespann oberhalb des Tatortes abgestellt. Wahrscheinlich war der Täter dadurch gestört worden.

»Frau Funk, könnten Sie den Fahrer ausfindig machen? Vielleicht hat der was beobachtet«, bat Hering ihre junge Kollegin.

***

»Zweihunderttausend pro Tag?«, schrie Zybura in sein Mobiltelefon. Der Polizeidirektor war auf dem Weg von der Aalener Polizeidirektion ins Stuttgarter Innenministerium. Der Wagen fuhr auf der vierspurigen B 29 und passierte gerade Schorndorf. Am Steuer saß sein Pressesprecher. Unruhig rutschte Zybura auf dem Beifahrersitz des Dienstmercedes hin und her und hörte eine Weile der Stimme am anderen Ende zu. Der Pressesprecher erkannte an der Art, wie sein Chef das Gespräch führte, dass etwas vorgefallen sein musste, was ihm große Probleme bereitete.

»Umdrehen! Zurück nach Gmünd!«, bestimmte Zybura knapp und mit einer Miene, die nichts Gutes verhieß, kaum hatte er das Gespräch beendet.

Der Polizeidirektor wählte eine andere Nummer und ließ sich den Oberbauleiter des Regierungspräsidiums geben.

»Zybura PD Aalen, Grüß Gott, Herr Viereckle. Folgendes: Wie sehen Sie ...?«

»Muss schon was Besonderes sein, wenn der außerplanmäßig hier auftaucht«, sagte Hecht zu Hering, als sie in die Tiefgarage hinunterfuhren. Sofort bei ihrem Eintreffen auf dem Polizeirevier hatten sie Zyburas Dienstwagen bemerkt.

»Vielleicht bekommen wir noch mehr Personal«, sagte Hering. Hecht sah sie an und erkannte an ihrem Grinsen, dass ihre Worte nicht ganz ernst gemeint waren.

Zybura saß in Herings Büro am Besprechungstisch. Sein Rücken war zur Tür gedreht. Frau Tomberg hatte ihm eine Schale Gebäck hingestellt und einen Cappuccino serviert. Heckenlaible saß ihm gegenüber und knetete seine Hände. Als Hering und Hecht den Raum betraten, telefonierte Zybura gerade.

»... ja natürlich ... Stillstand ist gleich Verlust ... Das habe ich schon kapiert ... Ja! Sie können sich darauf verlassen! Wir tun unser Möglichstes. Ich regle das ... Danke ... ja ... Wiederhören!« Er drückte übertrieben stark die rote Taste und verzog das Gesicht. »Die halten mich wohl für blöd!«, sagte er leise vor sich hin. Er drehte sich um und bemerkte die beiden Ermittler, die vor dem Tisch standen und Mühe hatten, ein ernstes Gesicht zu machen. »Was?«, rief er laut und sah die beiden abwechselnd an.

»Was ist denn los?«, fragte Hering vorsichtig, während Hecht nur den Kopf ein wenig neigte und seine Schultern hob.

Zybura machte den beiden deutlich, dass sie sich setzen sollten. Er selbst aber stand auf und begann ohne Umschweife. »Die

ARGE, die macht mir die Hölle heiß.« Er öffnete seinen Krawattenknoten und atmete durch.

Für das Wochenende war der erste Tunneldurchschlag, der des Rettungsstollens, geplant. Das war der Zeitpunkt, an dem die Mineure nach mehr als eineinhalb Kilometern im Osten wieder das Tageslicht erblicken würden.

»Die drängen darauf, dass der Tatort im Bereich der Tunnelportale endlich freigegeben wird.«

»Des ist uns schon klar, dass die nur mit großen Einschränkungen arbeiten können, aber ...«, begann Hecht.

Zybura unterbrach ihn, wurde lauter und driftete ins Zynische ab. »Das nützt mir ja nichts, dass Ihnen das klar ist. Das kostet die Firma wahnsinnig viel Geld, wenn die in Zeitverzug geraten. Die drohen mit einer Schadenersatzklage.« Er lief im Büro auf und ab, seine Hände ineinanderreibend.

»Schadenersatz? Gegen wen denn?«, fragte Hering.

»Gegen uns, das Land Baden-Württemberg.«

»Wir haben den Tatortbereich noch weiträumig abgesperrt, wie immer halt, solange wir nicht fertig sind«, sagte Hecht.

»Uns fehlt noch die Tatwaffe, und die Spurensicherung, die ist auch nicht durch. Das kennen Sie doch alles«, legte Hering verwundert nach.

»Ja, gewiss.« Zybura winkte ab und setzte sich wieder an den Tisch. »Im Westteil der Baustelle befindet sich nun mal die einzige Zufahrt zu den Tunnelröhren«, erklärte er.

»Des ist uns schon klar, dass des Auswirkungen auf den bergmännischen Schichtbetrieb hat«, räumte Hecht ein.

»Durch den abgesperrten Teil müssen Betonmischer den Beton in den Tunnel liefern und Lastzüge das Ausbruchmaterial herausfahren. Das ist aber lange noch nicht alles«, bekräftigte Zybura und fuchtelte dabei mit den Händen. »Bei den Summen, da wird das ziemlich hoch gehängt. Und wenn das politisch wird, dann geht das ganz nach oben. Womöglich noch bis zum Ministerpräsidenten. Na dann gut' Nacht.«

»Es handelt sich hier um eine Mordermittlung. Tatort ist nun mal Tatort«, sagte Hecht unversöhnlich.

»Solange wir die Tatwaffe nicht haben, solange ist da nichts zu machen«, sagte Hering in energischem Ton, den selbst Hecht noch nicht kannte und der Zybura in Erstaunen versetzte. Mit so viel Gegenwind hatte er nicht gerechnet.

Zufrieden blickte Hecht zu seiner Chefin hinüber. Ein gewisses Gefühl der Bewunderung stieg in ihm auf.

Zybura räusperte sich und überlegte. Er musste sich eingestehen, dass dieses Team ein harter Brocken war. Von Hecht war er das ja gewöhnt. Aber jetzt auch noch diese Hering-Schweizer. Mit einem bittenden Blick sah er zu Heckenlaible hinüber, der die ganze Zeit über nur still dagesessen hatte. »Geht das nicht doch schneller?«

Keiner im Raum reagierte.

»Menschenskind, lässt sich da denn gar nichts machen, Herr Heckenlaible?«, setzte er nach und schlug dabei einen sanfteren Ton an.

Heckenlaible holte mehrmals tief Luft. In seinem Kopf arbeitete es. Langsam stand er auf. Zybura hatte sich ungeduldig bereits wieder Hering zugewandt. Heckenlaible schmatzte. Seine Zunge fuhr über seine Lippen. »Jetzt hören Sie mal zu.« Seine Stimme war laut, und er sah Zybura scharf an.

Der stutzte, denn eine derartige Reaktion war er nicht gewohnt – und von Heckenlaible schon gar nicht.

»Schneller, fragen Sie?« Heckenlaibles Augen quollen hervor. »Natürlich ginge das schneller. Wenn wir moderneres Gerät und nicht so ein antiquiertes Gelump hätten.« Seine Hände beschrieben die wildesten Figuren in der Luft. »Wie lange warte ich jetzt schon auf meine Spheronkamera? Damit könnten wir den Tatort in 360 Grad dokumentieren. Lückenlos. Vor allem aber würde es schneller gehen.«

»Und wir hätten es hinterher bei der Auswertung einfacher«, fügte Hecht mit ruhiger Stimme hinzu, »weil des Teil den Tatort quasi, ... quasi einfriert.« Heckenlaible warf ihm einen dankbaren Blick zu. Sein Gesicht war puterrot angelaufen. Das erinnerte Hecht ein wenig an einen aufgeplusterten japanischen Kugelfisch, über den er neulich eine Reportage im Fernsehen gesehen hatte.

»Vor vier Jahren, da haben Sie mir das Ding schon versprochen. Von Jahr zu Jahr werde ich vertröstet«, sagte der Kriminaltechniker. Seine Stimme hatte jetzt etwas Beleidigtes.

»Herr Heckenlaible«, begann der Polizeidirektor beschwichtigend, »Sie wissen doch selbst, wie teuer so was ist.«

»Um die Achtzigtausend. Geld, das sich rentieren würde. Wie jetzt zum Beispiel.«

»Andere, größere Dienststellen warten auch noch darauf«, versuchte sich Zybura zu rechtfertigen. Für ihn schien dieses lästige Thema beendet zu sein. Schnell wandte er sich Mona Hering zu. »Von Ihnen als Dienststellenleiterin, da darf ich bitte etwas mehr Flexibilität erwarten.«

Hering sah ihn nur an und überlegte.

»Das muss doch irgendwie schneller gehen?«, sagte Zybura mit einem bittenden Blick, so als wollte er sagen, Mensch, jetzt lass' mich doch nicht hängen, Mädel.

»Dazu bräuchten wir mehr Personal«, konterte Hering schnell. Sie wusste, dass sie damit bei ihm einen wunden Punkt traf, und sah ihn eindringlich an, runzelte die Stirn.

Zybura verzog das Gesicht und winkte ab. Er stand auf, schnaufte genervt und baute sich wie ein Gardeoffizier auf. »Also kurzum, meine Herrschaften, ich verlasse mich auf Sie!«, sagte er schnell und ging zur Tür. Dort drehte er sich nochmals um. »Ach ja, noch was. Gibt es eine Vermisstenmeldung, die zu der jungen Frau passt?«

»Negativ!«, antwortete Hecht.

Hering bearbeitete kurz ihr Smartphone und hielt es vor Zyburas Gesicht. »Bisher unser einziger Ansatzpunkt!«

Zybura warf einen Blick auf das Foto, auf dem die modellierten Fingernägel des Opfers zu sehen waren. Er sah Hering ungläubig an.

»Wir machen uns gleich auf den Weg«, meinte sie.

Hecht hielt eine Liste hoch. »Vierzehn Nagelstudios gibt's in Gmünd. Wir beginnen in der Innenstadt.«

»Vielleicht finden wir so am schnellsten raus, wer sie ist«, sagte Hering.

»Na dann viel Glück«, meinte Zybura mit skeptischem Blick. In der Tür drehte er sich nochmals um. »Ach ja, Herr Heckenlaible, dass ich's nicht vergesse: Das Land hat die Mittel für den Umbau Ihrer Räume genehmigt. Nach den Sommerferien geht's los!« Dann ging Zybura, ohne Heckenlaible Zeit für eine Erwiderung zu geben, zum Aufzug.

Die Stimmung wäre besser gewesen, hätten sie gewusst, dass Beamte des Streifendienstes und der Spurensicherung alles akribisch abgesucht und inzwischen das Tatwerkzeug gefunden hatten. In einer Gitterbox entdeckten sie eine verzinkte Schalungsklammer, an der mit bloßem Auge Blutspuren zu erkennen waren. Solche armlangen Klammern hielten die großen Schalungselemente für die Wände der Tunnelzufahrten beim Betonieren zusammen. Der Täter hatte sie nach der Tat in den Behälter zurückgelegt, der zwischen Treppengerüst und Leichenfundort stand.

***

Auf Herings Anweisung musste Obergfell den gesamten Lebenslauf Nadolnys, seine Wohnorte und alle wichtigen Eckdaten des Prozesses zusammenstellen und auswerten. Die Unterlagen, die ihm wichtig erschienen, kopierte er. Beim Durchforsten der Akten stellte er mit Erstaunen fest, dass Nadolny in den ganzen Haftjahren nicht einen Besuch erhalten hatte. Sein einziger Verwandter war ein Bruder, der 1983 auf die Insel La Gomera ausgewandert war und zu dem er seit dieser Zeit keinen Kontakt mehr hatte. Das erklärte auch, dass ihn später niemand als vermisst meldete.

Ordner Nummer fünf lag vor ihm auf dem Tisch. Zur Hälfte hatte er ihn durchgeblättert, als ein kurzer lauter Pfiff durch seine gespitzten Lippen ertönte.

***

Hecht überzeugte Hering, dass sie zu Fuß in der Innenstadt schneller vorankämen. Dort lagen die meisten der Nagelstudios. Und das dicht beieinander. Bis auf eines, das Flinke Feile hieß, trugen die Studios bisher englische Namen wie Nail Factory, Nails and More oder Center Nails. Und dann das Highlight: Paradise Nails. Fast alle beschränkten sich auf die Pflege und das Modellieren der Fingernägel. Doch es gab auch welche, die noch einiges mehr für ein gutes Aussehen anboten, wie sie beim Besuch des fünften Studios feststellen konnten. Schon während sie darauf zugingen, rief Hering plötzlich aus: »Nein, ich glaub's ja nicht!« Lachend deutete sie mit dem Kopf auf das Schaufenster, auf dessen Scheibe große giftgrüne Buchstaben geklebt waren.

»Botox to go – Schönheit auch ohne Operation«, las Hecht langsam vor.

»Kaum zu fassen, oder? Wenn man sich das so vorstellt, diese glatten Gesichter zusammen mit übertrieben vergrößerten, aufgedunsenen Lippen. Da gibt es ja genügend Beispiele berühmter Ladies aus der Glitzer- und Glamourwelt«, sinnierte sie.

Er konnte sich das lebhaft vorstellen. Sie sah ihn an und wartete vergeblich auf einen Kommentar von ihm. »Heilig's Bügeleisen«, rief er stattdessen. Bei dem Gedanken an Größe und Form dieser Lippen, war ihm siedend heiß das Schlauchboot eingefallen, das hinten in seinem Wagen lag. Schon seit Wochen hatte er Stefan versprochen, es zu reparieren.

In der Vorderen Schmiedgasse lag das sechste Studio, das die beiden aufsuchten. Wenn es das hielt, was der Name versprach, dann wären sie hier bestens aufgehoben, dachte sich Hering. Auf dem rosafarbenen Firmenschild neben dem Eingang prangte der vielversprechende schwarze Schriftzug *Himmlische Hände.*

Auf dem barbiehaften, dezent geschminkten Gesicht der Besitzerin lag ein natürlich freundliches Lächeln, als die Ermittler das Studio betraten. Hecht fielen sofort ihre sanften, dunklen Augen auf. Hering legte wieder die Fotos von den Fingernägeln des Opfers vor und führte wie immer die Befragung durch. Schon beim Besuch des ersten Studios hatte Hecht nach kurzer Diskussion seiner Chefin den Vortritt gelassen, froh, eine Fachfrau dabeizuhaben. Er wollte sich nicht mehr einmischen, sah sich nur im Studio um. Mehr aus Langeweile blätterte er in verschiedenen Beautyprospekten mit Programmen wie Peeling, Gesichtsbehandlungen, verschiedenen Wellness-Massagen und dem Sonderangebot hier: *Brasilian Waxing*. Von diesem brasilianischen Zeugs hatte er noch nie etwas gehört, wunderte sich, was es nicht so alles gab. Er überlegte, ob er nicht Simone eine Freude machen und diesen Flyer mitnehmen sollte.

Die Studiobesitzerin erkannte die Nägel auf den Fotos sofort. Erst letzten Freitag hatte sie dieses ausgefallene Design erstmals modelliert. Solche schönen makellosen Naturnägel seien selten, schwärmte die junge Frau, während sie die Adresse der Kundin in ihrem Computer suchte.

»Hier! Frau Tessa Brenner. Wohnt in der Klarenbergstraße.«

***

Die beiden Kripobeamten gingen über den Marktplatz die Bocksgasse hinauf. Sie waren auf dem Weg zurück zur Dienststelle. Hecht rief währenddessen Nelli Tomberg an und bat sie, sämtliche Daten des Opfers abzuchecken. Angehörige, Arbeitsplatz, Bekanntenkreis, Vereine, Vermögensverhältnisse, eben alles, was es an Informationen über sie gab.

»Das volle Programm also?«, vergewisserte sich Tomberg, damit sie auch ja nichts vergaß.

»Des volle Programm«, bestätigte Hecht.

Als die beiden Kriminalpolizisten vorfuhren, standen bereits zwei Streifenwagen, das Auto der Spurensicherung, der Rüstwagen der Feuerwehr und Funks alter Golf vor dem weißen Sechsfamilienhaus. Hecht schätzte, dass es noch keine zehn Jahre alt war. Das unförmige Pultdach war aus Blech und stieg nach Westen an. Diese einfallslose, anscheinend zeitgemäße Schuhschachtel-Architektur, die in den letzten Jahren jedes neue Baugebiet in der Stadt dominierte, hatte ihm von Anfang an nicht gefallen.

Als die beiden Ermittler das Haus betraten, kam Funk mit einer älteren Nachbarin die Treppe herunter. Der Schlüsseldienst der Feuerwehr hatte bereits die Wohnungstür des Opfers geöffnet.

Im Wohnzimmer herrschte penible Ordnung. Die Designereinrichtung bestand aus einem weißen Ledersofa mit schwarzen Kissen, geschlossenen Glasschränken, einem niedrigen Glastisch und einem Flachbildfernseher. Überall hingen moderne abstrakte Bilder und Aufnahmen von berühmten Schauspielern. Eine Wand war übersät mit dicht beieinander hängenden Gruppenfotos.

»Hübsch hat sie's hier«, sagte Hering anerkennend. »Hatte«, verbesserte sie sich und streifte die Einweghandschuhe über, die ihr Horst Stütz von der Spurensicherung gereicht hatte. Systematisch begann sie, das Wohnzimmer zu durchsuchen und die Bilder an den Wänden zu betrachten. Funk hatte sich die Küche vorgenommen.

Auch Hecht sah sich um. Er schien sich unbehaglich zu fühlen. »Also nein, ich könnte so nicht wohnen«, sagte er. Am Ende des Zimmers gelangte er in eine Art Arbeits- und Hauswirtschaftsraum, in dem ein Beamter der Spurensicherung Fotos machte. Offene Regale mit Büchern und Videokassetten bedeckten eine Wand vollständig. Auf einem Glasschreibtisch standen neben einem Computerflachbildschirm Stapel von Papieren. Hecht und Stütz nahmen sich die Unterlagen vor.

»Horst, kümmerst du dich um den Rechner?«

»Den packen wir am besten ein«, sagte Stütz und reichte ihm mit vorwurfsvollem Blick ebenfalls ein paar Handschuhe, die er mit saurer Miene sofort anzog.

»Ach ja, und nimm was aus dem Bad mit, für einen DNA-Vergleich«, ergänzte Hecht.

Stütz fixierte ihn kurz mit einem starren Blick und verzog genervt das Gesicht.

Ein Blatt Papier erweckte Hechts besondere Aufmerksamkeit. Er nahm es vom Tisch und hielt es in verschiedenen Abständen vor sein Gesicht. Vielleicht sollte er doch den Rat von Simone befolgen und sich endlich eine Lesebrille besorgen. Es war die Tagesordnung einer AGV-Sitzung von gestern Abend im Gasthaus Weißer Hahn. Eine Gehaltsabrechnung einer Firma Wilkens-Immobilien erweckte ebenfalls seine Aufmerksamkeit. In einem Regal fielen ihm mehrere Fotoalben aus den Jugend- und Kindertagen des Opfers auf: Tessa Brenner beim Rafting, bei der Weinprobe, auf einer Skiausfahrt und vor einem Gipfelkreuz.

»Sehen Sie sich das hier mal an«, ertönte es aus dem Wohnzimmer herüber. Als Hecht herantrat, deutete Hering auf ein Bild mit einer Gruppe von etwa dreißig Leuten, die alle gelbe Bauhelme und Jacken trugen. Im Hintergrund waren die Öffnungen der Tunnelröhren zu sehen.

»Das ist doch der Oberbauleiter, dieser, dieser Vierecklein.«

»Viereckle«, korrigierte Hecht. »Ich weiß, was Sie jetzt denken. Aber der Viereckle, der hat nicht nur Brenners AGV, der hat bestimmt schon Hunderte von Gruppen bei einer Tunnelbesichtigung geführt.«

»Tja, dann ist er auch auf Hunderten von solchen Fotos drauf«, gab sich Hering nach kurzem Nachdenken überzeugt.

Auf dem Couchtisch hatte Hering bereits mehrere Bilder gestapelt, darunter das einer Volleyballmannschaft. Auch das Foto der Tunnelbesichtigung legte sie dazu. Nacheinander durchsuchte sie den Wohnzimmerschrank und zwei Kommoden. In einer Schublade fand sie ein goldgerahmtes Bild, das Brenner verliebt in den Armen eines gut aussehenden, dunkelhaarigen jungen Mannes zeigte.

»Da schau mal einer an«, sagte sie vor sich hin und nahm das Bild heraus. »Frau Funk!«, rief sie dann zur Küche hinüber. Die steckte ihren Kopf aus der Tür. Hering streckte ihr das Bild entgegen. »Wenn Sie nachher mit den Nachbarn reden …«, sagte sie und gab Funk das Foto. »Vielleicht kennt den jemand.«

Funk zeigte der älteren Nachbarin das Bild des jungen Mannes. »Das ist der Junker, Dietmar Junker, der Exfreund von Frau Brenner. Der ist hier ständig aufgekreuzt. Und das, obwohl sie mit ihm Schluss gemacht hatte.«

»Hatte sie noch anderen Besuch?«

Die Frau schüttelte den Kopf.

»Versuchen Sie, sich zu erinnern«, sagte sie behutsam.

Die Nachbarin überlegte lange. Funk wollte sie nicht drängen. »Da kam manchmal ein Mann zu ihr. Ein paar Mal in den letzten Wochen.«

»Wie sah er aus? Kleidung? War er groß, klein?«

»Hhm, keine Ahnung. Einen schwarzen Hut hat er aufgehabt, einen breiten.« Mit den Händen deutete sie etwa einen halben Meter an. Dann flüsterte sie beinahe: »Erst am nächsten Morgen ist er wieder gegangen. In aller Frühe.«

»Können Sie sich sonst an etwas Außergewöhnliches erinnern?«

Die Frau überlegte. »Hhm ... Nein.«

»Was fuhr er für einen Wagen?«

»Ein Auto? ... Ich habe nie eines gesehen.«

Hering und Hecht sprachen mit einem alten Mann, der gegenüber von Tessa Brenner wohnte. Obwohl sie erst vor drei Monaten eingezogen war, hatte sie schon die besten Kontakte zu ihren Nachbarn. Die redeten nur in den höchsten Tönen von ihr und bezeichneten sie als freundlich und zuvorkommend.

Der alte Mann berichtete, dass Frau Brenner bis vor wenigen Wochen einen Freund gehabt habe. Der schien die Trennung nicht verkraftet zu haben oder habe sie nicht akzeptieren wollen. In letzter Zeit sei er oft vorbeigekommen. Dabei habe es meist Krach zwischen den beiden gegeben.

»Kennen Sie seinen Namen?«, fragte ihn Hering.

»Noi!«

»Alter, Aussehen?«

»Schlank, dunkle, fast schwarze Haare. So etwa ...hhm, um die Ende dreißig, Anfang vierzig«, schätzte er. Funk drängte sich an den dreien vorbei und stieg die Treppe zur obersten Etage hoch.

»Wissen Sie, wo er wohnt?«

»Noi! Aber der schafft, also der isch bei der Stadt ... ich glaub' auf dem Bauhof droben, auf dem Hardt. Irgendeiner aus der Nachbarschaft hat mal so was läuten hören.«

Funk klingelte oben an der letzten Wohnungstür. »Das könnet Sie vergessa«, scholl es aus dem Treppenhaus zu ihr herauf. Die ältere Frau, mit der sie soeben gesprochen hatte, war bestens informiert: »Die Frau Schleicher, die schafft in Stuttgart. Die kommt erst heut' Abend hoim.«

Funk beugte sich kurz über das Treppengeländer und winkte ihr dankend zu. Dann rührte sie sich nicht mehr von der Stelle, bis die Frau aufgab und in ihrer Wohnung verschwand. Jetzt erst zog Funk eine Visitenkarte aus ihrer Jacke, schrieb eine kurze Nachricht darauf, steckte sie zwischen Tür und Rahmen.

Heckenlaible rief auf Hechts Handy an, um ihn zu informieren, dass eine Streife Tessa Brenners Wagen in der Schwerzerallee gefunden hatte, einer Straße in der Weststadt südlich der Rems. Das Opfer musste von dort zu Fuß über den überdachten hölzernen Pioniersteg zur jenseits des Flüsschens gelegenen Baustelle gegangen sein. Ohne Ergebnis suchten die Kollegen die Umgebung des Weges ab. Die Kriminaltechnik hatte sich gleich das Fahrzeug vorgenommen. Im Innern fand sie neben Führerschein und Fahrzeugpapieren einen Laptop, ein paar Schriftstücke und handschriftliche Notizen über die gestrige Sitzung eines Altersgenossenvereins. Von einem Handy keine Spur.

***

In einem waren sich Hecht und Hering einig: in alle Richtungen zu ermitteln und sich nicht auf eine zu konzentrieren. Auf ihrer Liste standen sowohl der Exfreund als auch der Arbeitsplatz, die Verwandtschaft und das Vereinsleben des Opfers.

Die beiden Kriminalbeamten befanden sich auf dem Weg zum städtischen Baubetriebsamt, das von den Bürgern trotz seiner Umbenennung immer noch mit dem alten Begriff Bauhof bezeichnet wurde. Der hatte seit einigen Jahren seinen Sitz auf dem ausgedehnten Areal einer ehemaligen amerikanischen Kaserne auf dem Hardt, einem Höhenrücken, zwei Kilometer südöstlich der Gmünder Innenstadt.

Während der Fahrt kam Hering auf die vielen Gruppenbilder der AGV-Veranstaltungen des Opfers zu sprechen. Sie wollte mehr über diese Jahrgangsfeste und diese Art Vereine wissen. Hecht erklärte ihr ausführlich, was es mit den jährlich stattfindenden Festen auf sich hatte.

»Der Hauptfesttag beginnt am frühen Samstagmorgen um sieben Uhr mit dem Wecken durch drei weit hörbare Böllerschüsse. Dazu wird die städtische Böllerkanone auf dem Aussichtspunkt Lindenfirst abgefeuert. Am Vormittag zieht dann ein Festzug durch die Innenstadt.« Während er sprach, warf er seiner Chefin ab und zu einen Seitenblick zu und bemerkte, dass sie interessiert zuhörte. Er machte eine Pause.

»Und weiter?«, forderte ihn Hering auf, mehr zu erzählen.

»Vor der Johanniskirche hält der Festzug. Voller Inbrunst, mit tiefer Ergriffenheit in der Stimme und Trompetenbegleitung vom Kirchturm, wird das Aloisle-Lied, die Hymne der Altergenossenvereine, gesungen. Für die meisten Teilnehmer ist das der berührendste Moment des ganzen Festes.« Hecht sah einen Augenblick zu Hering hinüber. »Keiner schämt sich da seiner dicken Tränen, die dabei über die Wangen kullern«, sagte er gedankenvoll. »Fünfmal – bis zum Achtzigerfest – werden alle runden Geburtsjahre so gefeiert. Und dann ...« Hecht schluckte.

»Was ist dann?«, fragte Hering ungeduldig.

»... dann lösen sich die Vereine wieder auf«, seufzte er wehmütig.

Auf Höhe eines brezelförmigen Gebäudekomplexes, des Berufsschulzentrums, bog Hecht auf das Gelände des Bauhofes ein. An der Schrankenanlage überquerte gerade ein orangefarben gekleideter Arbeiter den Betriebshof. Hecht hielt an, ließ die Seitenscheibe herunter und fragte ihn nach Dietmar Junker. Er verwies sie auf einen langgestreckten Bau, hinter dem sich die Hallen und Büros der Kanal- und Baukolonnen befanden, zu denen Junker gehörte. Überall dominierte Orange das Bild: Lastwagen, Unimogs, Kehrfahrzeuge und ein großer vierachsiger Lkw, der zum Durchspülen von Abwasserkanälen diente.

Ein Bediensteter brachte sie zu Junkers Vorgesetztem. Sie warteten auf den zuständigen Meister, dessen laute, sonore Stimme bereits hörbar war, bevor er um die Ecke bog. Als der große, stattliche Mann mit donnerndem Schritt auf sie zukam, beschlich Hering das Gefühl, gleich von einem Lastwagen überrollt zu werden. Seine Schultern waren so breit, dass sie gerade noch durch den Türrahmen passten.

»Der Dietmar, also der Herr Junker, der hat heute schon Feierabend gemacht«, sagte der Meister mit seiner tiefen Stimme und erklärte ihnen, dass die Vorgesetzten es begrüßten, wenn die Fahrer, sobald es möglich war, im Frühjahr ihre Überstunden abfeierten, die sie den Winter über als Schneepflugfahrer angesammelt hatten. Er versuchte aber, auf Herings Bitte hin, ihn telefonisch zu erreichen. Ohne Erfolg. Junker würde sich wohl auf der Dienststelle melden müssen.

Die beiden Ermittler nutzten die Zeit, um Junkers Kollegen zu befragen, die darin übereinstimmten, dass Junker einen ehrlichen und anständigen Charakter habe. Nur ein Vorarbeiter wich ein wenig von dieser einhelligen guten Meinung ab. Zunächst wollte er nicht recht heraus mit der Sprache. Dann fand er jedoch auf Drängen von Hering den Mut und erzählte, Junker habe ein Problem mit seiner Eifersucht. Auch könne er, wenn man ihn reize, aufbrausend und cholerisch werden. Hering und Hecht sahen sich vielsagend an.

***

»Hab' ich einen Kohldampf«, sagte Hecht und fuhr sich mit der Zunge über die Lippen. Seit dem Frühstück hatte er nichts mehr gegessen, und jetzt, es war bereits Nachmittag, knurrte sein Magen.

Er war mit Hering auf dem Weg zur Schwester des Opfers. Die lebte auf einem Bauernhof in dem kleinen Örtchen Ramsenstrut, fünfundzwanzig Kilometer nordöstlich. Hecht fuhr diese Strecke ständig, war es doch der kürzeste Weg zur Staatsanwaltschaft in Ellwangen, die für Gmünd zuständig war.

»Haben Sie eigentlich einen Streifenwagen zu Junker geschickt?« wollte Hering wissen und wechselte das Thema, bevor er antworten konnte. »Eine Kleinigkeit wäre jetzt nicht schlecht«, sagte Hering und überlegte, »ein kleiner Salat.«

»Ja, haben ihn aber nicht angetroffen.« Hecht hielt vor einer Landmetzgerei, in der er immer seine Wegzehrung kaufte. Während er in den Laden ging, nutzte Hering die Zeit für ein Telefonat. Sie bat Nelli Tomberg, Dietmar Junker genauer zu überprüfen.

Als Hecht wieder im Wagen saß, drückte er seiner Chefin eine Papiertüte in die Hand.

»Für Sie!«

Hering öffnete die Tüte und schaute hinein. »Danke, ein kleiner Salat wäre auch okay gewesen.« Kaum ausgesprochen, verdrehte sie genüsslich einatmend die Augen. »Hhm, das riecht aber gut.«

»Leberkäs-Briegel, die besten, die es hier in der Gegend gibt.«

»Leberkäsewas?«

»Briegel«, entgegnete er mampfend.

»Prügel?«

»B-r-i-e-g-e-l«, buchstabierte Hecht amüsiert, nachdem er den ersten Bissen hinuntergeschluckt hatte.

Er erklärte ihr das spezielle Gebäck, das es zwar auf der ganzen Ostalb gab, doch in Schwäbisch Gmünd und Umgebung unvergleichlich gut schmeckte. »Es wird aus einem Viertel Dinkel- und drei Vierteln Weizenmehl gebacken und die krustige Oberfläche dann mit Salz und Kümmel bestreut. Meist wird der Briegel aufgeschnitten und mit warmem Leberkäse, richtigem Käse oder Salami belegt. Gut gell?«, fragte Hecht und startete den Wagen.

»Schmeckt super lecker«, bestätigte Hering mit vollem Mund.

***

»Schon seit Jahren treffen wir uns immer jeden ersten Mittwoch im Monat«, sagte Charlotte Schlegelmilch in ruhigem, leisem Ton.

Die beiden Polizisten saßen vor dem renovierten Bauernhaus an einem klobigen Holztisch und sprachen mit der jungen Bäuerin, die seit ihrer Hochzeit vor zehn Jahren in dem kleinen Ostalb-Dörfchen lebte.

Die Gmünder Kripo hatte sie als einzige Verwandte von Tessa Brenner ermittelt.

Für jemanden, der gerade die Nachricht von der Ermordung einer nahen Angehörigen erhalten hat, wirkt sie relativ gefasst, dachte Hecht. Vielleicht wird sie den Verlust erst später realisieren, wenn sie allein ist.

Das Gespräch führte Mona Hering, was Hecht nicht unangenehm war. Nicht, dass er sich vor solchen Gesprächen drückte. Er wollte einfach sehen, wie seine neue Chefin mit diesen Situationen umging.

Meistens hatten sich die beiden Frauen auf dem Bauernhof getroffen. So konnte Tessa Brenner immer auch ihre Patenkinder besuchen. Doch vor ein paar Tagen hatte Tessa bei Charlotte angerufen, um sich aus irgendeinem Grund schon früher zu treffen. Aber dazu war es nun nicht mehr gekommen. Charlotte wusste nicht warum, merkte aber gleich, dass etwas nicht stimmte. Die Stimme ihrer Schwester klang anders. »Offensichtlich gab es Probleme, große Probleme.«

»Hat sie gesagt, was für welche? Geschäftliche, private?«, fragte Hecht.

»Nein, gesagt hat sie nichts. So was spürt man eben ... als Schwester.«

Hering lächelte verständnisvoll.

»Irgendwas hat sie belastet. Zuerst habe ich vermutet, es hätte etwas mit Dietmar, ihrem Ex, zu tun. Das wäre ja nichts Neues. Hab' mich sowieso immer gefragt, was sie an dem gefunden hat.«

»Dietmar Junker?«, fragte Hecht.

»Ja! Tessa hat vor ein paar Monaten mit ihm Schluss gemacht ... hat es einfach nicht mehr ausgehalten ... sein Jähzorn, vor allem seine Eifersucht, die war schon krankhaft.«

»Wie weit ging das?«, wollte Hering wissen.

»Er hat sie fast jeden Tag im Büro angerufen. Nur um zu kontrollieren, ob sie da war. Das war ihr zu viel. Dann war Schluss ... Sie hat sich von ihm getrennt.«

»Sie glauben, dass sie sich wegen Junker schon eher mit Ihnen treffen wollte?« fragte Hering.

»Hhm. Je länger ich darüber nachdenke … Es muss etwas Wichtigeres gewesen sein. Probleme mit Dietmar, das war nichts Außergewöhnliches, darüber haben wir bei unseren regelmäßigen Treffen gesprochen.« Charlotte machte eine Pause und stierte vor sich auf den Boden. »Da muss etwas gewesen sein, was sie noch stärker belastet hat.«

»Sie sprachen vorhin von seiner Eifersucht. Gab es dafür einen Grund?«, fragte Hering.

»Ach was! Alles Blödsinn! Während sie noch zusammen waren, hat Dietmar immer wieder behauptet, sie hätte was mit einem anderen. Das war aber nicht so.« Charlotte Schlegelmilch schwieg einen Augenblick. »Oft musste sie abends länger arbeiten, hat mit Kunden Objekte besichtigt. Als stellvertretende Vorsitzende ihres AGV besuchte sie auch Sitzungen und Veranstaltungen. Dann traf sie sich noch mit ihren Volleyballmädels.«

»Und gab es in der letzten Zeit irgendwelche besonderen Vorfälle?«

»Nicht, dass ich wüsste. Und zu dem Gespräch ist es ja nicht mehr gekommen … Nur hat Dietmar in den letzten Wochen verstärkt versucht, sie zurückzugewinnen.«

»Und?«

»Aber Tessa wollte, konnte nicht mehr.«

»Hatte sie berufliche Schwierigkeiten?«, wollte Hecht wissen.

Charlotte Schlegelmilch dachte nach, zuckte kurz mit den Schultern. Dann wanderte ihr Blick zu Hecht.

»Können Sie sich generell vorstellen, wer das getan haben könnte? Wer wütend auf sie war, sie hasste?«, fragte er.

Die Bäuerin überlegte.

»Hatte sie Feinde?«, bohrte Hecht weiter.

Charlotte schüttelte nur den Kopf. Hering fühlte, dass eine weitere Befragung nichts mehr bringen würde. Sie stand auf, machte Anstalten zu gehen und bat Frau Schlegelmilch noch, morgen nach Gmünd zu kommen und ihre Schwester zu identifizieren. Sie gab Hecht ein Zeichen. Der verstand und zog eine Visitenkarte aus seiner Jackentasche – Herings waren noch nicht gedruckt – und reichte sie der jungen Frau. »Falls Ihnen noch was einfällt.«

Als die beiden Ermittler langsam zu ihrem Wagen gingen, kamen zwei kleine Mädchen um das Haus und liefen über den Hof. Sie jagten etwa ein Dutzend Gänse vor sich her. Unvermittelt schlugen die aufgeregt schnatternden Tiere einen Haken in Richtung der beiden Polizisten. In Herings Gesicht stand plötzlich lähmendes Entsetzen. Hecht reagierte sofort. Er breitete die Arme aus und ging abwehrend auf das heranwatschelnde Federvieh zu, das daraufhin sofort eine andere Richtung einschlug und davonlief. Sobald der Weg frei war, stieg Hering in den Wagen, schloss erleichtert die Tür und ließ die Seitenscheibe einen handbreiten Spalt hinunter.

Hecht wandte sich noch einmal der Bäuerin zu und rief zu ihr hinüber: »Ach ja, Frau Schlegelmilch! Entschuldigen Sie, aber ich muss Sie des fragen. Wo waren Sie denn am Sonntagabend zwischen dreiundzwanzig und ein Uhr?«

Die junge Frau sah ihn entgeistert an. »Sie, Sie glauben doch nicht etwa ... nein das ...«

»Reine Routine. Das fragen wir jeden aus dem Umfeld des Opfers«, versuchte er sie zu beruhigen.

»Na hier, zu Hause bei meinen Kindern ... und bei meinem Mann. Der kann das bezeugen.«

»Ist gut! Danke!« Hecht hob die Hand zum Gruß und stieg in den Wagen.

Als der Dienstwagen vom Schlegelmilch-Hof auf die Straße einbog, stellte Hering lapidar fest: »Ganz schön gefährlich, so ein Einsatz auf dem Land.«

»Sie wollten ja unbedingt zu den Fußtruppen«, entgegnete Hecht trocken und mitleidlos.

»Die Frage nach dem Alibi, war die in der Art nicht ein bisschen heftig?«

»Wir haben hier einen Mord aufzuklären.«

»Die Frau ist doch fix und fertig. Finden Sie nicht, dass hier ein wenig Rücksichtnahme und Einfühlungsvermögen angebracht wären?« beharrte Hering.

Hecht sah sie kurz von der Seite an und machte ein nachdenkliches Gesicht. »Manchmal schon, aber hier nicht. Fix und fertig sieht für mich anders aus.« Dann starrte er nur noch voraus auf die Straße.

Sie begriff und kam zu dem Schluss, jetzt besser nichts mehr zu sagen.

Hecht fuhr ein gemäßigtes Tempo, so dass Hering genug Zeit hatte, sich die Gegend anzuschauen. Das Wetter an diesem frühen Nachmittag war wieder sonnig und ermöglichte eine gute Fernsicht. Ein paar Wolkenfetzen standen noch am Himmel. Mit einem weiteren Regenschauer war nicht zu rechnen. Die langsam auftrocknende Nässe ließ die Farben der Landschaft, vor allem der wunderbar bunt blühenden Wiesen, besonders kräftig leuchten.

Die beiden sprachen kaum miteinander. Hecht bereitete sich innerlich auf die Ermittlungen am Arbeitsplatz des Opfers vor, die nun vor ihnen lagen. Hering saß entspannt auf dem Beifahrersitz und betrachtete die vorbeiziehende Landschaft und die Dörfer der Frickenhofer Höhe. Ab und zu stellte sie Fragen nach Namen von Bergen, Orten und ungewöhnlichen Dingen, die sie entdeckte. Hecht ließ sich seinen Gedanken entreißen und antwortete ausführlich, denn es gefiel ihm, dass sie so viel Interesse für seine Heimat, deren Traditionen und das Brauchtum zeigte.

Als sie von Göggingen in das Leintal nach Leinzell hinunterfuhren, kehrte Hering zu ihrem Fall zurück. Noch heute sollten sie mit einer Nachbarin des Opfers und vor allem mit diesem Junker sprechen, die Mitglieder von Tessa Brenners Altersgenossenverein befragen. Sie griff zum Telefon und bat Funk, eine Liste zu besorgen und die Vereinsmitglieder im Halbstundenabstand einzubestellen. Schluss mit Sightseeing, jetzt standen die Ermittlungen im Vordergrund.

Zum ersten Mal fuhr Hering die langgezogene Schwarzwaldstraße entlang. Als sie durch die Siedlung Herlikofer Berg fuhren, stellte sie fest, dass alle Straßen nach Mittelgebirgen benannt waren. Das Flachdachhaus der Firma, in der Tessa Brenner gearbeitet hatte, lag auf der Talseite der Straße und war ringsum von einem großen gepflegten Garten umgeben.

Zwei sitzende, einen Meter hohe Einhornfiguren aus grauem Stein flankierten den Hauseingang. Die weiß glänzende Haustür war mit goldfarbenen Beschlägen verziert. Auf dem einfachen Messingschild neben dem Eingang stand »Wilkens, Immobilien – Finanz- und Vermögensberatung.«

Als Hering klingelte, ertönte ein angenehmer, melodischer Klang, und eine hagere Frau mit braunem Ponyhaarschnitt, etwa Mitte Fünfzig, öffnete die Tür. Die beiden Ermittler blickten in ein Gesicht mit dominierenden Augenringen, die von Kummer gezeichnet schienen.

»Hering. Mein Kollege Hecht. Kripo Schwäbisch Gmünd«, stellte sich die Kriminaloberrätin vor, deutete auf ihren Mitarbeiter und zeigte ihren grünen Dienstausweis. Ihr war nicht bewusst, dass sie damit verraten hatte, frisch zugereist zu sein. Einheimische würden schlicht nur Gmünd benutzen.

Die Frau brauchte einen Moment, bis sie antwortete. Ihre Miene war sehr ernst, als sie schließlich ihren Namen nannte. »Wilkens, Barbara Wilkens.«

»Dürfen wir reinkommen?«, fragte Hering.

»Um was geht's denn?«

»Um Tessa Brenner«, sagte Hering und sah in ihre Augen, die unruhig zu flackern begannen.

Frau Wilkens wich sofort ihrem neugierigen Blick aus. »Was ist denn passiert?« Ihre Stimme klang ängstlich.

»Ich glaube, das sollten wir ...« Hering deutete mit dem Kopf Richtung Hauseingang.

Barbara Wilkens reagierte sofort, forderte die beiden auf einzutreten und ging voraus den Flur entlang. Hecht und Hering sahen sich kurz an und folgten ihr. Der Gang der Dame hatte etwas Aristokratisches. Ihre Bewegungen waren langsam und würdevoll. Sie stiegen eine Wendeltreppe hinunter. An der runden Wand, den gesamten Abgang entlang, reihte sich bis ins Untergeschoss Bild an Bild dicht gedrängt aneinander. Diese zeigten Frau Wilkens und vermutlich ihren Mann, mit Helm unter dem Arm vor verschmutzten Rallyefahrzeugen. Bei einigen davon waren die Motorhauben geöffnet.

Als die Ermittler das große Büro des Gebäudes betraten, fiel ihnen gleich der wunderbare Blick auf die klar sichtbare Schwäbische Alb und die frei stehenden, vorgelagerten Drei Kaiserberge auf: Stuifen, Rechberg und Hohenstaufen. Hecht ging mit entschlossenem Schritt gleich vor bis zu dem Panoramafenster und bewunderte die Aussicht. Er strahlte zurückhaltende Ruhe aus und tat so, als überließe er seiner Chefin das Feld. Doch seine Ohren lauschten aufmerksam dem Gespräch. Langsam ging er im Zimmer umher und schaute sich um.

Durch eine offene Tür fiel sein Blick in die Bibliothek nebenan. Die Regale reichten bis unter die Decke und waren überquellend mit Büchern gefüllt. In einem befanden sich Videokassetten und DVDs. Er wollte hineingehen, aber auch nicht Herings Befragung verpassen. Um die Beschriftung auf den Kassettenrücken lesen zu können, musste er seine Augen zusammenkneifen. Es waren Filme aus dem Urlaub, hauptsächlich aber von Rallye-Veranstaltungen der vergangenen Jahre.

»Sie betreiben das Büro allein?«, fragte Hering und schaute sich um.

»Zu zweit!«, ertönte es aus einer Tür, die in ein kleineres Nachbarbüro führte. Darin stand ein schlanker Mann, etwa einsachtzig groß, so um die fünfzig. Er trug einen blauen Markenanzug und eine rote Krawatte, deren Knoten er etwas gelockert hatte. Seine polierte Stirnglatze erstreckte sich bis zur Kopfmitte. Von dort aus reichten die leicht angegrauten, längeren Haare bis fast zum Kragen des Designerhemdes hinunter. »Wer will das denn wissen?«, fragte er skeptisch.

»Die Herrschaften sind von der Kriminalpolizei, Arne.«

Sie wandte sich zu den beiden Ermittlern: »Das ist mein Mann.«

»Kriminalpolizei? Um was geht's denn?«, fragte Herr Wilkens in einer lockeren Art, als würde er Kunden begrüßen.

»Es geht um Frau Brenner«, sagte Hering in einem Ton, der Wilkens klarmachte, dass sie hier keinen Höflichkeitsbesuch abstatteten.

Das Ehepaar sah sich an. Dann wechselten ihre Blicke gleichzeitig zu Hering. Hecht tat nicht mehr so, als würde er nur die

Aussicht genießen. Inzwischen hatte er sich leicht zu ihnen gedreht und beobachtete die Reaktionen der beiden.

»Sie wurde ermordet!«

Frau Wilkens erbleichte und sank langsam auf einen der Sessel, die am Besprechungstisch standen. Hering setzte sich ihr direkt gegenüber und beobachtete sie ganz genau. Ihre Augen schimmerten glasig. Auf ihrer Stirn stand eine steile Falte.

»Ermordet?« Wilkens schien entsetzt.

»Von wem?«, wollte seine Frau wissen.

»Das wissen wir noch nicht. Wir haben erst mit den Ermittlungen begonnen. Wann haben Sie sie denn das letzte Mal gesehen?«

»Na letzte Woche ... Freitag ...«, erinnerte sich Frau Wilkens.

»... hier im Büro«, ergänzte Wilkens.

»Haben Sie sich nicht gefragt, warum Frau Brenner heute nicht zur Arbeit erschienen ist?«, wunderte sich Hering.

»Wenn sie mal später kam oder einen Tag gar nicht, dann hat sie einfach kurzfristig frei genommen«, sagte Herr Wilkens.

»Das kam schon ab und zu vor«, fügte Frau Wilkens hinzu und sah ihren Mann dabei an.

Hecht hörte dem Gespräch zwischen dem Ehepaar und seiner Chefin genau zu, und bemerkte, dass Herr Wilkens kein Schwabe war. Ihm fielen manche falsch betonten schwäbischen Wörter in seinem ansonsten astreinen Hochdeutsch auf.

Außer dem Ehepaar Wilkens und dem Opfer arbeitete noch eine Sekretärin in Teilzeit und eine weitere Angestellte im Büro. Die befand sich seit einer Woche im Urlaub auf den Kanarischen Inseln.

Das Paar beschrieb Tessa Brenner als zuverlässige und fleißige Mitarbeiterin, die seit sieben Jahren die Buchhaltung erledigte und Immobilienaufträge bearbeitete. Auch auf ihr Engagement in ihrem AGV kamen sie zu sprechen.

»Welche Projekte hatte sie momentan am Laufen?«, mischte sich Hecht ein.

Wilkens lachte laut. »Viele! Sehr viele!«

»Könnte ich eine Liste davon haben?«, fragte Hecht höflich.

Wilkens verzog das Gesicht.

»Ich lasse Ihnen eine zukommen«, sagte Barbara Wilkens, noch bevor ihr Mann etwas erwidern konnte.

»Wir sind eines der renommiertesten Büros in der Stadt«, sagte Wilkens stolz.

»Hauptsächlich sind wir im Bereich der Innenstadt und in den Randgebieten tätig. Na ja, wenn es sein muss, gehen wir auch – für gute Kunden – raus aufs Land.«

»Können Sie sich vorstellen, wer ihr was antun wollte?«

»Keine Ahnung«, antwortete Wilkens.

Frau Wilkens zuckte langsam mit den Schultern und sah vor sich auf den Boden.

»Ist Ihnen in letzter Zeit, den letzten Tagen etwas Außergewöhnliches an Tessa Brenner aufgefallen?«

Keiner der beiden machte Anstalten, etwas zu sagen.

»Kam sie Ihnen irgendwie verändert vor?«, bohrte nun Hecht nach einer kurzen Pause nach.

Frau Wilkens überlegte. Wilkens wurde nervös.

»Na ja, die letzten Tage, da war sie nicht mehr so gut gelaunt wie sonst, war nicht mehr so locker drauf. Irgendetwas muss sie belastet, ihr zu schaffen gemacht haben«, vermutete Frau Wilkens.

»Das lag wohl an den ständigen Nachstellungen ihres Exfreundes«, warf Wilkens sofort ein.

Die beiden Ermittler wurden hellhörig. »Dietmar Junker?«, fragte Hering.

Wilkens nickte. »In den letzten Wochen, da stand oft ein dunkler Wagen weiter oben auf der Straße. Es war immer am Spätnachmittag, er beobachtete das Haus.«

»Hat er sie belästigt?«

»Keine Ahnung, Frau Brenner hat auf jeden Fall nichts davon gesagt«, antwortete Wilkens.

Hering sah Frau Wilkens an. »Haben Sie etwas gesehen?«

»Nur, dass er ihr hinterhergefahren ist.«

Hering stand auf. »Gut, das wär's dann, vorerst.«

Hecht befreite seine Arme aus der verschränkten Lage vor seiner Brust und ging langsam auf Wilkens zu. »Ach ja, wo waren

Sie denn gestern zwischen elf und ein Uhr nachts?«, fragte er beiläufig.

Wilkens schluckte und sah zu Hering hinüber.

»Reine Routine«, sagte sie schnell und warf einen kurzen, verstohlenen Seitenblick zu ihrem Kollegen hinüber.

»Im Lichtblick, dem Obdachlosenheim in der Innenstadt. Der Förderverein der Begegnungsstätte hatte dreißigstes Jubiläumsfest, und gleichzeitig war die Einweihung des frisch renovierten Gebäudes.«

»Und Sie?« Hering sah Frau Wilkens an, die auf diese Frage nicht gefasst war.

»Ich auch.«

»Wie lange waren Sie da?«

»Das Fest ging bis kurz nach ein Uhr. Dann haben wir noch begonnen aufzuräumen. Gegen zwei Uhr sind wir nach Hause gefahren.« Frau Wilkens sah zu ihrem Mann hinüber. »Beide!«

»Und Sie haben beide vorher das Fest nicht verlassen?«

»Die Kamera«, merkte Frau Wilkens an.

Herr Wilkens lächelte entspannt. »Da gibt es eine Überwachungskamera.«

»Die zeichnet alles auf ... im Eingangsbereich.«

»Und was ist mit Nebenausgängen?«, bohrte Hecht weiter.

»Gibt's keine.«

Hecht sah zu seiner Chefin hinüber. Die gab ihm zu verstehen, dass sie die Befragung beenden sollten. Er nahm eine Visitenkarte aus der Brusttasche seines Hemdes, legte sie auf einen Tisch und sah die beiden abwechselnd an. »Falls Sie noch etwas für uns haben.«

»Die beiden waren nicht gerade schwer erschüttert über den Tod ihrer Mitarbeiterin«, sagte Hering zu Hecht, als sie das Haus verließen und zum Wagen gingen.

»Tja, die waren sehr gefasst. Sieht aus, als hätte die Frau ein Alkoholproblem.«

»Ich war näher dran, hab's gerochen«, erwiderte sie.

»Eine Überwachungskamera als Alibi«, sagte Hecht zweifelnd, »ich glaube, in dem Heim sollte sich Frau Funk mal umsehen.«

Als sie im Wagen saßen, meinte er, während er den Zündschlüssel herumdrehte: »Wenn dieser Junker jetzt nicht bald bei uns auftaucht, dann ...«

Sie sah zu ihm hinüber: »... dann lasse ich nach ihm fahnden.«

***

»Ich habe jetzt endlich einen Termin beim Arzt für Sie bekommen«, empfing Nelli Tomberg sie, als sie ihr Büro betraten, und reichte Hecht einen kleinen weißen Merkzettel. Der verzog das Gesicht. Sie entnahm seinem Blick die Bitte, nicht detaillierter zu werden.

»Probleme?«, fragte Hering besorgt.

»Reine Vorsorge«, sagte Hecht, zog den Kopf ein und wollte in seinem Zimmer verschwinden.

»Halt!«, rief die Sekretärin. Die beiden Ermittler machten gleichzeitig kehrt und stellten sich wie Rekruten vor ihrem Schreibtisch auf. Eifrig kramte sie einige Notizen zusammen. Sie hatte auf Herings Wunsch Junkers Vergangenheit durchleuchtet. Die Polizisten sahen sich kurz an, und zogen es vor, sitzend zu warten, bis sie sich und ihre Unterlagen sortiert hatte.

»Keine Vorstrafen, keine weiteren Auffälligkeiten, ein Monat Fahrverbot wegen zu schnellen Fahrens«, sagte Tomberg, »wenn man die Jugendstrafe für leichte Körperverletzung nicht dazuzählt«, korrigierte sie sich.

»Und das hier!« Sie zog ein Schriftstück aus einer Mappe und legte es vor den beiden auf den Tisch.

Noch ehe Hering reagieren konnte, hatte es sich Hecht gekrallt und begann, es zu überfliegen. Die Kriminaloberrätin verzog das Gesicht.

»Ein Sprengschein, Erlaubnis nach Paragraph 27 Sprenggesetz«, las er vor.

Hering stutzte. »Für was benötigt der ...?«

»Gehilfe des Böllerschützen, da braucht man so was«, unterbrach sie Tomberg, als sei es das Normalste auf der Welt.

Hering schien immer noch nicht zu verstehen.

»Zum Abfeuern der städtischen Böllerkanone, bei den Altersgenossenfesten, morgens um sieben ... zum Wecken«, sagte Hecht. Endlich machte Hering eine Geste, dass sie verstanden hatte.

»Er ist auch Mitglied im AGV seines Jahrgangs«, sagte Tomberg und neigte ihren Kopf in einer unschuldigen Art zur Seite.

Hering warf sich zurück an die Lehne ihres Stuhls und schüttelte den Kopf. »Immer wieder und überall in dieser Stadt diese Altersgenossen und ihre Feste. Als wenn es nicht noch etwas anderes gäbe«, stöhnte sie ihr Unverständnis hinaus.

»Nun übertreiben Sie mal nicht.« Hecht stand auf. »Ohne diese 150 Jahre alte Tradition wäre es nur halb so schön in Gmünd.«

Hering sah Tomberg an. Die streckte die Hände abwehrend von sich. »Ich, ich bin in keinem AGV«, stotterte Tomberg in entschuldigendem Tonfall.

Hering konnte dieses ganze »Gedöns«, wie sie es für sich nannte, um diese Vereine und deren Tradition sowieso nicht begreifen. Die Mitglieder hatten ja keine gemeinsamen Interessen, kein gemeinsames Hobby oder Ziel. Sie konnte nicht verstehen, dass die einzige Verbundenheit der Vereinsmitglieder nur im selben Geburtsjahr bestand. So wurde ihr Nelli Tomberg noch sympathischer.

Sehr schnell hatte sie bemerkt, dass Nelli mitdachte und immer wusste, was sie zu tun hatte. Sie war anderen Kollegen meist einen Schritt voraus und hatte oft bereits ein brauchbares Ergebnis parat.

So hatte sie sich selbst um das Handy des Opfers gekümmert. Da es unwahrscheinlich war, dass es noch gefunden wurde, hatte sie sich die Verbindungsliste des Telefonanbieters besorgt. Daraus ging hervor, dass Tessa Brenner ihr letztes Telefonat am Sonntagabend um 23.17 Uhr geführt hatte. Eine Rückverfolgung des Anrufes war leider nicht möglich. Wahrscheinlich kam er aus einer Telefonzelle.

***

Nicht nur als Schaltzentrale, für die Bündelung von Informationen, den raschen Datenabgleich und eine schnelle Telefon- und Internetrecherche hatte sich Nelli Tomberg in der gesamten Polizeidirektion einen Namen gemacht. Auch für Getränke zu sorgen, betrachtete sie als ihre Aufgabe – und das Lesen und Prüfen von Horoskopen ihrer Kollegen.

Vor allem Hecht schätzte an ihr, dass er sich zu hundert Prozent auf sie verlassen konnte. Alles, was sie ablieferte, hatte Hand und Fuß. Er bewunderte ihre seltene Gabe, die kompliziertesten Sachverhalte oft auf den Inhalt einer Bauernregel reduzieren zu können. Das verdankte sie sicher auch ihrem gesunden Menschenverstand. Und von ihrer positiven Grundstimmung profitierte das gesamte Team.

Es war Heckenlaible, der einen Stein bei ihr im Brett hatte, seit er sie eines Tages als das Gehirn der Gmünder Kripo bezeichnet hatte. Sie verwöhnte ihn, wo sie konnte, und er genoss diese mütterliche Fürsorglichkeit der hübschen Langhaarigen. Das wiederum war auch seiner Frau bei einem Besuch nicht verborgen geblieben. Seitdem benahm Nelli Tomberg sich in ihrer Anwesenheit eher zurückhaltend.

Während die Verbindungsnachweise der letzten Monate vom Handy des Opfers aus dem Drucker liefen, brachte ein Beamter der Wache einen Mann zu Nelli Tomberg. Er war gut aussehend, etwa um die Vierzig, modisch ganz in schwarz gekleidet. Ein Dreitagebart bedeckte sein schmales, gepflegtes Gesicht. Über seiner Stirn lag eine dunkle Haarsträhne. Sie bat ihn, in einem der Vernehmungszimmer Platz zu nehmen und informierte Hecht, dass Dietmar Junker eingetroffen sei. Dann nahm sie sich die Geburtstagsliste der Dienststelle vor, um Herings Daten einzutragen, und machte eine sensationelle Entdeckung.

»Gottfriieed, ich glaub's ja nicht«, rief sie zu Heckenlaible auf den Gang hinaus, der gerade an der geöffneten Tür vorbeiging.

Mit entsetztem Gesicht stürmte er zur Tür herein. »Was ist denn los, Nelli?«

»Ihre Geburtstage liegen drei Wochen auseinander.«

»Welche Geburtstage?« Heckenlaible verstand gar nichts mehr.

»Hering am 23. Februar und Hecht am 16. März.« Sie betonte es noch einmal und öffnete dazu übertrieben ihren Mund. »Hecht und Hering!«

»Ja sag' schon!«, flehte Heckenlaible förmlich.

»Beide sind Fische ...«

»Ach geh ...!«, entfuhr es ihm. Er kam sich veräppelt vor.

»... vom Sternzeichen«, stellte sie klar.

»Und was heißt das jetzt konkret?«, wollte er wissen. »Du weißt schon, Konstellation, Aszendent, das ganze Zeugs halt.«

»Keine Ahnung.«

»Ist da etwa der Zoff im Aquarium vorprogrammiert?«, fragte Heckenlaible und zwinkerte mit den Augen.

»Das muss ich erst mal abchecken.«

Tomberg blätterte in ihren Unterlagen. »Oje! Vergiss es!« sagte sie.

***

»Das ist doch völliger Unsinn!«, sagte der dunkelhaarige, schlanke Mann mit leiser Stimme. Wie ein Häufchen Elend saß Dietmar Junker, ins Leere vor sich hin starrend, in dem kahlen Vernehmungsraum. Nur ein Resopaltisch und drei abgewetzte Stühle befanden sich darin. Hering saß ihm gegenüber und musterte ihn, während Hecht neben dem Tisch stand und ihn befragte. Die Vernehmung wurde mit einer Videokamera aufgezeichnet, die auf einem Stativ in einer Ecke des Raumes stand.

Blass und schwitzend saß der Mann in sich zusammengesunken am Tisch.

»Tessa Brenner hat sich von Ihnen getrennt«, sagte Hecht.

»Ja! Und?«

»Und warum?«

»Das ist meine Sache, geht niemanden was an«, erwiderte Junker gereizt. Einen Augenblick herrschte Stille im Raum. »Tessa ertrug meine Eifersucht nicht mehr, sie sagte, sie gehe daran kaputt.«

»Wann und wo haben Sie Frau Brenner das letzte Mal gesehen«, fragte Hecht.

Junker überlegte einen Moment. »Ende letzter Woche ... bei ihr zu Hause.«

»Was wollten Sie von ihr?«

»Mit ihr reden. Was sonst.«

»Es war doch aus zwischen Ihnen.«

»Ich, ich habe versucht, sie zurückzugewinnen, wollte mich entschuldigen, mich ändern. Einfach ganz neu anfangen.« In Junkers Stimme lag ein leicht weinerlicher Unterton. »Ich habe sie geliebt, doch sie, sie wollte nichts mehr von mir wissen.«

»Man hat Sie mehrmals im Wagen sitzend vor Brenners Arbeitsstelle gesehen. ... Wie Sie das Haus beobachtet haben«, warf Hering vorsichtig ein.

Junker rutschte nervös auf seinem Stuhl hin und her.

»Und da fragen Sie sich, warum wir Sie verdächtigen«, sagte Hecht.

Junker sprang auf. Hecht drückte seine Schulter hinunter und gab ihm damit zu verstehen, sich wieder zu setzen.

»Sie sollen sie geschlagen haben.«

Junker sah ihn entsetzt an. Seine Augen waren weit aufgerissen. »Glauben Sie, dass ich eine Frau schlagen könnte?«

»Die Fragen stellen wir hier!«, sagte der Hauptkommissar etwas ruppig.

Hering warf Hecht einen kurzen, vorwurfsvollen Seitenblick zu.

»Meinen Sie, in der Nachbarschaft bekommt man so was nicht mit?«, fuhr Hecht fort, ohne auf die Reaktion seiner Chefin einzugehen.

»Okay! Ich habe ihr mal eine gescheuert. Ich war einfach, einfach nur wütend. Da ist mir, ich weiß auch nicht, wie das passiert ist, da ist mir die Hand ausgerutscht. Nur dies eine Mal.« Mit zittrigen Fingern fuhr er sich über seinen Dreitagebart.

»Deshalb hat sie Sie verlassen?«, fragte Hering.

Junker verfiel in einen Weinkrampf. Sein Kopf sank nach unten.

»Wo waren Sie gestern Abend zwischen dreiundzwanzig Uhr und ein Uhr nachts?«, wollte Hecht wissen.

»Im Unicorn House.«

»Kann das jemand bestätigen?«

Er zuckte mit den Schultern. »Fragen Sie doch die Gäste. Und die Wirtin.«

»Und dann?«

»Bin ich nach Hause.«

»Allein?«

»Ja, allein.«

»Gut, wir prüfen das«, sagte Hecht.

»Kann ich jetzt gehen?«, fragte Junker.

Hecht sah kurz zu Hering hinüber. Die gab ihm zu verstehen, dass sie keine Fragen mehr habe. Hecht blickte hinüber zu dem Uniformierten, der die ganze Zeit über regungslos an der Wand gestanden hatte. Der öffnete die Tür und begleitete Junker hinaus.

»Was glauben Sie, war er's?«, fragte Hecht, als die Tür des Vernehmungsraumes ins Schloss fiel.

»Ich weiß nicht. Ist das alles echt oder spielt er nur so gut den Verlassenen, der immer noch an ihr hängt?«, überlegte Hering laut.

Von Hecht kam nur ein nachdenkliches »Hhm!«, dann: »Die paar Verdachtsmomente reichen niemals für einen Haftbefehl.«

»Ach übrigens, woher wussten Sie eigentlich, dass er das Opfer geschlagen hat?« Sie sah ihn mit zur Seite geneigtem Kopf an.

»Reine Vermutung! Bei den Aussagen der Kollegen, Nachbarn und so.«

Hering schluckte. »Sie wissen schon, dass das nicht in Ordnung war?«, sagte sie vorsichtig.

Hecht legte den Kopf in den Nacken und stemmte die Hände in seine Hüften. Er holte tief Luft und sah sie nur vorwurfsvoll an.

Hering verzog das Gesicht. »Ich glaube, wir müssen mal reden.«

***

»Keine Störung bitte!«, sagte Hecht zu Nelli Tomberg, bevor er hinter Hering in deren Büro verschwand. Dabei sah er sie mit einem Blick an, von dem sie schon seit Jahren wusste, was er zu bedeuten hatte. Sie erkannte den Ernst der Lage. Nachdem er die Tür etwas lauter als sonst geschlossen hatte, nahm sie einen dicken Ordner aus einem Schrank. Sie zog das Ablagebrett auf Hüfthöhe heraus, legte die Akte darauf und begann sie langsam durchzublättern. Der Schrank stand direkt neben der Tür zu Herings Büro.

Ausgerechnet jetzt, wo es interessant wurde, musste Tomberg dummerweise mehrere kurze Anrufe entgegennehmen. Während der Telefonate fiel ihr Blick auf den im Kalender rot markierten heutigen Tag – dem siebten Jahrestag von Alexander Nazarenkos Festnahme. Ob heute sein Dankesbrief eintreffen würde? Sie würde ihn lesen, Hecht hatte es ihr erlaubt, und so als Erste erfahren, wie es Nazarenko gelang, schrittweise in ein geordnetes, ehrliches Leben zurückzukehren.

Bei einem Einsatz hatte Hecht zu Fuß einen jungen Ukrainer verfolgt, nachdem dieser seinen fahruntüchtigen Wagen an einer Uferböschung verlassen hatte. Beim Sprung von einer Mauer stürzte der schmächtige Autodieb. Bevor er sich wieder aufrappeln konnte, hatte ihn der Hauptkommissar bereits eingeholt, sprang ebenfalls hinunter und landete direkt auf ihm. Gellende Schreie ertönten, als Hecht versuchte, Nazarenko gewaltsam die Handschellen anzulegen.

Er hatte dem kleinen Ukrainer den Oberschenkel und mehrere Rippen gebrochen und dabei auch den Arm ausgekugelt. Für Hecht war klar, dass daran sein Gewicht von etwa zwei Zentnern schuld war. Seitdem humpelte Alexander Nazarenko. Seine Beinverletzung schmerzte ihn heute nach all den Jahren immer noch, vor allem dann, wenn das Wetter umschlug. Trotzdem schickte er Hecht an jedem Jahrestag einen Brief, den Nelli Tomberg lesen durfte. Darin bedankte er sich, dass es Hecht gelungen war, ihn festzunehmen und ihn dadurch von der schiefen Bahn zu holen. So erfuhren die Polizisten nach Verbüßung seiner Haftstrafe auch alles über seine Rückkehr in ein anständiges Leben.

So schnell wie heute hatte Tomberg die Nachmittagspost – unter der sich der erwartete Brief befand – noch nie durchsortiert. Endlich konnte sie sich wieder dem Ordner neben der Tür widmen und stellte fest, dass es in Herings Büro heiß herging.

Hering warf Hecht seine besonderen Methoden vor, wie sie es vornehm ausdrückte, wurde dann aber doch deutlich: »Ich finde

Sie einfach zu grob im Umgang mit Menschen. Geht es denn nicht mit ein wenig mehr Feingefühl?«

Noch nie hatte Hecht mit anderen über seine Arbeit diskutieren müssen. Er ging erst mal auf Abwehr. »Nun machen Sie mal nicht aus allem ein Drama. Und wenn Sie meinen, mit Ihrer ewigen Nachgiebigkeit kämen wir weiter ... Das werden wir ja sehen. Hier geht es um Mord! Das muss ich Ihnen doch wohl nicht sagen. Ziehen Sie doch endlich Ihre Samthandschuhe aus! Wie wollen Sie denn sonst etwas aus Verdächtigen herausbekommen.«

»Ach wissen Sie, ich bin ja keine Anfängerin, und meine bisherigen Erfolge können sich sehen lassen.«

»Und mir reicht es, mich vor Ihnen rechtfertigen zu müssen. Ich mach den Job lange genug. Sie glauben wohl, Sie könnten hier alles auf den Kopf stellen!«

»Nein, das glaube ich nicht, aber ich bin davon überzeugt, dass jeder noch etwas dazulernen kann, egal wie alt er ist. Es hat noch keinem geschadet, mal über sein Tun nachzudenken.«

Tomberg war sauer, sie bekam nur Bruchstücke der Auseinandersetzung mit. Genaugenommen waren nur Hechts Worte zu verstehen, laut genug waren sie. Herings Erwiderungen drangen nur als fragmentartiges Gemurmel durch die Tür.

Sie wurde unruhig, wusste sie doch, dass Hecht, wenn er sich emotional in die Ecke gedrängt und dann noch ungerecht behandelt fühlte, leicht zu stottern begann. Das konnte sie schwer ertragen. Sie nahm den Brief von Nazarenko, ging zurück zur Tür, klebte ihr Ohr daran und merkte nicht, wie sie den Umschlag mit beiden Händen fest an ihre Brust drückte.

Mein Gott, er stottert ja, stellte Hering entsetzt fest. Sie kannte diese Reaktion ja noch nicht und fragte sich, ob sie es nicht etwas zu weit getrieben hatte. Sie beschloss, sich zurückzunehmen.

Aber Hecht hatte sich noch nicht beruhigt. Er patrouillierte vor Herings Schreibtisch. Seine Hände hatte er tief in den Hosentaschen vergraben. Er ging Richtung Tür, wandte seiner Chefin den Rücken zu. Sein Atem war schnell. Die geschwollenen Halsschlagadern verdeckte der Kragen seines Outdoor-Hemdes. Er zwang sich zu ruhigem, gleichmäßigem Atmen. So wollte er das Büro nicht verlassen, musste noch etwas klarstellen.

Vor der Tür drehte er sich um. Hering war aufgestanden und hatte neben ihrem Schreibtisch Stellung bezogen. Er ging auf sie zu, bis sie sich direkt gegenüber standen. Sie sahen sich in die Augen. Er leicht nach unten, sie leicht nach oben. Ihre Blicke trafen sich, waren eine Linie. Sie drückten Entschlossenheit aus. Hecht entdeckte kleine Sommersprossen auf ihrem Gesicht. Irgendwie hat sie ein wenig von Pippi Langstrumpf, dachte er. Mein Gott, dachte, sie, diese süßen Grübchen, direkt neben seinen Mundwinkeln, die waren ihr bisher nicht aufgefallen. Beide hielten kurz inne, verzogen keine Miene. Hecht war der Erste, der diesen Zustand nicht mehr ertrug und sich zur Seite drehte.

Es arbeitete in ihm. Er ließ sich Zeit. Dann setzte er sich auf den Stuhl vor dem Schreibtisch. Hering nahm dahinter Platz. Er lehnte sich zurück, verschränkte die Arme und sah sie an. Seine Worte waren wohl überlegt.

»Vielleicht hat mich die Arbeit an der Basis die vielen Jahre über zu einer harten Sau gemacht. Aber wir haben Erfolg mit diesen Arbeitsmethoden.« Seine Stimme war leiser und bestimmter geworden, und er sprach inzwischen wieder langsam und ohne zu stottern. »Sie haben es ja bei Ihrer Amtseinführung selbst gehört. Unsere hohe Aufklärungsquote spricht für sich. Und die Tötungsdelikte, die haben wir seit Jahrzehnten alle aufgeklärt.«

Ohne eine Miene zu verziehen, hörte sie ihm zu. Er merkte, wie sie begann, über seine Worte nachzudenken.

Nachdem sich die Lautstärke in Herings Zimmer gelegt hatte, hielt Tomberg den richtigen Zeitpunkt für gekommen, das Büro zu betreten.

Hecht saß immer noch mit verschränkten Armen vor Herings Schreibtisch, und sah abwartend umher, während Hering mit verdrossener Miene dasaß und zur Decke blickte. Oh ha, dachte Tomberg, dicke Luft zwischen den beiden. Und diese Körperhaltung von Hecht, die kannte sie, sie verhieß nichts Gutes. Wenn es jetzt von irgendwoher, etwa durch das Betätigen eines Lichtschalters, einen kleinen Funken gäbe, die Bude würde in die Luft fliegen. Beide machten auf sie den Eindruck, als seien sie froh, dass sie durch ihr Eintreten die Situation entspannte. Sie sahen die junge Frau an und warteten, was sie zu sagen hatte.

Tomberg atmete laut durch und rollte ihre leuchtenden Augen. »Er ist da!« Sie streckte Hecht feierlich ihre beiden Handflächen entgegen, auf denen ein Umschlag lag. Sein ernstes Gesicht ging in ein mildes Lächeln über. Er stand auf, nahm den Brief und verließ wortlos Herings Büro. In der Tür begegnete ihm Heckenlaible mit einer Akte unter dem Arm. Er hielt ihm das Kuvert direkt vor die Nase.

Der Kriminaltechniker, der natürlich wusste, was es mit dem Brief auf sich hatte, klopfte seinem Freund auf die Schulter.

»Ist das Jahr schon wieder um?«

Hering sah abwechselnd von einem zum anderen. »Kann mich mal jemand aufklären?«, fragte sie erstaunt.

Heckenlaible legte schnell die Aktenmappe auf Herings Schreibtisch und gab Tomberg zu verstehen, dass er ihr bei der Erklärung den Vortritt lassen wollte. Betont langsam verließ er das Büro und schloss leise die Tür hinter sich. Tomberg zog einen Stuhl zu sich heran und setzte sich zu Hering an den Schreibtisch.

***

Jennifer Funk hatte den Auftrag bekommen, den Leiter des Obdachlosenheims Lichtblick und das Personal wegen der Alibis des Ehepaares Wilkens zu befragen. Das Heim befand sich in einem dreistöckigen, in frischem Weiß gestrichenen Gebäude am Rande der Innenstadt. Die zweiflügelige Eingangstür mit geschnitzten Verzierungen verwies auf ein Alter von über hundert Jahren. Die Türklinke gab beim Hinunterdrücken ein Geräusch von sich, als hätte Funk einem Hund auf den Schwanz getreten.

Könnte einen Tropfen Öl vertragen, dachte sie sich.

Mit aller Kraft stemmte die junge Polizistin ihren zierlichen Körper gegen den Türflügel, in dessen Mitte sich ein kleines Fenster mit schmiedeeisernem Gitter befand und gelangte zu einer gläsernen Zwischentür mit Klingel und Sprechanlage. Auf dem Weg dorthin streifte der Ausleger einer großen Yuccapalme ihr Haar. Das rote Lämpchen der Überwachungskamera über dem Eingang fiel ihr sofort auf. Sie klingelte, stellte sich der Stimme aus dem Lautsprecher vor und bat darum, den Heimleiter zu sprechen. Der Türöffner surrte. Mit wachen Augen stieg sie die ausgetretenen Steinstufen zum Hochparterre hinauf. Der Geruch von frischer Farbe lag in der Luft.

Sie wurde vom Heimleiter empfangen und erklärte ihm mit ein paar Worten, warum sie gekommen war. Daraufhin führte er sie in ein Büro, und sie nahmen an einem Besprechungstisch Platz. Zuerst wollte Funk wissen, was es mit der Kamera auf sich hatte.

»Sicherheitsgründe«, sagte er. »Damit können wir vom Büro aus sehen, wer ins Haus kommt.«

Funk war erstaunt. »Sind Wohnsitzlose denn so gefährlich?«

Der Heimleiter lachte. An ihrem lockeren Unterton und ihrem Lächeln hatte er erkannt, dass die Frage nicht ganz ernst gemeint war. »Bevor wir die Kamera hatten, kamen öfter zwielichtige Gestalten, kriminelle Störer. Es gab Pöbeleien, Belästigungen und vor allem immer mehr Diebstähle.«

Funk hatte begriffen. »Beschaffungskriminalität?«

»Drogensüchtige haben unseren Gästen der Kurzübernachtungsstelle oft die letzte Habe, das letzte persönlich Wertvolle geklaut. Aber jetzt ist Schluss damit – endlich.« Er klang erleichtert.

»Welche Rolle spielt das Ehepaar Wilkens hier im Heim«, fragte Funk.

»Die sind engagierte Förderer unseres Hauses, in ideeller und materieller Hinsicht.« Er fuhr stolz mit der erhobenen Hand um sich und drehte sich dabei. »Schauen Sie sich doch um hier.«

Funk hatte bereits bemerkt, dass das Gebäude frisch renoviert war.

»Hinten im Garten«, der Heimleiter stand auf und deutete mit dem Kopf aus dem Fenster, »planen wir einen Neubau für unser Projekt *Horizont*. Dort sollen Zimmer für Wohngemeinschaften entstehen. Ein erster Schritt, um die Leute dauerhaft von der Straße wegzubekommen, bis sie eine Arbeit und eine eigene Wohnung haben.«

In seiner Stimme lag jetzt etwas, das Funk zeigte, dass er sich riesig darauf freute und mächtig stolz auf das Projekt war. Er sah noch einen Augenblick zum Fenster hinaus. Dann wandte er sich wieder der Polizeimeisterin zu.

»Arne, also Herr Wilkens hat sich sehr darum bemüht, dass wir Landeszuschüsse für den Bau bekommen.« Der Heimleiter lächelte zufrieden. »Und er hat sie bekommen«, fügte er feierlich hinzu.

Funk wollte längst Konkreteres fragen. Aber irgendetwas in ihrem Innern sagte ihr, dass sie den Mann weiterreden lassen sollte.

»Den Wilkens', denen war das Ganze hier seit Jahren eine Herzensangelegenheit. Das Hundehaus im Garten, dafür haben die beiden über ein Jahr lang Spenden gesammelt.«

»Hundehaus?«

»Damit die Leute, die auf der Straße leben, vor allem im Winter ihre Hunde mitbringen können. Im Heim sind sie verboten. Oder die Überwachungskamera, die rund um die Uhr aufzeichnet und speichert, die haben sie komplett aus der eigenen Tasche bezahlt.«

Die nun entstandene Pause nutzte Funk, um endlich auf den Punkt zu kommen. »Das Ehepaar Wilkens, das war doch am Sonntagabend bei diesem Fest hier?«

»Die haben das Jubiläumsfest organisiert und auch den Abend über mitgeholfen. Und am nächsten Tag, da waren beide gleich früh morgens und nachmittags beim Aufräumen dabei.«

»Und was genau haben die den ganzen Abend über gemacht?«

Der Heimleiter überlegte kurz. »Arne war bei der Getränkeausgabe.«

»Wo genau?«, bohrte Funk nach.

»Im Hochparterre.«

»Und Frau Wilkens?«

»Na, die war oben im zweiten Stock, in der Küche.«

»Die ganze Zeit über, jede Minute, ununterbrochen?«, ließ Funk nicht locker. Der Heimleiter überlegte und fragte sich, worauf die Polizistin hinauswollte.

»Na ja, jede Minute ... hm ... ich war ja auch ständig auf Achse, im Haus unterwegs. Das Fest ging ja über alle drei Stockwerke. Da hat nicht jeder jeden ständig im Auge.«

»Das heißt, da könnte man schon mal eine Zeit lang unbemerkt verschwinden?«

»Hhm, schon, ja«, sagte der Heimleiter.

Die beiden saßen sich einen Augenblick schweigend gegenüber. Funk warf ihm einen fragenden Blick zu. »Also waren die beiden den ganzen Abend im Haus, ja oder nein?«

Der Heimleiter drehte nervös einen Bleistift zwischen den Fingern, schwieg und sah auf die Tischplatte vor sich. Er überlegte, blickte ihr dann in die Augen und gab schließlich zu: »Also beschwören, nee, ... also das könnte ich jetzt nicht.«

***

Gespannt war Hering Tombergs ausführlicher Erzählung gefolgt. Die verstand es meisterhaft, Ereignisse solcher Art fesselnd und ergreifend zu vermitteln, was ihre Kollegen auf den extremen Konsum von Romanen zurückführten.

Hering wurde nun aber doch langsam ungeduldig. »Ja und, das soll einer kapieren? Der Täter bedankt sich jedes Jahr für seine Festnahme und dazu noch für einen gesundheitlichen Dauerschaden?«, hakte sie skeptisch nach.

Tomberg machte eine Pause und begann dann, den Rest der Geschichte zu erzählen.

»Aufgrund seiner Verletzungen wurde Nazarenko damals ins Justizvollzugskrankenhaus Hohenasperg eingeliefert. Bei genauen Untersuchungen stellte man fest, dass sich bei ihm ein stark ausgeprägtes, schnell wachsendes Aortenaneurysma gebildet hatte.«

»Grausiges Wort«, sagte Hering vor sich hin.

»Die Ärzte meinten damals, es sei ein Wunder, dass er überhaupt noch lebte. Die sackförmig erweiterte Bauchschlagader drohte unmittelbar zu zerreißen. Ohne Operation enden neunzig Prozent dieser Fälle tödlich«, erklärte Tomberg, die sich darüber schon vor Langem im Internet informiert hatte. »Deshalb setzten sie dem Alex sofort nach der Diagnose eine Rohrprothese aus Kunststoff ein. Nazarenko betrachtet Hecht seitdem als seinen Lebensretter. Jetzt ist er glücklich verheiratet und genießt das Leben mit seinen zwei süßen, kleinen Töchtern«, beendete Tomberg ihre Erzählung.

Hering lehnte sich nachdenklich in ihren Bürostuhl zurück. Die beiden Frauen saßen sich eine Weile stumm gegenüber. Dann stand Tomberg auf und verließ das Büro. Währenddessen gelang es Hering nicht, ihre Rührung zu verbergen. Sie gab sich auch keine allzu große Mühe.

***

Die Überprüfungen und Befragungen der Volleyballkameradinnen des Opfers führte die Schutzpolizei durch. Sie brachten keine ermittlungsrelevanten Erkenntnisse – wie Zybura sich ausdrücken würde. Funk hatte sich die Mitglieder- und Vorstandsliste von Tessa Brenners Altersgenossenverein besorgt und mit dem Straf- und dem Verkehrsregister abgeglichen. Bis auf ein paar Verkehrsdelikte wie Führerscheinentzüge, waren keine Auffälligkeiten verzeichnet.

Die maßgebenden Mitglieder hatte Tomberg telefonisch auf die Dienststelle vorgeladen. Sie erschienen im Viertelstundentakt. Es war ein ständiges Kommen und Gehen in den drei Vernehmungszimmern, in denen Hering, Hecht und Funk einzeln die Befragungen durchführten.

»Hat Frau Brenner gesagt, wohin sie wollte, nachdem sie den Anruf erhalten hatte?«, fragte Hering.

»Nein«, erwiderte Sandra Hölldampf.

»Und wann genau kam der Anruf?«

Hölldampf überlegte einen Augenblick. »Hhm ... das muss so um halb zwölf gewesen sein. Eher davor.«

»Wie war ihre Verfassung danach?«

»Ernst, ernster als vorher. Davor hatte sie sich, haben wir uns noch mit unserem Vorsitzenden gefetzt«, verbesserte sich Hölldampf. Die Befragung schien sie sehr mitzunehmen. Ihre Augen waren glasig und rot unterlaufen. »Mein Gott, und jetzt, jetzt ist sie ...«

Hering wartete einen Augenblick, bevor sie weiterfragte. »Um was ging es bei dem Streit?«

»Reine Vereinsangelegenheiten, wegen unseres Vierzigerfestes im nächsten Jahr«, erzählte Hölldampf, mit den Tränen ringend, weiter. Hering reichte ihr ein Papiertaschentuch.

»Gab es missgünstige Kollegen, Feinde unter den Vereinskameraden? Hatte sie mit jemandem besondere Probleme?«, versuchte die Kriminaloberrätin das Gespräch in ruhigere Bahnen zu lenken und lehnte sich entspannt auf ihrem Stuhl zurück.

»Sigmund Endlich, unser erster Vorsitzender. Die beiden kamen überhaupt nicht miteinander klar.«

Hering wurde hellhörig. »Der Politiker?«, fragte sie erstaunt.

Sandra nickte und sah Hering an. »Und außerdem ...!«

»Was außerdem?«, bohrte Hering nach.

Sie sah vor sich auf den Boden und dachte angestrengt nach. »Der Siggi, der war beleidigt, der ist gleich nach dem Streit, also kurz bevor Tessa den Anruf ...« Sie blickte auf und sah Hering entsetzt an. »Aber deswegen ...«

»Wir müssen jede Möglichkeit in Betracht ziehen«, sagte Hering.

»Der hatte doch nur noch seine Politik, seinen Kommunalwahlkampf im Kopf. Und die Arbeit für unser Vierzigerfest, die blieb eh nur an Tessa und mir hängen. Wenn Tessa nicht die Fäden in der Hand gehabt hätte, dann wäre im Verein gar nichts gelaufen. Ich weiß gar nicht, wie wir das jetzt ...«

***

»Das dürfen Sie nicht so hoch hängen. Gestritten, ähm kontrovers diskutiert haben wir immer«, sagte Endlich. In lässiger, gönnerhafter Haltung saß er Hecht gegenüber. »Glauben Sie mir, es ist nicht einfach, so einen Hühnerhaufen im Griff zu haben.«

Hecht ging nicht darauf ein. »Wann haben Sie die Sitzung verlassen?«

Endlich überlegte – zu lange, wie Hecht fand.

»Wir können auch die anderen fragen. Nur falls Sie nicht mehr imstande sind, sich zu erinnern«, sagte er in einem Ton, der erkennen ließ, dass ihm dieser Endlich ziemlich unsympathisch war. Und das, seit ihm erstmals sein Bild auf einem der Wahlplakate aufgefallen war. Für diese Hoppla-jetzt-komm-ich-Typen hatte er sowieso nichts übrig. Er musste sich selbst ermahnen, sachlich und fair zu bleiben.

»Das muss, das muss so kurz vor elf Uhr gewesen sein.«

»Und warum sind Sie früher gegangen?«

»Ich war sauer.«

»Worüber?«

»Na, wegen der ... der Unsachlichkeiten der beiden, also wegen Tessa und der Hölldampf.« Einen kurzen Augenblick herrschte Stille. Er sah zu Hecht hinüber, fixierte ihn. »Nur weil ich mal sauer auf meine Vereinskameradinnen bin, da bringe ich doch nicht gleich eine davon um.«

»Das habe ich auch nicht gesagt«, stellte Hecht klar.

»Aber gedacht haben Sie's«, erwiderte Endlich aufgebracht.

»Ein Motiv wäre es schon«, sagte Hecht etwas provozierend mit einem Grinsen im Gesicht.

»Das soll ein Motiv sein?«, brauste Endlich auf. »Lächerlich! Eine Unverschämtheit ist das!« Endlich warf sich demonstrativ zurück an die Lehne seines Stuhls und schaute beleidigt zur Decke.

Hecht brüllte: »Es gibt eine Tote, und da sind Unverschämtheiten erlaubt.« Er hatte die Nase voll. Er beschloss, die Befragung zu Ende zu bringen.

»Wo sind Sie hingegangen, nachdem Sie die Sitzung vorzeitig verlassen hatten?«

»Nach Hause.«

»Allein?«

»Ja, allein.«

»Also kein Alibi?«

»Kein Alibi.« Erst jetzt wurde Endlich klar, was das zu bedeuten hatte.

***

»Ganz einfach gesagt: Der Endlich, das ist eine faule Sau!«, polterte Valerie Sperrle, die Pressereferentin des AGV. Funk saß der resoluten Frau am Tisch gegenüber und runzelte die Stirn. Während der kurzen Befragung redete sich die gut aussehende Rothaarige immer wieder in Rage. Die Polizistin hatte alle Mühe, sie dann zu beruhigen.

Sperrle fasste sich wieder und erzählte weiter. »Die Tessa, die hat dem Endlich vorgeworfen, und das mehrmals, dass er als Vorsitzender zu wenig Aktivitäten zeige und nur eine große Klappe habe.«

Funk hörte aufmerksam zu und machte sich Notizen.

»Nicht nur deswegen hatten sie und Sandra fast in jeder Sitzung Zoff mit dem.«

»Um was genau ging es bei den Streitereien?«

»Endlich und Tessa waren Konkurrenten für den Vorsitz des AGV-Dachverbandes.«

Funk sah sie fragend an.

»Das ist der Zusammenschluss aller Altersgenossenvereine.«

»Hatte sie außer mit Endlich noch mit anderen Leuten im Verein Probleme? Oder gar Feinde?«, fragte Funk vorsichtig.

»Die Tessa? Nee, die hatte vielleicht ein paar Neider, aber Feinde?« Sperrle überlegte angestrengt.

»Als sie den Anruf erhielt ...«, begann Funk.

»... da war der Endlich schon gegangen«, unterbrach Sperrle sie. Plötzlich erkannte sie, dass sie ihren Vorsitzenden damit in den Kreis der Verdächtigen brachte, das hielt sie aber nicht ab weiterzusprechen. »Der Endlich war sauer.«

»Warum das denn?«

»Na, wegen der Vorwürfe, die Sandra, also Frau Hölldampf, und vor allem Tessa ihm gemacht hatten. Und dann, dann hat er die Sitzung verlassen, kurz bevor Tessa diesen Anruf erhielt.«

***

Hering betrat das kahle Vernehmungszimmer, das Endlich und Hecht gerade verlassen wollten. Sie gab Endlich ein Foto und bat ihn, es sich anzusehen. Gut zwei Dutzend Frauen und Männer, bekleidet mit gelben Bauhelmen, Jacken und Gummistiefeln, waren darauf zu sehen. Im Hintergrund konnte man die nebeneinanderliegenden Öffnungen des Fahrtunnels und des Rettungsstollens erkennen. Von der Seite beobachtete Hecht Endlichs Reaktion.

»Das war bei der Besichtigung der westlichen Tunnelbaustelle«, sagte er.

»Wann war das?«, fragte Hering.

»Vor zwei Wochen.«

»Wir haben mit allen gesprochen, die hier drauf sind, außer mit zweien.« Hering zeigte mit dem Finger auf zwei Personen, von denen nur ein Teil zu sehen war und auf deren Gesichtern der Schatten der Bauhelme lag. »Wer sind die beiden?«

Endlich nahm das Bild in die Hand, sah es genauer an und überlegte. »Hhm? Ach so ja, das sind, glaube ich, die Wilkens, Brenners Chef und Chefin«, sagte er und gab Hering das Foto zurück.

»Die sind doch nicht in dem AGV, oder?«, fragte Hecht verwundert und runzelte die Stirn.

»Ach was.« Er lachte. »Die Tunnelführungen, die sind über ein halbes Jahr im Voraus ausgebucht. Da versuchen viele, die Interesse an dem Jahrhundertprojekt haben, sich einer Gruppe anzuschließen. Das ist nichts Ungewöhnliches. Und die beiden, die waren sehr interessiert.«

Hölldampfs Befragung war vor der von Endlich beendet. Sie wartete auf den AGV-Vorsitzenden, passte ihn im Treppenhaus ab. Langsam und ohne ein Wort gingen die beiden zusammen die Treppe hinunter. Plötzlich blieb Sandra entschlossen stehen, Endlich zwei Stufen unterhalb von ihr. Mit großen Augen sah sie ihn von oben herab scharf an. »Hast du was damit zu tun?«

»Spinnst du!«, stieß er entsetzt hervor.

Einen Augenblick sahen sich die beiden schweigend an.

Dann begann er, hämisch zu lachen. »Mensch Sandra, akzeptier doch endlich, dass ich Vorsitzender geworden bin und nicht du oder Tessa.«

»Den Fehler, den haben die meisten von uns schon bitter bereut.«

»Ihr kapiert es einfach nicht, wollt nicht wahrhaben, dass andere Zeiten angebrochen sind.«

»Bei der nächsten Vorstandswahl wird sich das ändern«, giftete Hölldampf spitz zurück.

Endlich winkte ab und begann, vor ihr die letzten Stufen hinunterzurennen.

»Du wirst schon sehen!«, rief sie ihm nach.

Hecht und Hering standen oben an der Treppe vor Tombergs Zimmer. Sie hatten alles mitbekommen.

***

Es war schon nach acht, als Hecht nach Hause kam. Er machte einen erschöpften Eindruck und musste sich eingestehen, dass ihn in letzter Zeit solche langen Tage anstrengten und nicht spurlos an ihm vorübergingen.

»Wo ist er?«, fragte er matt, aber mit ernster Miene.

»Jetzt setz dich erst mal und iss was«, sagte Simone. »Stefan ist im Training.« Sie schaute auf die Wanduhr. »Der müsste gleich kommen.«

»Hast du des gewusst?«, wollte Hecht wissen, während er seine Weste auszog und auf die Eckbank warf. Er setzte sich zu Simone an den Esszimmertisch und blickte sie vorwurfsvoll an.

Sie holte tief Luft, runzelte die Stirn und warf ihm einen entschuldigenden Blick zu.

»Warum hast du mir nichts gesagt? Des ist ja schon einige Tage her.«

»Jetzt lass dir ...«

»Des war ja bereits am Samstag.«

»Der Bua wollte es dir ...«

»Du bist viel zu nachgiebig mit dem Kerle, nur verhätschelt ist der worden. Alles hast du ihm durchgehen lassen.«

»Er wollte doch nur den richtigen Zeitpunkt ...«

»Des ist des, was ich Dir schon immer gesagt hab', schon von klein auf. Wie stehe ich denn jetzt da?«, fragte Hecht besorgt.

»Ach so, darum geht's Dir nur«, konterte Simone erstaunt.

»Meine Kollegen, die lachen sich doch kaputt, Menschenskind. Ausgerechnet dem Hecht sein Junger«, fuchtelte er mit den Armen in der Luft herum. »Mann oh Mann«, schüttelte er den Kopf.

»Es geht dir also nur um deine Autorität im Dienst!«

»Eines sag' ich dir«, Hecht drohte mit dem Zeigefinger. »So leicht kommt mir der Kerle nicht davon!«

***

Hering kickte ihre Schuhe nacheinander zur Seite und warf sich angezogen auf ihr Bett. Sie zog ihr Smartphone heraus und tippte eine Nummer ein. »Hey Alder, hier ist die Mailbox von Torben Schweizer. Wenn du Message hast für ...!« Mona Hering war sauer, drückte übertrieben stark die Beenden-Taste. Den ganzen Tag ging das schon so.

Während der letzten Telefonate mit Torben hatte sie immer stärker das Gefühl beschlichen, dass ihm der Umzug in den Süden gar nicht mehr so recht war. In jedem Gespräch hatte er von etwas anderem tollem Neuen geschwärmt, was es nur im Norden zu geben schien. Langsam ließ sie ihr Smartphone neben sich auf das Bett sinken und starrte zur Decke. Die unterschiedlichsten Gedanken und Szenarien jagten durch ihren Kopf. Wollte er gar nicht mehr zu ihr in den Süden? Würde sie nun auch ihn verlieren?

Nein, red dir nichts ein, machte sie sich Mut. So weit würde es nicht kommen, der Junge war das Beste, was ihr bisher im Leben passiert war.

***

»Wie kann man nur so bescheuert sein!«, brüllte Hecht. Speichel trat aus seinen Mundwinkeln.

»Des war ja nur der Talwiesenweg, des kleine Vicinalsträßle«, versuchte sich Stefan herauszureden. »Ein gesperrter Feldweg. Da ist doch sowieso kein Verkehr.«

»Da gibt es nichts zu entschuldigen«, schrie Hecht weiter. »Eine öffentliche Straße ist und bleibt eine öffentliche Straße.«

»Mensch Dad, jetzt krieg dich doch wieder ein.«

»Und hör mir mit dem blöden Dad auf. Ich bin immer noch dein Vater.« Hecht stutzte. Simone musste lachen. Hecht winkte ab. Erst jetzt begriff er, was er da gerade von sich gegeben hatte. Aber er fing sich schnell wieder. »Mein Sohn wird von der Polizei heimgebracht und muss dann auch noch auf dem Revier vorreiten – meinem Revier!«, betonte er laut und schlug sich dabei mit der Hand auf die Brust. »Und alle meine Kollegen bekommen des mit. Wie steh ich denn da? Die lachen sich doch kaputt.«

»Ach so, jetzt hab ich's kapiert«, sagte Stefan. »Des kommt halt in den besten Familien vor. Letztes Jahr, in meiner Parallelklasse, beim ...«

Hecht unterbrach seinen Sohn. »Des ist mir Wurst. Du hast einen Bock geschossen, und alles andere interessiert mich nicht.«

»Wenn der Stegmaier mit seinem, seinem nervigen Seitenwagen, wenn der nicht vorbeigekommen wäre, dann wäre des alles nicht passiert!«

»Ja natürlich! Typisch! Jetzt sind wieder die anderen schuld!«

»Früher in deiner Jugend, da hast du wohl nie was angestellt?«

Hecht schluckte, sagte kein Wort. Simone schaute zu ihm hinüber und wartete gespannt auf eine Antwort. Hecht dachte einen Augenblick nach. Stefan hatte das Gefühl, damit Oberwasser zu haben.

Hecht sah seinen Sohn an. »Schon, aber ich hab mich wenigstens nicht erwischen lassen«, sagte er schnell. »Und wie geht's jetzt weiter? Wie stellst du dir des vor?«, fragte er, noch bevor sein Sohn etwas erwidern konnte.

Der zuckte nur mit den Schultern. Sein Kopf sank nach unten. Er starrte auf den Boden. Hecht deutete es als ein Zeichen von Reue.

»So, jetzt lass es gut sein Tone«, mischte sich Simone in versöhnlichem Ton ein. Einen Augenblick herrschte Stille zwischen den dreien.

»Was soll ich denn nun machen?«, fragte Stefan vorsichtig.

Na also, dachte Hecht und war zufrieden.

»Ich sehe ja ein, dass ich Scheiße gebaut hab.«

»Da wäre schon eine Entschuldigung angebracht, meinst du nicht?«, schlug Simone vor.

»Okay! Ich gehe morgen zum Strümpfelmüller-Karle und rede mit ihm.«

»Und was ist mit dem Stegmaier?«, hakte Simone nach.

»Waaas, bei dem auch noch?« rief Stefan empört. »Der Depp hat doch die Polizei angerufen und mir den ganzen Schlamassel eingebrockt«, ereiferte er sich. »Des mit dem Strümpfelmüller-Karle hätte man regeln können.«

»Du hast dir des eingebrockt, du ganz allein«, korrigierte Hecht.

»Dem Karle seinen Schuppen reparieren helfen, das versteht sich ja von selbst«, sagte Simone.

»Der hat gemeint, des sei eh ein altes Gelump und gehörte sowieso abgerissen.«

»Schluss jetzt! Wenn man Mist gebaut hat, muss man auch dafür geradestehen und die Konsequenzen tragen«, sagte seine Mutter in einem Ton, von dem er wusste, dass er Schicht im Schacht bedeutete.

***

Die Aussprache mit Hecht ging Hering nicht aus dem Kopf. Seine klaren Worte gaben ihr immer noch zu denken. Eigentlich musste sie ihm für dieses offene Gespräch dankbar sein. Sie war froh, so einen erfahrenen, alten Fuchs in ihrer Truppe, an ihrer Seite zu haben. Sie durfte nur eines nicht, ihn dies jemals spüren lassen.

Wie das klingt. Sie musste schmunzeln. Der Mann an ihrer Seite. Ist doch albern. Schluss jetzt!

Im Grunde war sie erleichtert, dass ihre Leute im Alltagsgeschäft so gute Vorarbeit leisteten und ihr die Vorlagen unterschriftsreif auf den Schreibtisch legten. Sie zog sich an und ging die gewendelte Treppe in die Gaststube hinunter, setzte sich an den Tisch zur Mondscheinwirtin und bestellte ein Viertel von diesem leckeren Rotwein – diesem Schwarzriesling mit Samtrot.

SIEBTER TAG – DIENSTAG

Hecht saß schon seit dem frühen Morgen in seinem Büro und tippte auf der Tastatur seines Computers herum. Mit zwei Tassen in den Händen kam Hering herein. Wortlos stellte sie eine auf den Schreibtisch und setzte sich. Er beugte sich nach vorn, schnupperte und fächelte sich mit der Hand den aufsteigenden Duft zu. Kein Zweifel – es war sein Morgenmuffel-Kräutertee.

Hecht war perplex, wusste nicht, was er sagen sollte. Ging es da noch um das Gespräch von gestern? War das etwa ein Versöhnungsangebot, fragte er sich.

Hecht war verlegen. Er warf ihr ein versöhnliches Lächeln zu. »Danke!«

»Da nich für«, sagte Hering und tat so, als sei dies das Selbstverständlichste auf der Welt.

***

Vor Herings Schreibtisch saß eine gepflegte, etwas mollige Mittvierzigerin. Ihre Lippen waren übertrieben auberginefarben geschminkt, die Fingernägel in der gleichen Farbe lackiert. Die Nachbarin aus dem Haus des Opfers, die noch als Letzte von den Kriminalbeamten zu befragen war, wohnte direkt über Tessa Brenner.

»Dauernd Zoff hatten die, also die Brenner und ihr Freund, Exfreund«, erzählte die Nachbarin in ruhigem Ton.

»Ständig stand er vor ihrer Tür. Ganz schön genervt hat sie das.«

»Wann war der Herr Junker das letzte Mal da?«, fragte Hering.

»Am Sonntag, am Abend, so gegen sechs muss das gewesen sein.«

»Also am Tatabend«, stellte Hering mehr für sich fest, wollte es aber von der Zeugin bestätigt haben. Die Kriminaloberrätin sah sie erwartungsvoll an.

»Ja! Die haben wieder gestritten. Er hat so heftig getobt wie sonst nie.«

»Um was ging es da?«, fragte Hering.

»Keine Ahnung. Ich habe nichts Genaues mitbekommen. Aber als er dann das Haus verließ, da rief er unten vom Treppenhaus herauf ...«, sie überlegte, »dass sie es noch bitter bereuen werde, ihn verlassen zu haben.«

***

»Und, was haben Sie im Fall Nadolny herausgefunden, Herr Obergfell?«, fragte Hering den jungen Schwarzwälder. Um den langen Tisch im Einsatzraum saßen noch Hecht, Heckenlaible und Funk. Nelli Tomberg machte sich am hinteren Ende des Tisches bereit, die Ergebnisse der Besprechung auf einem Laptop zusammenzufassen.

Der junge Kommissar stand auf und trat seitlich an eine mobile Pinnwand, die neben den drei anderen stand, die mit Bildern des Mordfalles Brenner behängt waren. An einer Zeitleiste hatte er auf anschauliche Weise den lückenhaften Lebenslauf von Nadolny grafisch aufgezeigt.

Hecht erhob sich und ging näher an die Wand. Er beugte sich vor und betrachtete die Jahreszahlen.

»Abgebrochene Schule, abgebrochene Lehre, sehr oft gewechselte Jobs«, sagte Obergfell.

Hecht fuhr mit der Hand an den Aufzeichnungen herunter. »Hhm! Länger als zwei Jahre hat er es nirgends ausgehalten.«

»Laut der Akten lebte er Ende der Achtziger einige Zeit auf der Straße«, führte Obergfell aus. Hecht setzte sich wieder. »Am 2. Juli 1990 Überfall auf einen Supermarkt in Hamburg. Anfang 1991 wegen schweren Raubes zu achtjähriger Haft verurteilt. Die Beute betrug damals ...«, Obergfell blätterte in seinen Notizen, »980 000 D-Mark. Das Geld blieb verschwunden.«

»Respekt. Da kann man was mit anfangen«, bemerkte Heckenlaible nebenbei. Auch Funk nickte anerkennend.

Da es gleich im Anschluss an seinen Bericht um den aktuellen Fall von gestern gehen sollte, gab Obergfell sich sichtlich Mühe, die Informationen komprimiert und auf das Wesentliche beschränkt an seine Kollegen weiterzugeben, auch wenn er wusste, dass er an Nelli Tombergs Fähigkeit einfach nicht herankam.

»Weil Nadolny dichthielt, wurde sein Komplize nie gefunden. Auch die Personenbeschreibung dieses zweiten maskierten Mannes durch Zeugen brachte die Polizei damals nicht weiter«, führte Obergfell aus.

»Das ist ja wohl klar, dass der das Geld hat«, sagte Heckenlaible.

Obergfell deutete auf mehrere Jahreszahlen auf seiner Zeitschiene. »Die ganzen Zeitlücken hier sind nicht mehr nachvollziehbar. Nach seiner vorzeitigen Entlassung im Mai 1996 bis in den Sommer 1996 kam er anscheinend bei zwei Knastkumpeln in Lüneburg und Buxtehude unter. Von denen ist einer gestorben und der andere nicht mehr auffindbar.«

Alle Anwesenden hatten sich bequem in ihre Stühle zurückgelehnt und hörten aufmerksam zu.

»Zuletzt gemeldet war er in einem Männerwohnheim im Hamburger Stadtteil Sankt Georg. Seit dem 12. Oktober 1996 ist er dort aber nicht mehr aufgetaucht und hat ab da auch keine Miete mehr bezahlt. Seitdem hat sich seine Spur verloren.« Er klappte seinen Ordner zu und blickte in die Runde. »Das ist alles.«

»Danke, Herr Obergfell. Der Zeitpunkt seines Verschwindens fällt in etwa in den von Dr. Krautschneider ermittelten Todeszeitraum hinein«, sagte Hering.

»Und deckt sich auch mit der Aussage der Pensionswirtin«, ergänzte Hecht.

Tomberg blätterte in ihren Unterlagen. »Die Wirtin nannte uns den Herbst 1996.«

»Okay! Lassen wir ihn dann«, Hecht überlegte, »so ein, zwei Tage später in Gmünd gewesen sein.«

»Dann haben wir jetzt wenigstens den einigermaßen genauen Todeszeitpunkt von Mitte Oktober 1996«, stellte Hering fest.

»Wenn der hier ermordet worden ist, da muss man doch annehmen, dass der Mörder entweder in Gmünd wohnte oder zumindest damals zum Tatzeitpunkt zusammen mit Nadolny hier gewesen ist«, mutmaßte Funk.

Kurz war Stille im Raum. Alle blickten zu Obergfell. »Hinweise auf Hamburger Knastkollegen, die aus dem Gmünder oder dem süddeutschen Raum stammen, habe ich nicht gefunden«, erläuterte er.

Hecht war inzwischen vor den Pinnwänden auf und ab gegangen und überlegte. »Also!«, sagte er laut. Alle sahen ihn erwartungsvoll an. »Dieser Nadolny hält nach dem Überfall dicht, lässt sich zu einer nicht allzu langen Haft verurteilen. Der Komplize taucht mit der Beute unter. Nadolny wird früher entlassen und sucht seinen Mittäter auf. Der will das Geld für sich allein und erschießt ihn.«

»Hhm, so könnte es gewesen sein«, bestätigte Hering.

»Der Schlüssel, der uns hier weiterführt«, brachte Hecht ein, »wäre der unbekannte Komplize.«

»Wenn ihn die Hamburger Kollegen damals nicht finden konnten, haben wir dann heute überhaupt eine Chance?«, fragte Funk.

Hecht schnaufte und hob dabei seine Schultern.

»Wo setzen wir an?«, wollte Obergfell wissen.

»Hhm! Am einfachsten wäre es halt«, Heckenlaible lachte, »wenn wir die Tatwaffe zu dem gefundenen Projektil hätten.«

»Schön wär's«, sagte Hecht: »Dein Wort in Gottes Ohr.«

»Tja Herrschaften, wie machen wir weiter?« Hering schaute in die Runde.

»Ich werd die Datenbanken durchsuchen. Vielleicht haben wir Glück«, hoffte Obergfell, »und aus der Waffe wurde bei einer anderen Straftat geschossen.«

»Gut! Sollten wir in Betracht ziehen, dass die beiden Opfer etwas miteinander zu tun hatten?«, stellte Hering in den Raum. Die Beamten sahen sie an.

Hecht wiegte seinen Kopf hin und her. »Ich sehe bisher außer dem Fundort und Tatort Tunnelbaustelle keine Gemeinsamkeiten.«

»Vielleicht gibt es doch Zusammenhänge«, beharrte Hering.

Heckenlaible stand auf und ging zu der Tafel, an der ein Übersichtsplan der Tunnelbaumaßnahme hing. »Der Mann wurde vor fünfzehn Jahren im Osten des Geländes begraben. Nur, dass damals niemand ahnen konnte, dass hier irgendwann einmal eine Baustelle sein würde oder gar ein Tunnel gebaut werden könnte.«

»Nadolny war zu seinem Todeszeitpunkt neunundzwanzig Jahre, die Brenner damals fünfundzwanzig Jahre alt«, las Tomberg aus ihren Unterlagen vor.

»Dass die beiden sich kannten ist doch eher unwahrscheinlich, oder?«, fragte Hecht.

»Schon«, sagte Hering.

»Wenn ich nach Jahren im Knast irgendwohin fahre, um meinen Anteil zu holen, habe ich doch erst einmal nur das Geld im Kopf. Und dann, erst dann kann ich bei den Mädels den großen Max markieren und auf den Putz hauen«, fasste Obergfell zusammen.

»Aha! Da spricht der Fachmann«, frotzelte Funk.

Die anderen lachten. Obergfell errötete leicht.

»Auf den Putz zu hauen«, präzisierte Hecht, »dazu ist er ja nicht mehr gekommen.«

»Na ja, war nur so ein Gedanke, dass die sich kennen«, versuchte Hering ihre Idee abzutun, klang aber nicht wirklich überzeugt.

»Hhm, in Brenners Wohnung haben wir keinerlei Hinweise irgendwelcher Art auf Nadolny gefunden«, gab Funk zu bedenken.

»Wir haben auch nicht danach gesucht«, korrigierte Hecht.

Hering sah nur eine Chance, das festzustellen. Sie mussten in der Wohnung nochmals gezielt nach Hinweisen auf Nadolny suchen.

Hering bat Frau Tomberg, eine Streife mit Nadolnys Foto und weiteren Instruktionen hinzuschicken. Dann rutschte sie sich auf ihrem Stuhl zurecht, beugte sich vor zum Tisch und öffnete eine Mappe mit der Aufschrift »Tunnel 2«.

»So! Der Fall Brenner. Die Befragungen der AGV-Mitglieder sind ausgewertet. Hat den Anschein, als wäre dieser Endlich der Einzige gewesen, der ihr nicht grün war.«

»Dieser Endlich. Gut, er hat kein Alibi. Aber diese Streitereien und dieser Vereinskram, das ist doch alles kein brauchbares Motiv«, stellte Hecht fest.

»Also ich weiß nicht, den sollten wir trotzdem noch auf unserer Verdächtigenliste lassen.«

»Wieso? Wir haben doch fast nichts«, widersprach Hecht. »Und mit den minimalen Indizien sind wir verdammt schwach aufgestellt.«

»Ich hab da nur so ein Gefühl bei«, entgegnete Hering.

Hecht sah sie fragend an. Langsam bewegte sie den Kopf hin und her. »Ich kann mir nicht helfen«, beharrte sie, »aber irgendwas ist da.«

»Ich besorge mir die Klamotten, die er an dem Abend anhatte«, schlug Heckenlaible vor. »Vielleicht finden wir daran ja Spuren von ihr.« Hering war zufrieden. Auch Hecht nickte

»Wir sollten uns jetzt lieber auf diesen Junker konzentrieren. Durch seine Drohung dem Opfer gegenüber hat sich der Verdacht gegen ihn noch verstärkt.« Hecht sah zu Funk hinüber. Die hatte gestern Abend sein Alibi überprüft.

»Die Wirtin und mehrere Gäste des Unicorn House sagten übereinstimmend aus, dass Junker kurz nach Mitternacht gegangen sei«, berichtete die Polizeimeisterin.

»Von der Kneipe hätte er zu Fuß innerhalb von zehn Minuten am Tatort gewesen sein können«, rechnete sich Hecht aus.

»Der muss ordentlich einen im Tee gehabt haben«, gab Funk zu bedenken.

»Der Zeitpunkt«, beharrte Hecht, »lag in der Spanne des möglichen Todeszeitpunktes: Mitternacht plus/minus eine halbe Stunde.«

»Das bedeutet?«, fragte Hering.

»Dass Junker für die Tatzeit kein Alibi hat«, stellte Funk fest.

»Dann werden wir mit dem Herrn wohl noch mal reden müssen«, sagte Hering.

Das Telefon auf dem kleinen Nebentisch klingelte. Hecht saß am nächsten, nahm den Hörer ab und meldete sich. »Doktor Krautschneider, für Sie.« Grinsend streckte er Hering den Hörer entgegen.

Hering schaute ungläubig in die Runde, bevor sie sich meldete. »Moin moin, Doktor Krautschneider.«

Alle schauten Hecht an. Der runzelte die Stirn. Dann blickten alle gespannt auf die Chefin. Es war, als warteten sie darauf, dass es zwischen den beiden wieder zum Krach käme.

Daraufhin wandte Hering sich von den Kollegen ab, so dass die ihr Gesicht nicht sehen konnten. Sie ging zum anderen Ende des Raumes. Eine Weile hörte sie Dr. Krautschneider geduldig zu. Er berichtete unter anderem, dass das Opfer mit dem Kopf aufgeschlagen war. Das bewies die an der Schädelbasis gestauchte Wirbelsäule. Der Rechtsmediziner sprach weiter von einer aufgeplatzten Aorta, Darmrissen und einer Milzruptur. Dazwischen verlor Hering einige belanglose Worte, mit denen ihre Kollegen nichts anfangen konnten, obwohl während des Gespräches absolute Stille im Raum herrschte.

»Mmh, natürlich bringt uns das weiter. Danke, Doktor Krautschneider, ... ja ... Tschüss!«

Die anderen sahen die Kripochefin erwartungsvoll an. Die drehte sich wieder ihren Mitarbeitern zu – und lächelte.

»Das Opfer muss sich noch verzweifelt gewehrt haben«, berichtete Hering. »Dafür sprechen die drei abgebrochenen Fingernägel.«

»Daher die Stofffasern unter ihren Nägeln«, ergänzte Heckenlaible.

»Der Täter muss Kratzspuren an den Händen oder im Gesicht haben«, sagte Hering.

»Die Verdächtigen haben wir uns schon genauer angesehen. Fehlanzeige«, erwiderte Hecht.

»Handschuhe, geschlossene Kleidung, hochgestellter Kragen. Dann war's das«, stellte Heckenlaible lapidar fest.

Hering berichtete weiter. »Der Täter hat es nicht geschafft, das Opfer zu erwürgen. Auf jeden Fall war das nicht die Todesursache. Auch der Sturz aus der Höhe hat nicht gleich zum Tod geführt. Tödlich waren einzig und allein die Schläge.«

»Des wissen wir doch schon«, warf Hecht erstaunt ein.

Sie ließ sich nicht beirren. »Unsere Tote hatte vom Sturz so ziemlich alle Knochen gebrochen, die man sich brechen kann.«

Die Kollegen sahen sich verwundert an, wussten nicht, worauf sie noch hinauswollte. Waren dies doch Informationen, die sie schon kannten.

»Ach ja«, sagte sie, »das Opfer war schwanger. In der siebzehnten Woche!«

***

Nelli Tomberg hatte die Telefonliste von Tessa Brenners Telefonanbieter durchgearbeitet. »Hier, das sind die Handyverbindungen des Opfers, wir haben den Einzelverbindungsnachweis bekommen.« Sie blätterte auf die letzte Seite der Liste. Die unterste Zeile war mit Rotstift umrandet. »Der letzte Anruf um dreiundzwanzig Uhr siebzehn – Telefonnummer unbekannt.«

»Wissen wir schon«, sagte Hecht trocken.

Weitere Nummern waren mit verschiedenfarbigen Leuchtstiften markiert. Am häufigsten tauchten grüne Markierungen auf den Blättern auf. Tomberg legte die Liste vor ihrer Chefin auf den Schreibtisch.

»Und?« fragte Hering.

»Sämtliche Telefonate und SMS der letzten drei Monate.«

»Nun machen Sie es nicht so spannend«, sagte Hecht ungeduldig.

»Es gibt Verbindungen zu ihren Vereinskameraden vom AGV, ihrer Schwester, dann zu ihren Arbeitskollegen und, jetzt halten Sie sich fest, am häufigsten zur privaten Handynummer von Arne Wilkens.« Tomberg zeigte mit dem Finger auf die grün gekennzeichneten Zahlen.

»Ja und? Was ist da so Besonderes daran, wenn man mit dem Chef telefoniert?«, fragte Hecht.

Und Hering ergänzte: »Das ist doch normal, wenn man zusammen arbeitet.«

»Schon. Aber doch nicht ständig und fast nur mitten in der Nacht!«

***

»Sie haben ihr gedroht. Am Abend vor der Tat. Dafür gibt es Zeugen«, sagte Hecht mit einer gewissen harten Bestimmtheit in seiner Stimme, während er im hell ausgeleuchteten Vernehmungszimmer auf und ab ging. Er beugte sich leicht hinüber zu dem nochmals einbestellten Junker, der verunsichert am Kopfende des Resopaltisches saß. »Und dann, dann haben Sie Ihre Drohung wahr gemacht. Ein Alibi haben Sie – entgegen Ihrer Aussage von gestern – auch keines. Da könnten wir glatt auf die Idee kommen, dass Sie sie ermordet haben.«

»Blödsinn!«, empörte sich Junker.

»Sie bestellen Tessa Brenner auf die Baustelle, weil Sie die Absicht haben, sie umzubringen. War es nicht so?« Hecht sah ihn scharf an.

»Alles gequirlte Scheiße, was Sie da verzapfen«, schrie Junker verzweifelt.

Hecht ließ nicht locker. »Sie stellen sie noch mal zur Rede. Sie aber weist Sie schroff zurück. Sie gehen hinunter in die Baugrube, nachdem Sie sie gewürgt und dort hineingestoßen haben, greifen das in einer Gitterbox liegende Stahlteil und schlagen zu. Mehrmals vor Wut und Schmerz.«

Junker saß schwitzend und zusammengekauert auf dem harten Holzstuhl am Tisch. Seine schweißnassen Hände fuhren langsam nach vorn seine Oberschenkel entlang.

»Gut, Herr Junker! Wen hätten Sie uns denn anzubieten, wenn Sie es nicht waren?«, mischte sich Hering ein, die bisher neben der Tür gestanden und nur zugehört hatte.

Junker zuckte mit den Schultern.

Hecht trat neben ihn. Er beugte sich vor, stützte sich mit beiden Händen auf der Tischplatte ab und sah ihm in die Augen. »Sie sind der Hauptverdächtige in einem Mordfall. Ist Ihnen das eigentlich klar?«

Hering blätterte in einem Protokoll. »Das wirst du noch bitter bereuen, dass du mich verlassen hast«, las sie vor. »Das haben Sie zu ihr gesagt.«

Hecht legte nacheinander drei Fotos des Opfers vor ihm auf den Tisch. »Und so sah das Ergebnis aus.«

Hering sah Hecht einen Moment an, zeigte sonst keine Regung.

Junker warf einen kurzen Blick auf die Bilder. Dann schloss er die Augen und schob sie beiseite. »Oh, Mann! Nein!« Er ließ sich nach hinten an die Rückenlehne fallen und schüttelte verzweifelt den Kopf. »Ich hab doch nur ... ich wollte doch damit nur sagen, ich meinte doch ... dass der Wilkens sie nur ausnutzt ... und, und dass er sie bitter enttäuschen würde.«

Die Kriminalisten schien das nicht zu beeindrucken. Keiner der beiden zeigte eine Regung.

»Verstehen Sie?« Verzweifelt und um Bestätigung bittend sah Junker abwechselnd von Hering zu Hecht. Seine Augen blinzelten nervös. Sein Atem war schwer.

»Sie haben nicht nur Tessa Brenner umgebracht, sondern auch noch ihr Kind«, sagte Hecht und fixierte ihn mit seinem Blick.

Junkers Gesicht wurde weiß. Sein Unterkiefer begann zu vibrieren. Mit weit aufgerissenen Augen sah er die beiden Polizisten an, rang nach Fassung. Dann richtete er seinen Blick zu Boden, verbarg sein Gesicht in seinen Händen und sank in sich zusammen.

»Siebzehnte Woche«, sagte Hering leise und setzte sich ihm gegenüber. Sie schob das Glas Wasser, das in der Mitte des Tisches stand, näher zu ihm hin.

Junker sah auf, atmete tief durch, nahm das Glas und trank es ganz leer. Er sagte kein Wort. In ihm begann es zu arbeiten. Er fingerte eine filterlose Zigarette aus einer zerknitterten blauen Schachtel. Seine Hände zitterten. Er versuchte, einen klaren Gedanken zu fassen. Erfolglos suchte er in seiner Jacke nach Feuer, warf die Zigarette vor sich auf den Tisch. Könnte ich der Vater sein? Oder etwa dieser Wilkens, fragte er sich und rechnete nach. Kein Zweifel: Es war *sein* Kind.

»Herr Junker, haben Sie sie umgebracht?« Hering klang vorsichtig.

»Wie oft denn noch? Ich war's nicht! Ich hab sie geliebt!«, bekräftigte er verzweifelt. Für einen Augenblick herrschte Stille im Raum. »Ich will jetzt mit einem, mit meinem Anwalt reden.«

Hecht zog sein Handy aus der Hemdtasche und legte es vor ihm ab. »Bitte!«

Der Hauptkommissar drehte sich zu dem Venezianischen Spiegel, ging auf ihn zu und sah hinein. Dahinter stand Jennifer Funk im schwach beleuchteten Nebenraum und beobachtete die Vernehmung durch das Glas hindurch. Der Ton wurde mit einem Lautsprecher übertragen.

Junker starrte Hechts Handy eine Weile an. Dann schob er es beiseite.

»Wir nehmen trotzdem eine DNA-Probe von Ihnen, Herr Junker«, sagte Hering. »Sie sind doch einverstanden?«

Erstaunt sah er die beiden Ermittler an.

»Dann sollten wir noch die Kleidung haben, die Sie am Tatabend getragen haben. Ein Kollege wird Sie begleiten und sie mitnehmen.«

Junker sah von Hecht zu Hering, wusste nicht, wie ihm geschah.

Und dann kam auch schon Funk in den Vernehmungsraum und ging auf ihn zu. »Ich werde jetzt Material für den DNA-Test nehmen.«

Junker stand auf, sah sie nur mit großen Augen an. Funk stellte sich vor ihn und hielt ihm demonstrativ ein Wattestäbchen vor sein Gesicht.

»Mund auf!«, befahl die junge Polizistin lächelnd. Junker gehorchte und sie pinselte mit dem Stäbchen in seinem Mund herum und verstaute es in einem Glasröhrchen. »So, das war's schon. Danke!«

»Und bleiben Sie im Lande«, sagte Hecht.

Junker konnte ihm nicht folgen.

»Sie dürfen die Stadt nicht verlassen«, klärte ihn Hering auf. »Der Kollege wird Ihnen noch Fingerabdrücke abnehmen.«

Der uniformierte Beamte, der bewegungslos an der Tür stand, und Funk begleiteten Junker hinaus, der wie gelähmt alles zu akzeptieren schien, ohne zu widersprechen.

»Wir müssen uns schon fragen: Bringt ein Vater die Mutter und gleichzeitig sein ungeborenes Kind um?«, fragte Hering und sah dabei Hecht zweifelnd an. »Brenner war in der siebzehnten Woche. Und sie hat den Verdächtigen erst vor drei Monaten verlassen.«

»Er hat wohl nicht gewusst, dass er Vater wird«, mutmaßte Hecht. »Seine Überraschung war nicht gespielt.«

»In ihrer Wohnung, in der Schublade, da lag doch noch ein gerahmtes Bild von den beiden«, erinnerte sich Hering.

Sie fasste sich mit der Hand an das Kinn, trat ans Fenster und sah auf den Hof hinunter. Hecht wusste nicht, auf was sie hinaus wollte. Sie überlegte einen Augenblick. Dann drehte sie sich zu Hecht. »Warum hat sie das Foto nicht schon längst entsorgt? Hatte sie doch noch nicht so ganz mit Junker abgeschlossen?«

***

Hecht und Hering betraten das Vorzimmer von Arne Wilkens. Die Sekretärin versprach ihnen, dass Herr Wilkens nach Beendigung des Telefonates Zeit für sie habe. Sie hatten es nicht eilig und nutzten die Gelegenheit, sich umzusehen. Vor allem die mit Bildern übersäten Wände fanden das Interesse der beiden Ermittler. Wie im Treppenhaus hingen auch hier Fotos von Rallye-Fahrzeugen und dem Ehepaar Wilkens. Bilder in den verschiedensten Konstellationen, Gruppenbilder, Wilkens mit Gattin, mit Honoratioren der Stadt, Übergabe von Urkunden und Ehrungen. Ein großes Bild der beiden mit dem Heimleiter vor dem Eingang des Obdachlosenheims Lichtblick. Daneben in einem goldenen Rahmen eine Verdiensturkunde für sein Engagement für Wohnsitzlose.

»Ich habe jetzt leider keine Zeit für Sie. Ich muss überraschend weg«, versuchte Wilkens die Polizisten in der Tür abzufertigen.

Doch die gingen einfach in sein Büro, und er folgte notgedrungen. Hering schloss die Tür hinter ihnen. Hastig und unbeholfen begann er, einige Aktenmappen von seinem Schreibtisch in seinen ledernen Aktenkoffer zu packen.

»Dann machen wir es kurz«, entgegnete Hecht und sah ihn scharf an. »Hatten Sie ein Verhältnis mit Tessa Brenner?«

Wilkens erstarrte. Die Unterlagen, die er in der Hand hielt, entglitten ihm langsam und verteilten sich ungeordnet in seinem Koffer. »Wie kommen Sie darauf?«

»Hatten Sie?«

Wilkens drehte sich um, ging zum Fenster und starrte hinaus. »Wenn Sie es eh schon wissen«, sagte er kraftlos, ohne die Polizisten anzusehen.

»Wie lange schon?«, wollte Hecht wissen.

»Seit etwa drei Monaten.«

»Wer hat von dem Verhältnis gewusst?«, fragte Hering.

»Niemand, glaube ich, keine Ahnung.«

»Wussten Sie, dass Frau Brenner schwanger war, in der siebzehnten Woche«, sagte Hering.

Wilkens stutzte, zog die Augenbrauen hoch und überlegte einen Moment. »Mich hat sie als Arbeitgeber nicht informiert«, antwortete er patzig.

Die beiden Ermittler sahen sich einen Augenblick an.

»Ja, ähm, ich muss dann. Wenn Sie mich entschuldigen würden.« Wilkens drehte sich um. Unbeholfen schloss er den Aktenkoffer und ging zur Tür.

»Sagen Sie, Herr Wilkens, was bringt einen dazu, sich im sozialen Bereich ausgerechnet für Obdachlose zu engagieren?«, fragte Hering vorsichtig.

Wilkens stoppte vor der Tür. Der Koffer pendelte an seinem Arm. Er überlegte kurz und drehte sich zu ihr um. Er fixierte sie mit starrem Blick. »Können Sie sich vorstellen, was es bedeutet, auf der Straße zu leben? Nein! Können Sie nicht!«, sagte er, ohne eine Antwort abzuwarten. Wilkens klopfte mit dem Zeigefinger auf seine Brust. »Aber ich, ich weiß das.«

Hecht und Hering sahen ihn nur betroffen an.

»Diese Entwürdigung, diese Demütigung, die wünsche ich niemandem. Nicht einmal meinem größten Feind.« Seine Augen traten hervor. Er merkte, dass er sich wie so oft in dieses Thema hineingesteigert hatte, und versuchte seine Fassung wiederzuerlangen.

Die beiden Polizisten verabschiedeten sich. In der Tür blieb Hecht stehen, drehte sich nochmals um. »Ach ja, eins noch, Herr Wilkens.« Er ging einen Schritt auf ihn zu. »Besitzen Sie eine Schusswaffe?«

Wilkens Gesicht zeigte keine Regung. Auch Hering konnte sich auf diese Frage keinen Reim machen. Sie bemerkte, wie Wilkens' Lippen versuchten, Worte zu formulieren.

»Ähm, ja«, antwortete er erstaunt und sein Blick fragte, was denn das jetzt solle.

»Was für eine?«, fragte Hecht.

»Eine Tokarew TT-33, Kaliber 7,62 Millimeter, mit Waffenbesitzkarte und Munitionserwerbschein. Liegt bei mir im Tresor.«

***

»Haben Sie gewusst, dass Ihr Mann ein Verhältnis mit Tessa Brenner hatte?«, fragte Mona Hering.

Barbara Wilkens saß auf der Couch im Wohnzimmer. Mit ernster Miene sah sie die Kriminaloberrätin an und zögerte. Sie sah zu Boden, faltete die Hände in ihrem Schoß und begann sie aneinanderzureiben. »Gewusst habe ich es nicht, aber geahnt.« In ihrer Stimme lag ein leises Zittern. »Es war ja nicht das erste Mal, dass er mich betrog. Die Brenner war nur eine von einer Handvoll Affären in den letzten Jahren.«

Hecht hielt sich die ganze Zeit über zurück. Er stand etwas abseits an der großen Fensterfront und sah aus dem Fenster. Draußen begutachtete Heckenlaible einen schwarzen Geländewagen und eine silberne Audi-A6-Limousine, die vor der Doppelgarage des Anwesens parkten.

»Wussten Sie, dass Tessa Brenner schwanger war?«, hakte Hering nach.

Wilkens erstarrte. Eine Haarsträhne rutschte in ihr Gesicht. Ihre schmalen, dezent geschminkten Lippen pressten sich zusammen. Um ihre Mundwinkel bildeten sich dabei kleine Fältchen. »Sie war was?«, fragte sie kraftlos und sah zu Hering auf.

»Damit haben Sie ja jetzt ein starkes Motiv. Eifersucht auf die Nebenbuhlerin, die dazu noch ein Kind von Ihrem Mann erwartete«, mischte sich Hecht ein.

Sie sah ihn entsetzt an und stand auf.

Hering warf Hecht einen vorwurfsvollen Blick zu. Der verstand, dass sie die Befragung allein fortführen wollte.

Aufgeregt ging Barbara Wilkens im Zimmer hin und her und knetete ihre Hände.

»Aber Sie haben ja ein Alibi, von Ihrem Mann«, versuchte Hering das Ganze abzuschwächen. »Und – nicht zu vergessen – von der Überwachungskamera.«

***

»Was sollte denn das mit der Waffe«, fragte Hering, als sie in den Wagen stiegen.

»War nur so eine Ahnung«, sagte Hecht vor sich hin, »nichts weiter.«

Seit der Abfahrt vom Haus der Wilkens', Hecht saß wieder am Steuer, hatten die beiden nur wenige Worte gewechselt.

»Der Wilkens, der war also eine Zeitlang obdachlos«, begann nun Hecht.

Hering wusste nicht, was er meinte.

»Und der Nadolny, der lebte doch auch eine Weile auf der Straße, in Hamburg.«

Die Kriminaloberrätin drehte langsam den Kopf in seine Richtung und sah ihn nachdenklich an. Allmählich begriff sie, worauf er hinauswollte.

»Und der Wilkens, der stammt doch auch von da oben … Muss ja nichts bedeuten«, rechtfertigte er sich einen Augenblick später.

»Nadolny wurde nicht mit einer 7,62-Millimeter, sondern mit einer Neun-Millimeter-Pistole erschossen«, argumentierte Hering.

»Vergessen Sie's!«

Beide schwiegen eine Zeit lang.

Dann brach es aus ihr heraus. Mit Entschlossenheit bekräftigte sie: »Ich will alles über diesen Wilkens wissen. Sein Leben, sein ganzes Leben, geschäftlich und privat, lückenlos!«

»Frau Tomberg?«, fragte er.

***

Es war bereits Spätnachmittag, als Heckenlaible seine Kollegen über die weiteren Untersuchungen informierte. Der Vergleich der ohnehin kaum brauchbaren Reifenspuren am Tatort mit den Fahrzeugen nicht nur der Verdächtigen, sondern auch denen sämtlicher Vereinsmitglieder und Bekannten des Opfers, hatte kein Ergebnis gebracht. Auf dem Tatwerkzeug befanden sich natürlich unterschiedliche Fingerabdrücke. Keiner von ihnen gehörte Junker. Es war sicher von vielen Arbeitern angefasst worden, der Täter hingegen hatte vermutlich Handschuhe getragen. Die Blutspuren stammten von Tessa Brenner.

Tomberg hatte die Kollegen informiert, dass Wilkens' 7,62-er Tokarew und der Munitionserwerbschein im Register des Ordnungsamtes eingetragen waren. Er hatte die Waffe vor elf Jahren ganz legal auf der Waffenbörse in Sindelfingen gekauft.

***

»Noch mal dasselbe!«, lallte Junker mit leichtem Zungenschlag die Wirtin hinter der Theke des Unicorn House an. Es war eine der wenigen Raucherkneipen in der Stadt. Er saß nicht am Tresen, sondern hing fast schon darüber und hatte alle Mühe, nicht vom Barhocker zu fallen. Sein Gesicht hatte er in beide Hände gestützt. Sein Hemd war am Kragen nass geschwitzt. Das fettige Haar klebte am Kopf und rollte sich im Nacken ein. Auf seiner Stirn standen große Schweißtropfen. Der Aschenbecher neben ihm quoll beinahe über. Vor ihm standen ein Pils- und ein Schnapsglas, beide leer.

»Jetzt lass gut sein, Dietmar«, versuchte die gut aussehende Mittvierzigerin, ihn mit mitfühlender Stimme vom weiteren Trinken abzuhalten. Doch er zeigte nur auf die Gläser, bis die schlanke Schwarzhaarige eine Flasche Klaren mit der Aufschrift Kaltes-Feld-Wasser aus dem Regal nahm und sie ihm entgegenhielt. »Meinst du nicht, dass es genug ist?«

Junker winkte mit einer gleichgültigen Handbewegung ab. Etwas zu heftig, er konnte sich gerade noch mit der linken Hand am Tresen festhalten. Er hob seine Rechte, ballte sie zur Faust und streckte sie nach oben. Kraftlos krachte sie auf die Theke.

»Warum hat sie mir nichts gesagt?«, schluchzte er und schlug bei jedem Wort mit dem leeren Schnapsglas auf den Tresen. Die Wirtin nahm Gläser aus der Spülmaschine und räumte sie in die Glasvitrine. Junker blickte auf. Sie zog die Augen hoch, sah ihn bedauernd an.

»Hätt mich mehr um sie kümmern müssen, ... mehr tun müssen, um sie zurückzuholen. Es ist von mir, von mir, verstehst du! Eindeutig! Da gibt's keinen Zweifel.« Er schüttelte dabei so heftig den Kopf, dass Schweißtropfen von seiner Stirn auf der Theke landeten.

Langsam ging die Wirtin um den Schanktisch herum und setzte sich neben ihn auf einen Barhocker. Behutsam legte sie ihren Arm um seine Schulter und zog ihn an sich. »Ich ruf dir ein Taxi! Okay?«, sagte sie leise und blickte ihm tief in die Augen. Mit dankbarem Blick sah Junker sie an. Entspannt sank sein Kopf sanft auf ihre tätowierte Schulter.

***

Zufrieden und erleichtert blickte Sandra Hölldampf hinüber zu ihren Altersgenossen. Sie war froh, dass der von ihr organisierte Ausflug, eine Raftingtour auf dem Tiroler Inn bei Haiming, so großen Anklang fand. Fast alle AGV-Mitglieder nahmen teil. Auch Valerie Sperrle und Ralf Ackermann. Sie waren wie die anderen in schwarze Neoprenanzüge gekleidet und feierten ausgelassen. Weiter hinten tauchten zwei Gestalten auf: Sigmund Endlich und Tessa Brenner. Sandra sah nur, hörte nichts. Schemenhaft und zerrissen nahm sie Tessa jetzt wahr. Die befand sich etwas abseits von den Feiernden. Drohend nach vorn gebeugt ging sie auf Endlich zu und schrie ihn an. Ihr Gesicht war vor Wut verzerrt. Endlich lachte herablassend und versuchte, sie mit lockerer Gestik zu beruhigen. Er blickte zur Seite, bemerkte Sandra. Tessa schrie weiter. Endlich erstarrte. Nun hatte auch Tessa Sandra bemerkt. Sie kam auf sie zu. Ihr weit geöffneter Mund bewegte sich langsam, wie der eines schnappenden Fisches und drohte, Sandra zu verschlucken.

Schwitzend und unruhig warf sich Sandra herum. Plötzlich schreckte sie auf. Schwer atmend saß sie aufrecht im Bett. Selbstvorwürfe jagten durch ihren Kopf. Warum hatte sie der Polizei nicht alles gesagt, was sie wusste?

Der Radiowecker zeigte halb vier. Sie schaltete das Licht der Nachttischlampe ein. Ihr Nachthemd klebte auf Bauch und Rücken. Trotzdem bibberte sie am ganzen Körper.

Michael, ihr Mann, wachte auf und fragte verschlafen mit kratziger Stimme: »Was ist denn los, Muckele?«

»Nur ein Traum«, stieß sie hervor.

Michael rieb sich die Augen. Er versuchte, sich zu sortieren und blickte auf den Radiowecker.

»Schlaf weiter«, versuchte Sandra, ihn zu beruhigen.

Er ließ sich nicht überzeugen, denn er kannte ihren Zustand nach schlechten Träumen nur zu gut. Und das hier war noch eine gewaltige Nummer größer. Er nahm sie zärtlich in den Arm, drückte sie fest an sich. Sanft streichelte er über ihre Wangen und schob ihre nassen Haare von der Stirn.

Sandra drückte ihn beiseite und stand auf. Mit der flachen Hand wehrte sie ab, bedeutete ihm, im Bett zu bleiben. Wankend ging sie ins Bad. Dort öffnete sie den Hängeschrank und nahm eine Packung Tabletten heraus, die sie mit zitternder Hand umklammerte. Einen kurzen Augenblick zögerte Sandra, dann stellte sie sie wieder zurück in den Schrank.

»Mein Gott!«

Ruckartig kippte sie nach vorn. Gelbliche Flüssigkeit schoss aus ihr heraus und verteilte sich im Waschbecken. Reflexartig griff ihre

Hand an den Mund. Sie öffnete den Wasserhahn, begann, ihr Gesicht zu waschen und schaute vorsichtig in den Spiegel. Im Türrahmen stand Michael.

»Ich gehe morgen zur Polizei«, sagte sie laut und entschlossen zu ihrem Spiegelbild.

ACHTER TAG – MITTWOCH

»Da! Sehen Sie sich das an!« Der Polizeidirektor warf einen Stapel Zeitungen auf den Besprechungstisch, an dem Hering und Hecht saßen. Er war extra aus Aalen gekommen, um sich über den Stand der Ermittlungen bei den beiden Mordfällen zu informieren. »Der Oberstaatsanwalt und vor allem die Öffentlichkeit erwarten so schnell wie möglich Ergebnisse – die Sie noch nicht liefern konnten.« Er sah die beiden vorwurfsvoll an.

Hering musste schlucken. »Nach zwei, drei Tagen? Das ist jetzt aber nicht ihr Ernst?«

»Mein voller! Das ist ja nicht gerade berauschend, was Sie bisher haben«, zischte Zybura. Er wirkte angeschlagen. »Wenn ich mir das hier durchlese …« Planlos blätterte er in einem Schnellhefter mit dem Tatortbericht und den Vernehmungsprotokollen. »Ich lass mir doch nicht unsere gute Aufklärungsquote versauen. Sie haben ja gehört, was der Polizeipräsident gesagt hat.«

Mit dem Handrücken schlug er abwertend auf eine der Seiten. »Und diese Barbara Wilkens als Verdächtige. Also, ich bitte Sie!« Er sah Hering an. »Kann eine Immobilienmaklerin einen Radlader kurzschließen?«

»Wer früher Rallye gefahren ist, der kann auch ein primitives Zündschloss knacken«, konterte Hering. Sie musste sich zwingen, ruhig und sachlich zu bleiben.

»Beweise fehlen ganz. Alles, was Sie haben sind ein paar Mutmaßungen«, warf der Polizeidirektor ein.

»Klar ist die Indizienkette noch sehr kurz. Und eindeutiges Beweismaterial haben wir auch noch nicht in der kurzen Zeit.«

Als Hecht Luft holte und ansetzte, etwas zu sagen, faltete Zybura die Hände vor seiner Brust zusammen und warf schnell ein: »Meine Herrschaften, Sie müssen verstehen, es sind nicht nur die Medien.« Die ganze Zeit schon blinzelte er mit den Augen. »Das Opfer war bekannt und beliebt. Eine Person des öffentlichen Lebens halt. Ähm, ein echtes Gmünder Mädel eben. Die Presse greift das auf, fordert die rasche Aufklärung ihres Schicksals. Sie können es ja jeden Tag lesen.« Er deutete mit dem Kopf auf den Stapel Zeitungen auf dem Tisch, holte tief Luft und sah die beiden Ermittler versöhnlich an. »Wenigstens irgendwelche greifbaren Ergebnisse in Aussicht, die zu einer Festnahme führen könnten?«

Hering schüttelte den Kopf. Auch Hecht schnaufte nur resignierend.

»Wenn die Staatsan ...«, begann Hecht, sich zu verteidigen.

»Jetzt schieben Sie doch den Schwarzen Peter nicht zur Staatsanwaltschaft«, fiel ihm Zybura barsch ins Wort. »Wenn Sie nichts Greifbares haben, können die in Ellwangen auch keinen Durchsuchungsbeschluss beim Richter beantragen.«

Hering hatte sich das zögerliche Verhalten der Staatsanwaltschaft nicht erklären können. Heute früh hatte Hecht sie aufgeklärt. Der zuständige junge Staatsanwalt in Ellwangen war ein gebranntes Kind. Durch übereifriges, vorschnelles Handeln hatte er sich im letzten Jahr mehrmals die Finger verbrannt. War eine Lage oder ein Verdacht nicht total wasserdicht, wollte er seitdem von einem Antrag auf Durchsuchung oder gar auf einen Haftbefehl nichts wissen. Dieses Verhalten hatte ihm deshalb bei der Ostalbpolizei den Spitznamen Hasenfuß eingebracht.

»Tja, meine Herrschaften, dann muss ich - so leid mir es tut - den neuen Fall an das LKA übergeben.« Er schien froh zu sein, den Satz endlich über seine Lippen gebracht zu haben.

Hecht und Hering sahen sich erstaunt an, konnten nicht glauben, was sie da hörten. Hecht war der Erste, der sich wieder gefangen hatte. »Und was ist, was ist, wenn die beiden Fälle doch zusammenhängen?«, fragte er leise.

»Jetzt hören Sie doch auf. Als der erste Tote im Ostteil verscharrt wurde, war ja noch nicht bekannt, dass da einmal eine

Baustelle sein und gar der B-29-Tunnel gebaut würde. Und die vor ein paar Tagen Ermordete hat man auf dem drei Kilometer westlich gelegenen Baustellenteil gefunden«.

Die beiden Ermittler sagten nichts, sahen Zybura nur eindringlich bittend an. Der sprach weiter. »Das ist doch reiner Zufall, meine Herrschaften. Da kann unmöglich ein Zusammenhang bestehen«, bekräftigte er und wirkte dabei doch leicht verunsichert.

»Doch ausschließen können wir das auch nicht – noch nicht«, Hering hatte verstanden und nahm Hechts gut gespielte Vorlage auf.

»Eine Zeitung hat das auch schon gemutmaßt«, legte Hecht nach.

»Wenn das dann doch so ist, dann, … dann stehen wir da und blamieren uns, weil wir das nicht erkannt haben«, sagte Hering betont langsam und sah dabei stirnrunzelnd zu Hecht hinüber.

In Zybura arbeitete es. Die beiden Ermittler fixierten ihn wieder mit ihren Blicken. Er schnaufte, wandte sich ab und drehte ihnen den Rücken zu.

»Wenn Sie selbst Ihre Leute zur Hilfstruppe des LKA degradieren wollen und ihnen damit Unfähigkeit bescheinigen wollen, bitte! Nur zu!« In Herings Stimme lag ein leicht enttäuschter Unterton.

Die beiden Kriminalisten ließen dem Polizeidirektor keine Zeit für lange Überlegungen. »Sollen wir uns diese Blöße geben?«, legte Hecht sofort nach. Er sprach laut. Zybura musste doch klar sein, dass dies allein an ihm hängenbleiben würde.

Einen kurzen Augenblick lang waren alle still. Zybura sah zum Fenster hinaus.

»Ähm ja, wenn man das so betrachtet, unter diesen Umständen, da haben Sie sicher Recht«, meinte er leicht verunsichert. »Frau Hering, schauen Sie, dass Sie Ihren Laden in den Griff kriegen und endlich Ergebnisse liefern.« Er versuchte krampfhaft den Überzeugten zu geben. »Also gut! Dann lassen wir eben alles beim Alten – für die nächsten 24 Stunden.« Zu mehr Entgegenkommen war er nicht bereit.

Hering stand auf.

»Ich verlasse mich auf Sie«, sagte er in ernstem Ton zu ihr.

»48 Stunden!« Sie streckte ihm die Hand entgegen.

Er verzog das Gesicht. Einen Moment rang er mit sich. Dann sah er ihr fest in die Augen und reichte ihr die Hand. »Einverstanden!«

Es ist zum Verrücktwerden, dachte Hering. Zybura hatte ja Recht. Sie hatten für keinen Verdächtigen genug Belastungsmaterial, um ihn festzunageln. Als der Polizeidirektor das Büro verlassen hatte, fragte sie: »Wie kommen Sie darauf, dass beide Fälle zusammenhängen könnten? Nur wegen des – großräumig betrachtet – gleichen Fundortes?«

»Des habe ich nur so dahingesagt«, meinte Hecht. »Ich kenne ihn doch. Die Angst vor einer Blamage ist das Einzige, was ihn überzeugen kann, den Fall nicht an das LKA abzugeben. Und nun lässt er uns die Zeit, selbst herauszufinden, ob es einen Zusammenhang gibt.«

»Respekt! Sie sind ja ein richtiges Schlitzohr«, lachte Hering mit leichter Bewunderung in der Stimme.

***

Heckenlaible hatte mittlerweile die Reifenabdrücke am Tatort mit den Autos aller verglichen, die zum Umfeld des Opfers gehörten. Dabei hatte er keine Übereinstimmung gefunden, aber die Spuren waren bedauerlicherweise auch nicht sehr klar gewesen. Außerdem hatte er sich bei dem zuständigen Geologen informiert. In der Tatnacht war eine dünne Tonsteinschicht aus dem Tunnel gebrochen und abtransportiert worden. Deren dunkle Farbe hatte er ebenfalls an den Wagen möglicher Verdächtiger nachzuweisen versucht. Nirgends hatte er Reste dieses Gesteins gefunden.

»Die beiden Autos der Wilkens' und das von Endlich sind allerdings gründlich gereinigt worden«, stellte er fest. »Die der Wilkens' auch innen. Der von Junker gar nicht. Doch auch hier gab es keine Spuren«, sagte Heckenlaible. »Aber da seine DNA ja ohnehin nicht übereinstimmt …«

Hering schnaufte. Hecht verzog enttäuscht das Gesicht. »Und jetzt?«

»Aber«, Heckenlaible streckte den Zeigefinger in die Höhe, »im Türrahmen und im Falz unter den Kotflügeln der drei Wagen, da gab's teilweise fremde Substanzen«, sagte er und grinste.

»Und? Was hast du rausgefunden?«, fragte Hecht.

»Nichts! Die Menge ist sehr gering. Die kann ich mit meinen Mitteln nicht untersuchen.«

»Das heißt?«, wollte Hering wissen.

»Ich habe die Proben an ein Materialprüfinstitut geschickt.«

Die Mienen der beiden Ermittler erhellten sich. In ihren Augen funkelte Hoffnung.

»Wie wir wissen, kam monatelang der helle Sandstein zutage. Der dunkelgraue Tonstein stand erst wieder zu Beginn der Nachtschicht an«, informierte Heckenlaible.

»Der Abtransport des dunklen Tonsteinmaterials begann also erst am Abend vor Brenners Ermordung«, bemerkte Hering.

»Genau ab neunzehn Uhr fünfzehn. Wird alles genau dokumentiert«, sagte Heckenlaible und klopfte dabei mit der flachen Hand auf die Transportlisten, die seit Tagen auf seinem Tisch lagen. »Sämtliche Fahrzeuge, die die Baustelle verlassen, sind angehalten, vorher durch eine Reifenwaschanlage zu fahren. Die liegt vor der Baustellenausfahrt«, berichtete er weiter.

Hering schaute verwundert. »Wegen der Straßenverschmutzung«, erklärte ihr Hecht.

»Das heißt, das Material kann auf keinen Fall auf den Straßen in der Umgebung von unbeteiligten Autos aufgenommen werden, sondern ...«, Heckenlaible sah Hering an.

»... nur direkt auf der Baustelle«, vollendete sie den Satz.

Heckenlaible nickte. »Der Täter konnte ja nicht durch die Waschanlage am Tunnelbau fahren und dabei riskieren, gesehen zu werden«, stellte er fest.

»Folglich könnten Gesteinsspuren nur auf der Baustelle an den Wagen des Täters gelangt sein«, schlussfolgerte Hering.

***

Hering sprach im Vorzimmer mit Nelli Tomberg. Sie standen vor der magnetischen Wandtafel, an der mit Namensschildern die Personaleinsätze koordiniert und die Abwesenheit der Kollegen festgehalten wurden, als Hecht aus seiner Bürotür kam. Eilig ging er mit einem Aktenumschlag unter dem Arm durch den Raum, an Tombergs Schreibtisch vorbei.

»Herr Hecht, könnten Sie mir noch ...«, sagte Hering.

Noch ehe sie reagieren konnte, war er schon an ihr vorbei. »Ich muss schnell dem Eisele ...«

Sie sah ihn verwundert an.

Hecht blieb kurz stehen und wippte ungeduldig seitwärts mit dem Oberkörper. »... der muss mir was nach Aalen mitnehmen«, rief er im Hinausgehen, wedelte mit der Aktenmappe und verschwand im Treppenhaus.

Hering schüttelte den Kopf und trat auf den Gang hinaus, wo sie Heckenlaible die Treppe herunterpoltern sah. In den Händen hielt er zwei schwere Aluminiumkoffer. Zwischen seinen Zähnen klemmte der Rest eines Leberkäse-Briegels.

»Ach Herr Heckenlaible, Sie sollten mir ...«, sie versuchte, ihrer Stimme etwas mehr Nachdruck zu verleihen.

Das schien Heckenlaible wenig zu beeindrucken. Er murmelte nur etwas Unverständliches, woraufhin sie ihren Kopf leicht nach vorn schob und mit der Hand am Ohr eine Geste machte, dass sie nichts verstanden habe.

Der Kriminaltechniker verdrehte die Augen und ließ die Koffer auf den Boden knallen. Er nahm das Gebäckstück aus dem Mund und musste erst ein paar Mal tief durchatmen. »Keine Zeit! Einsatz! Bin sowieso schon spät dran«, sagte er heftig schnaufend. Er war zu einem Einbruch gerufen worden, der vermutlich zu einer Serie gehörte. Die vielen Diebstähle in Firmen, Schulen und Vereinsheimen machten der Gmünder Polizei seit Monaten zu schaffen. Hier musste der Chef der Kriminaltechnik selbst ran, denn die gewieften Intensivtäter wussten offenbar bestens Bescheid, wie sie die Arbeit der Polizei möglichst wirkungsvoll behindern konnten. Deshalb hatten die Kripo und das Polizeirevier eine gemeinsame Ermittlungsgruppe eingerichtet.

Tomberg hatte alles durch die geöffnete Tür ihres Büros beobachtet und war zu Hering auf den Gang hinausgetreten. Heckenlaible drückte der verdutzten Sekretärin sein Briegelstück in die Hand, nahm die Koffer auf und stapfte eilig die Treppen hinunter.

Bevor Hering in ihr Büro zurückgehen konnte, kamen Obergfell und Funk den mit großen Pflanzenkübeln gesäumten Flur entlang. Die würden ihr nicht entwischen. Sie stellte sich demonstrativ – beide Hände in die Hüften gestützt – vor den Treppenabgang. Wie ein Schutzmann streckte sie ihnen ihre flache Hand entgegen. »Halt! Herr Obergfell, Sie müssen noch ...«

»Tut mir leid«, unterbrach er sie.

»Unser Termin, auf dem Notariat«, ergänzte Jennifer Funk mit entschuldigender Geste.

»Ist wichtig! Sie haben doch selbst ...«, sagte der junge Kommissar. Er legte die Arme an den Körper und drängte sich, gefolgt von Funk, mit kleinen Schritten seitlich an Hering vorbei.

»Das ist doch ... ich glaub's ja nicht!«, seufzte Hering. Sie verschränkte die Arme vor sich, senkte den Kopf und sah nachdenklich auf den Boden.

»Wollt ihr euch schon ein Haus kaufen?«, rief Tomberg den beiden scherzhaft nach.

Obergfell schaute kurz die Treppen hinauf und winkte verächtlich ab. Funk folgte ihm weiter und hob, ohne sich nach ihr umzudrehen, den Arm und zeigte eine Faust mit nach oben gerichtetem Mittelfinger.

Hering wandte sich zu Tomberg, zog die Augenbrauen hoch und fragte schmunzelnd: »Aber ich ...«, sie deutete mit dem Daumen auf ihre Brust, »ich bin doch hier schon noch die Chefin, oder?«

Verblüfft sah Tomberg sie an, kniff kurz die Augen zusammen und nickte ihr bestätigend zu.

***

»Auch noch die Baderhütte zu Geld machen! Du hast sie wohl nicht mehr alle. Das kannst du dir abschminken«, schrie Barbara Wilkens. Aufgeregt patrouillierte sie in ihrem Wohnzimmer hin und her, umklammerte mit beiden Händen ein leeres Cocktailglas.

Mit geschlossenen, zusammengepressten Beinen saß Arne Wilkens angespannt auf der Couch. »Ist doch nur eine Hypothek«, versuchte er, sich zu rechtfertigen.

»Natürlich! Immer dasselbe Spiel. Wie das abläuft, das kennen wir ja. Wie immer alles futsch!«, rief sie und fuchtelte mit dem Cocktailglas vor dem Gesicht ihres Mannes umher. Alles begann plötzlich aus ihr herauszubrechen. »Ins gemachte Nest hast du dich damals gesetzt. Mich seitdem nur … nur benutzt hast du mich und …«, sie zeigte mit dem Zeigefinger auf ihn und sah ihn mit scharfem Blick an, »unser, mein ganzes Vermögen hast du verspekuliert. All die Jahre habe ich nichts gesagt. Aber jetzt, deine Weibergeschichten, jetzt ist Schluss damit – endgültig.«

»Babs, jetzt lass gut sein, das sind doch olle Kamellen.«

»Alte Kamellen, wie viele denn? Die kann man ja schon gar nicht mehr zählen.« Sie goss sich nach und nahm einen großen Schluck.

»Wir müssen vorausschauen, in die Zukunft blicken, und das geht halt nur mit der Hütte.«

»Erst vor ein paar Jahren der teure Strom- und Wasseranschluss. Nee, nee! Das tue ich Vater nicht an.«

»Aber ...«, versuchte Wilkens wieder das Wort zu ergreifen.

»Ist mir scheißegal, und wenn der Laden hier hops geht.« Sie kippte den Rest aus dem Glas hinunter, ihre Worte nahmen leicht lallende Züge an.

»Babs, jetzt hör doch! Bitte!«

»Mir reicht es, wenn ich wieder irgendwo in einem Büro arbeiten kann.«

»Da solltest du zuerst mit deiner Sauferei aufhören«, herrschte Wilkens seine Frau an. Plötzlich Stille, sie starrte ihn an. Er betrachtete ihr aufgequollenes Gesicht, die flackernden Augen.

Dann begann sie wieder, vor ihrem Mann auf und ab zugehen. Woher sie auf einmal den Mut hernahm, Arne derart die Leviten zu lesen, wusste sie selbst nicht. »Die Brenner hat den Laden vorangetrieben und aufrecht erhalten und du ...«

Arne Wilkens trommelte mit seinen Fingern auf die Tischplatte.

»... du musstest ja unbedingt mit der in die Kiste steigen«, ereiferte sie sich mit bebender Stimme. Tränen schossen ihr in die Augen. »Du kannst mir nichts vormachen. Da steckt doch mehr dahinter. Da ist doch immer irgendein Vorteil für dich drin.«

Arne Wilkens sah ein, dass es keinen Sinn hatte, sich weiter zu bemühen, er stand auf und verließ das Wohnzimmer. Er kannte seine Frau und wusste, dies war das Ende der Fahnenstange. Niemals würde sie die Hütte auf dem Kalten Feld, die sie von ihrem Vater geerbt hatte, zu Geld machen.

***

»Ich will ja niemanden denunzieren. Aber, ich, es lässt mir einfach ...«

»Erzählen Sie mir, was Sie wissen. Alles!«, ermunterte Hering sie.

»Ständig war er hinter ihr her«, berichtete Sandra Hölldampf, die vor Herings Schreibtisch saß. Ihre Worte wählte sie mit Bedacht, redete langsam und mit gleichmäßigem Tonfall. Sie schien froh zu sein, sich dieses bedrückende Wissen endlich von der Seele reden zu können. Hecht lehnte an der Fensterbank und hörte nur zu.

»Bei keiner Veranstaltung war Tessa vor seinen Bedrängungen sicher. Das wurde noch schlimmer, seit sie mit Junker Schluss gemacht hatte. Sigi Endlich hat sie als einzige und attraktive Singlefrau im Verein quasi als Freiwild betrachtet. Ständig diese anzüglichen Bemerkungen und sexuellen Anspielungen.« Sandra machte eine Pause. »Das hält ja kein Mensch aus, nicht einmal Tessa. Alles hat sie versucht, um ihn in die Schranken zu weisen. Er nahm sie einfach nicht ernst, obwohl er andauernd abblitzte.«

Sandra schwieg einen Augenblick, den Hering nutzte, um ihre Enttäuschung auszudrücken: »Schade, dass Sie uns das nicht schon bei der ersten Befragung gesagt haben.«

»Bis er zu weit ging«, fuhr Sandra ungerührt fort, »und ihr bei unserem Raftingausflug an die Wäsche wollte. Da platzte ihr der Kragen. Ich kam gerade dazu, als sie ihm deswegen kräftig eine knallte. Sie drohte, ihn wegen sexueller Belästigung anzuzeigen. Er meinte, sie hätte ja keine Zeugen, und lachte nur. Doch Tessa hatte sich längst überlegt, wie sie seinen perversen Nachstellungen ein Ende bereiten könnte. Wenn Endlich in der Nähe war, hielt sie ihr Handy in der Hand oder legte es auf den Tisch. Ständig liefen dann Film- und Tonaufzeichnungen mit.«

Hering hörte betroffen zu.

»Den Übergriff bei der Raftingtour hatte sie aufgezeichnet. Tessa sagte, sie würde ihn anzeigen und die Aufnahmen als Beweise vorlegen. Vor allem die Presse hätte sicher ihre helle Freude daran.«

»Tja, das wäre dann wohl das Ende für seine politische Karriere gewesen«, bemerkte Hering.

»Also hat er doch ein Wahnsinnsmotiv und dazu kein Alibi«, wandte sich Hecht zu Hering, als Sandra Hölldampf gegangen war.

»Das Handy des Opfers wurde bisher nicht gefunden«, sagte Hering.

»Klar, das würde ich auch als Erstes verschwinden lassen, wenn da belastendes Material drauf ist.« Dann fiel ihm das Gespräch mit Charlotte Schlegelmilch ein. »Vielleicht war es das, worüber Tessa Brenner mit ihrer Schwester reden wollte.«

***

In einem der Räume der Kriminaltechnik hatte Funk an einem großen Monitor bereits die Aufzeichnungen des Obdachlosenheims vom Tatabend akribisch durchgesehen. Die Aufnahmen zeigten, dass weder Herr noch Frau Wilkens das Gebäude bis zum Ende der Veranstaltung verlassen hatten.

»Die Kamera hat das Ehepaar nur um neunzehn Uhr zwölf beim Betreten und beim gemeinsamen Verlassen des Hauses um ein Uhr achtundvierzig aufgenommen«, sagte Funk vor sich hin.

»Ich weiß nicht, ich kann mir nicht helfen«, sagte Heckenlaible, der neben Funk an den Tisch herangetreten war und erleichtert seine beiden Aluminiumkoffer abstellte.

Ihr war nicht klar, was er damit meinte. »Geht's dir nicht gut, Gottfried?«, fragte sie besorgt.

Von der Nachfrage der jungen Kollegin fühlte er sich geschmeichelt. Er winkte beruhigend ab, lächelte, griff nach einem Stuhl und setzte sich neben sie. »Ich meine, das kann doch nicht sein. Die Frau Wilkens hat doch von dem Verhältnis ihres Mannes zu der Brenner gewusst.«

»Logisch! Wieso?«

»Und das mit der Schwangerschaft vielleicht auch noch. Ihr Frauen habt doch eine Antenne für so was.«

»Worauf willst du hinaus?«

»Die hat von allen Verdächtigen das stärkste Motiv überhaupt. Oder?«, stellte Heckenlaible fest.

»Na ja, klar. Aber sie hat ein Alibi«, argumentierte Funk.

»Genau! Und da müssen wir ansetzen! Die Kameraaufzeichnungen, die sollten wir uns noch mal genauer anschauen.«

Funk zog eine Schnute und schnaufte.

»Schick mir mal die Aufzeichnungen auf meinen Rechner«, sagte er augenzwinkernd und verschwand in seinem Büro.

***

Der Streifenwagen bog in die Münstergasse ein. Mit Schrittgeschwindigkeit fuhr er vor bis zum historischen Restaurant Fuggerei. Gleich links unter den großen Lindenbäumen fanden die beiden Beamten gerade noch einen freien Parkplatz. Das war nicht selbstverständlich. Immer mittwochs und samstags war Wochenmarkt auf dem Münsterplatz. Das war der Treff für die Gmünder. Da wurden Schwätzle gehalten und Nachrichten ausgetauscht. Wenn jemand ein Anliegen hatte oder anderen etwas vermitteln wollte, dann war dies der richtige Ort und die beste Möglichkeit dazu.

Die Polizisten mussten nicht lange suchen. Direkt hinter der Mariensäule stand ein blau-weiß gestreifter Pavillon. Plakate mit Sigmund Endlichs rotbackigem Konterfei und verschiedenen Wahlkampfsprüchen hingen daran. Lautstark scherzte er mit älteren Männern und Frauen.

Die Beamten gingen auf ihn zu. Endlich begrüßte sie überschwänglich. Er lachte unentwegt, ließ die beiden gar nicht zu Wort kommen und machte ihnen Wahlversprechungen. So würde er sich verstärkt dafür einsetzen, dass auch die Polizeistreifen durch den neu einzurichtenden kommunalen Ordnungsdienst unterstützt würden. Mehrere Passanten blieben stehen und schauten Endlichs Vorstellung amüsiert zu. Die beiden Beamten verzogen keine Miene. Einer von ihnen baute sich vor ihm auf, sah ihn eindringlich an. Der andere zeigte ihm ein Blatt Papier und teilte ihm etwas mit. Es waren nur drei kurze Sätze. Endlichs Gesichtsausdruck wurde schlagartig ernst.

***

An der kilometerlangen Lorcher Straße, an der sich der westliche Teil der Tunnelbaustelle befand, lagen ein halbes Dutzend Autohäuser. In einer gemeinsamen Werbung hatte man sie daher die Automeile genannt. Um ihre Ausstellungsflächen zu überwachen, waren fast alle Firmengelände mit Kameras ausgestattet. Auch der Baufortschritt der Tunnelbaustellen konnte im Internet von jedermann über Webcams verfolgt werden.

Funk hatte sich die Aufzeichnungen der Tatnacht besorgt und war dabei, sie auszuwerten. Pech war nur, dass ausgerechnet die Baustellen-Webcams nach Einbruch der Dunkelheit abgeschaltet waren. Nur die Infrarotkameras der Autohäuser lieferten Bilder rund um die Uhr.

Ein höheres Fahrzeug ragte im Halbdunkel der Beleuchtung über die anderen geparkten Wagen hinaus und erweckte sofort Funks Aufmerksamkeit. Die Marke passte gar nicht zu diesem Autohaus. Sie zoomte den Jeep heran, bis sie die Aufschrift auf der Schutzhülle des Reserverades, das an der Hecktür angebracht war, lesen konnte.

»Na wer sagt's denn, wenn das mal nicht sein Wagen ist«, murmelte sie lächelnd vor sich hin.

***

Funk betrat das Vernehmungszimmer, in dem die Videovernehmung von Endlich stattfand, ging auf Hecht zu und reichte ihm zwei Fotos. Der warf einen kurzen Blick darauf. Mit einem zufriedenen Gesicht legte er die Bilder vor Endlich auf den Tisch und fragte: »Was fällt Ihnen dazu ein?«

Aus einer Reihe von Limousinen ragte ein Jeep Cherokee heraus. Auf der Schutzhülle des Ersatzrades am Heck des Fahrzeuges war deutlich zu lesen: »Wählt Endlich, und endlich wird etwas getan in dieser Stadt.«

»Der Wagen war zur Reparatur und stand über Nacht da.« Endlichs Blick war sicher, seine Stimme fest.

»Mit der Wagenmarke bei dem Autohaus? Merkwürdig, aber das werden wir gleich haben.« Funk legte einen Stapel Papiere vor Endlich auf den Tisch. »Die Fahrzeugreparaturliste des Autohauses.«

Endlich verzog keine Miene.

»Nur zu, werfen Sie einen Blick darauf!«, forderte Funk ihn auf. »Ihr Wagen ist nicht dabei.« Während sie sich beobachtend in eine Ecke des Raumes zurückzog, schlug Hecht mit der Faust auf den Tisch. Endlich erschrak.

»Ich hab die Faxen dicke. Mir reicht's jetzt! Wir wissen doch, was abgelaufen ist. Sie rufen die Brenner von einer Telefonzelle aus an, um sie unter einem Vorwand auf die Baustelle zu locken. Ihren Wagen haben Sie abseits geparkt. Dann haben Sie ihr aufgelauert, sind ihr zur Baustelle nachgegangen und haben sie umgebracht.« Hecht starrte in sein Gesicht.

Endlich begann, leicht zu zucken.

»Sie hat gedroht, Sie wegen sexueller Belästigung anzuzeigen«, sagte der Hauptkommissar.

Entsetzen stand in Endlichs Gesicht. Das Rot seiner Wangen wechselte schlagartig zu Weiß. Schweiß trat auf seine Stirn. »Wer behauptet das?« Endlich überlegte kurz. »Aha, bestimmt die Sandra, diese Schlampe.«

Hecht ging nicht darauf ein, machte unbeirrt weiter. »Sie haben sie gewürgt und dann in die Baugrube gestoßen.«

»Nein!«, schrie Endlich.

»Sie war aber noch nicht tot«, fuhr Hecht ungerührt fort und beugte sich zu Endlichs Gesicht vor, wandte den Blick nicht von ihm ab, während er seine geöffnete rechte Hand zur Seite hielt. Hering reichte ihm ein eingetütetes Stück Metall. Er knallte es vor ihm auf den Tisch und richtete sich auf. »Also haben Sie dieses Stahlteil aus einer Gitterbox genommen. Das Einzige, was in dem Moment greifbar war, und schlugen mehrmals zu.« Hecht wurde theatralisch: »Ins Gesicht, immer wieder, immer wieder und immer wieder! So lange, bis sie sich nicht mehr rührte.«

Endlich schüttelte nur stumm den Kopf.

»Dann wollten Sie den Radlader kurzschließen, sie damit hinter eine Schachtwand bringen und mit Erdreich zuschütten. Sie wussten ja genau, was auf der Baustelle ablief. Sie hatten sie ja kurz zuvor mit Ihrem AGV besichtigt«.

»Hören Sie auf! Das ist doch Wahnsinn!«, rief Endlich.

Der Hauptkommissar aber war richtig in Fahrt, er ließ nicht locker. »Die Rückseite der Wand wäre in den nächsten Tagen ohnehin auf Dauer verfüllt worden. Aber Sie wurden gestört, mussten verschwinden, weil ein Baufahrzeug heranfuhr. Es reichte gerade noch, ihr die persönlichen Sachen und vor allem das Handy abzunehmen. Das Handy, mit dem sie Ihr kompromittierendes Verhalten aufgezeichnet hatte.«

»Die Kameraaufzeichnungen des Autohauses«, hakte Hering nach, die sich in der Zwischenzeit weitere Fotos angeschaut hatte, »zeigen Ihren geparkten Wagen zwischen dreiundzwanzig Uhr zehn und drei Uhr fünf. Sie sind also von der Sitzung des AGV direkt dorthin gefahren. Der Todeszeitpunkt von Frau Brenner ist etwa Mitternacht. Vom Parkplatz sind es nur ein paar hundert Meter zum Tatort.«

»Und was beweist das?«, fragte Endlich, der sich wieder gefasst hatte. »Warum sollte ich nach dem Mord um Mitternacht erst Stunden später um drei Uhr früh wegfahren?«

Die Ermittler sahen sich kurz schweigend an. Beide erkannten, dass diese Frage durchaus berechtigt war.

»Das werden Sie uns gleich verraten«, sagte Hering forsch.

Doch Endlich ließ sich nicht aus der Fassung bringen, er verschränkte die Arme und sah demonstrativ zur Decke.

Hechts Augen traten hervor. Er ging auf ihn zu. »Wenn Sie meinen ...« Hecht kam nicht mehr dazu, seinen Satz zu vollenden. Hering hatte sich schnell dazwischengedrängt. Zwar war Hecht einen kurzen Moment lang irritiert, aber er machte ein Gesicht, als wäre er ihr dankbar dafür. Er drehte sich zur Seite und schüttelte den Kopf.

»So! Schluss mit lustig! Nun mal Butter bei die Fische«, bekräftigte Hering in energischem Ton. Trotz der Dramatik der Situation konnte Funk sich ein Grinsen nicht verkneifen.

»Herr Sigmund Endlich, Sie sind vorläufig festgenommen wegen des dringenden Verdachts, Tessa Brenner ermordet zu haben.«

Einen Augenblick herrschte beklemmende Stille im Raum. Endlich saß wie versteinert da.

Hecht schaute zufrieden drein und signalisierte Zustimmung. Auffordernd sah Hering zu dem Uniformierten hinüber, der die ganze Zeit über regungslos an der Tür gestanden hatte. Als der Beamte Endlich am Arm fassen wollte, sprang er entgeistert auf. Sein hilfloser Blick wechselte hektisch zwischen den beiden Ermittlern hin und her.

»Nee, nee! Sie können mir nix anhängen! Gar nix können Sie!« Mit zittriger Hand zog er ein Taschentuch aus seiner Jackentasche.

Mit einer Geste forderte der Uniformierte Endlich auf mitzukommen. Aber der machte keine Anstalten, dem nachzukommen. Mit festem Griff packte ihn der Beamte daraufhin am Arm. Nun begriff Endlich so langsam den Ernst der Lage. Mit einem empörten Blick sah er den Mann an. »Warten Sie!«

Der Beamte sah zu Hering hinüber. Die gab ihm zu verstehen, dass sie bereit sei, nochmals mit Endlich zu sprechen. Langsam löste er seinen Griff und postierte sich an der Tür.

Als sie auf den Stuhl deutete, setzte Endlich sich wieder. Mit zittrigen Fingern wischte er sich mit einem Papiertaschentuch über die Stirn. Ein nasser zusammengerollter Fetzen blieb in seinem Haaransatz kleben.

Ohne eine Miene zu verziehen, forderte Hering ihn auf, weiterzureden.

»Okay. Ich bin an dem Abend in dieselbe Richtung wie Tessa Brenner gefahren – aber nur ein Stück.«

»Ein Stück?«, fragte sie skeptisch.

»Bis kurz vor die westliche Tunnel-Baustelle, da habe ich meinen Wagen auf dem Parkplatz des Autohauses abgestellt. Dann bin ich den Rest zu Fuß gegangen.«

»Zur Baustelle?«, vergewisserte sich Hering.

Endlich schwieg, sah nur vor sich auf den Tisch.

»Ja, was denn nun?«, wollte Hecht ungeduldig wissen.

»Wohin?«, hakte Hering genervt nach.

»Bis zu dem Gebäude mit der roten Beleuchtung an der Vorderseite«, brach es verlegen aus Endlich heraus.

Schlagartig wurde den beiden Polizisten alles klar. Sie atmeten tief durch. Um ihr Grinsen zu verbergen, führte Hering die Fingerspitzen ihrer flachen Hand an die Stirn und rieb ihre Augenbrauen. Sie kannte das Bordell, hatte sie doch am Tag nach der Tat dort Befragungen durchgeführt.

Endlich war erleichtert, atmete langsam.

»Wie heißt denn Ihr Alibi?«, wollte Hering schmunzelnd wissen.

Endlich schluckte. »Chantal«, entgegnete er kleinlaut.

»Aus Frankreich?«

»Bulgarien«, rief er genervt aus.

»Gut, wir prüfen das nach, Herr Endlich«, sagte sie.

»Wenn Sie das bitte vertraulich, ähm, Sie wissen schon, gerade jetzt vor der Kommunalwahl«, beschwor er die beiden mit flehendem Blick.

»Keine Sorge! Wenn das alles stimmt!«, fügte Hering schnell hinzu. »Sie können gehen. Aber erst nachdem wir Ihr Alibi überprüft haben.«

»Heilig's Bügeleisen!«, rief Hecht enttäuscht, als Endlich mit dem Uniformierten das Vernehmungszimmer verlassen hatte. Er machte sich auf dem Stuhl lang, streckte die Arme weit von sich, legte dann die Hände aufs Gesicht und fuhr langsam daran herunter.

»Jetzt können wir wieder ganz von vorne anfangen«, hörte Heckenlaible ihn sagen, als er den Raum betrat. Funk hatte ihn über den Ausgang der Vernehmung informiert.

»Wer also hat Tessa Brenner umgebracht, verdammt noch mal?«, fragte Hering. »War es doch dieser Junker?«

»Der hat zwar kein Alibi, aber der Faser- und der DNA-Vergleich waren negativ«, erinnerte Hecht.

»Haben wir vielleicht irgendwas übersehen?«, fragte Funk enttäuscht in die Runde.

»Oder sind wir ganz einfach auf dem Holzweg, ermitteln total in die falsche Richtung und ...?«, seufzte Hering.

»... es war doch ein Raubmord mit einem Zufallstäter?«, fügte Funk hinzu.

»Dann müssen wir in einem größeren Umfeld suchen.« Hecht schnaufte.

»Aber hätte einer, der nur auf Wertsachen aus ist, das Opfer so zugerichtet?«, gab Heckenlaible zu bedenken.

Hecht schüttelte entschieden den Kopf.

»Was bleibt sonst noch übrig, womit wir weitermachen können?«, fragte Hering.

»Die Wilkens'! Was ist jetzt mit denen?«, wollte Heckenlaible wissen.

»Der Herr Wilkens hat kein Motiv und ein Alibi«, antwortete Hecht.

»Ja, warum sollte der seine Geliebte umbringen?«, fragte Funk.

Wird Zybura jetzt den Fall doch dem LKA übergeben, und das völlig zu Recht?, schoss es Hering durch den Kopf, sprach es aber nicht aus. Laut sagte sie: »Und Frau Wilkens? Sie hat ein starkes

Motiv. Eifersucht. Aber verdammt noch mal auch ein Alibi.« Sie schüttelte resigniert den Kopf. »Was bleibt uns?«

»Wir müssen noch mal bei den Alibis der Wilkens ansetzen«, sagte Heckenlaible.

»Das ist unsere letzte Chance«, stimmte Hecht zu.

»Müssen wir dann noch mal alle Anwesenden auf dem Fest im Heim befragen?«, wollte Funk wissen und verzog das Gesicht.

»Ob das noch viel bringt? Ich glaub's nicht«, meinte Hering.

Erleichtert nahm Funk es zur Kenntnis. »Übrigens konnten die Befragten nicht mit letzter Sicherheit bestätigen, dass die beiden wirklich den ganzen Abend beim Fest waren.«

»Vielleicht hat Frau Wilkens doch irgendwie das Haus unbemerkt verlassen können. Haben wir wirklich alle Möglichkeiten gecheckt, da raus und wieder reinzukommen?«, fragte Hering.

»Klar, wir haben nach weiteren Türen oder Fenstern, Notausgängen und so gesucht und nichts gefunden. Die Lichtschächte im Keller sind fest vergittert und die Fenster im Hochparterre befinden sich mehr als drei Meter über dem Boden«, stellte Funk klar.

»Da springt doch keiner runter, ohne sich was zu brechen«, vermutete Heckenlaible.

»Was ist mit einer Feuerleiter?«, fragte Hering.

»Ist erst mit dem weiteren Umbau geplant. Wird nach Aussage des Heimleiters in drei Wochen montiert«, sagte Funk.

»Wir sollten die Aufzeichnungen der Überwachungskameras doch noch mal genauer unter die Lupe nehmen«, schlug Heckenlaible vor.

Die anderen sahen ihn an.

»Die hab ich doch schon x-mal angeschaut. Immer wieder. Mit verschiedenen Geschwindigkeiten. Die Wilkens' sind in unserem Zeitraum einfach nicht drauf«, erwiderte Funk genervt.

»Was bleibt uns übrig? Eine andere Chance haben wir derzeit wohl nicht«, beharrte Hecht.

»Das Alibi der beiden«, dachte Hering laut nach, »stützt sich bisher allein auf die Videoaufzeichnungen.«

Hering sah zu Heckenlaible. »Kann man denn so eine Kamera manipulieren?«

»Mit dem geeigneten Bearbeitungsprogramm und der richtigen Ausrüstung schon. Der Software sind heute kaum mehr Grenzen gesetzt. Die können Sie wahrscheinlich sogar kostenlos aus dem Internet runterladen«, erklärte der Kriminaltechniker.

Hecht ging ein Licht auf. »Die Wilkens' haben ein Videoarchiv«, warf er ein. »Da liegt es doch nahe, dass sie Bänder bearbeiten können.«

»Beide oder nur einer?«, präzisierte Hering.

»Die Frage ist auch, wann das geschehen sein kann«, folgerte Heckenlaible.

»Schon am nächsten Tag, am frühen Morgen nach dem Fest, da haben die Wilkens' geholfen im Lichtblick aufzuräumen. Am Nachmittag sind dann beide wiedergekommen. Das hat der Heimleiter ausgesagt«, erinnerte sich Funk.

»Die Befragung des Leiters, die war ...«, Funk überlegte einen Augenblick, »am Spätnachmittag nach dem Mord. Da hab ich auch die Kameraaufzeichnungen mitgenommen.«

»Aha!«, entfuhr es Hecht.

»Da hätte jemand genügend Zeit gehabt, die Aufnahmen zu Hause zu bearbeiten«, bestätigte Heckenlaible. »Vielleicht kann man da was machen. Ich werde mit den Kollegen vom LKA reden.«

***

Nelli Tomberg stand vor Herings Schreibtisch. Sie hatte die geschäftliche, finanzielle und private Situation der Wilkens' überprüft und informierte ihre Chefin nun über die Ergebnisse.

Barbara Wilkens entstammte der alteingesessenen Gmünder Kaufmannsfamilie Bader, die seit Generationen mit Schmuck handelte. Ihr Leben war bislang unauffällig und ohne große Vorkommnisse verlaufen. Tomberg schaute noch einmal in ihren Unterlagen nach. »Keine noch so kleine Unregelmäßigkeit, nicht einmal einen Punkt in Flensburg.« Hering wusste längst: Gäbe es etwas, Tomberg hätte es ans Licht gezerrt.

Arne Wilkens hatte eine Ausbildung zum Elektromechaniker durchlaufen. Seit Oktober 1991 war er im Gmünder Einwohnerregister eingetragen und seither als Immobilien-, Grundstücks- und Finanzmakler tätig. 1993 hatte er Barbara Bader geheiratet.

»Wilkens Risikomanagement GmbH – Beratung von Unternehmen und Privatpersonen in finanziellen Angelegenheiten und Betreuung von Darlehens- und Kreditverträgen, Geld- und Kapitalanlagen und Versicherungs- und Bausparverträgen«, las Tomberg laut aus dem Handelsregisterauszug vor und musste am Ende des Satzes erst einmal Luft holen. Hering schüttelte den Kopf: »Das kann doch kein Mensch behalten, muss ich bei Bedarf noch mal nachlesen.«

Tomberg wusste genau, wo sie neben den offiziellen auch gezielte Insiderinformationen herbekommen konnte. Heute hatte sie eine Freundin bemüht, die in einer renommierten Gmünder Rechtsanwaltskanzlei arbeitete, und war fündig geworden. Nicht nur in den letzten Jahren hatte Herr Wilkens hohe Verluste an der Börse eingefahren – die größten bereits vor einem Jahrzehnt, als die Börsenblase des Neuen Marktes zerplatzt war.

»Auch in letzter Zeit sind offensichtlich so manche dubiose Finanzgeschäfte gelaufen. Schneeballsystem, Schenkkreise und diese ganzen Geschichten«, las sie aus ihren Notizen vor.

»Na ja, das kennen wir ja alles«, merkte Hering an.

»Der Laden der Wilkens' steht nicht gerade auf gesunden Beinen. Die Banken waren in den letzten Jahren oft nahe dran, den Kredithahn zuzudrehen.«

Hering blätterte aufmerksam in einer Kopie von Tombergs Notizen. »Tja, wenn man sich das hier so anschaut, heißt das nur eines ...«

»... die sind pleite«, ergänzte Tomberg.

***

Am späten Nachmittag, vorher war die Dame nicht ansprechbar, konnte Funk das Alibi von Sigmund Endlich überprüfen. Die Zeugin, bei der er die halbe Nacht über war, hatte seine Angaben genau bestätigt.

Heckenlaible hatte sich in sein Büro unter dem Dach zum Telefonieren zurückgezogen. Er schwitzte, denn die sonnenreichen letzten Tage hatten die Räume stark aufgeheizt. Lange hatte er sich mit einem Kollegen vom LKA ausgetauscht, der zum Bereich IuK, der forensischen Informations- und Kommunikations-Kriminalität gehörte. Der konnte ihm erfreut berichten, dass das Land dem LKA gerade dreizehn neue Stellen für IT-Spezialisten genehmigt hatte.

»Und wir hier in der Provinz, wir schauen wieder in die Röhre«, grummelte er laut vor sich hin und wandte sich seinem Rechner zu. Schnell öffnete sich das vom LKA selbst entwickelte Spezialprogramm, das er sich von einem passwortgeschützten Server heruntergeladen hatte.

»Oh Jessas«, seufzte Heckenlaible und kratzte sich am Hinterkopf. Von Begriffen wie Videokompression oder gar Vektorverfolgung hatte er noch nie etwas gehört. Zweifel kamen in ihm auf. Er fragte sich, ob er mit dem Programm überhaupt zurechtkommen würde.

***

Mit ruckartigen Bewegungen schob Hecht den schweren Balkenmäher den leicht ansteigenden Hang hinter seinem Haus hinauf. Das Gerät bewegte sich mit unvermittelten Stopps und schnellen Drehungen um die Bäume der großen Streuobstwiese. Heute mähte er anders als sonst – ganz anders. Fast die gesamte Wiese hatte er schon bearbeitet und das meiste Gras bereits auf den kleinen Zweiachsanhänger geladen. Es war so, als betrachtete er den Mäher, der ihm bei der schweren Arbeit half, als Feind oder als Waffe.

Schweren Herzens entschloss er sich, heute auf seinen Feierabend-Vollkornsprudel im Mondschein zu verzichten. »Womöglich läuft mir da noch meine Chefin über den Weg«, dachte er sich. Auch mit Simone hatte er beim Abendessen nicht viel gesprochen. Und schon gar nicht über Stefans Mofakauf.

»Zifixaberauch!«, fluchte er. Der Mäher hatte sich mit dem Balken im Bereich des Stammes fest in einer Baumwurzel verhakt. Er hatte alle Mühe, das Gerät wieder freizubekommen. Dann stellte er den Mäher aus und ließ sich rücklings in den Grashaufen fallen, den er unter einem Baum aufgehäuft hatte, und starrte in den klaren Abendhimmel.

***

Hering streckte den Kopf nach hinten und hatte die Augen fest geschlossen. Genussvoll ließ sie das dampfende Duschwasser eine Weile über ihr Gesicht laufen. So als versuchte sie, damit die Probleme des Alltages hinunterzuspülen. Wie sollte sie den Rückschlag heute Abend nur Zybura beibringen?

Und dann die Sorgen um ihren Sohn. Er war kaum zu erreichen und wenn, dann war er kurz angebunden. Vor allem in den letzten Tagen gab ihr Torbens Verhalten Rätsel auf. Irgendwas stimmte nicht mit ihm. Aber vielleicht war alles ganz simpel und es war ein Mädchen im Spiel? Das Alter dafür hatte er schließlich. Auch wenn es ihr als Mutter schwerfiel, daran zu denken.

Wie die Abende zuvor ging sie, gehüllt in ihren flauschigen Bademantel, hinaus auf die Dachterrasse vor ihrem Zimmer. Sie sog die frische Landluft geradezu in sich hinein, die vom Hof des einzigen im Dorf verbliebenen Bauernhofes herüberwehte. Ihr Blick fiel auf die Handvoll Autos, die auf dem Parkplatz vor dem Gasthof standen. Auch ihr metallicbraunes Käfer-Cabriolet parkte neben dem Eingang. Den Wagen, Baujahr 1979, besaß sie jetzt schon seit mehr als zwei Jahrzehnten. Niemals würde sie ihn hergeben.

Das Tuckern eines Fahrzeuges riss sie aus ihren Gedanken. Das Geräusch kam näher. Ein alter roter Allgaier-Traktor mit Anhänger, der mit frischem Gras beladen war, bog um die Ecke. Darauf saß Hecht in bäuerlicher Arbeitskleidung. Fast beneidete sie ihn um sein Familienleben.

»Wie kann man nur so scheußlich einsam sein?«, fragte sie sich. In diesem Augenblick hätte sie alles gegeben, wenn sie jemand in den Arm genommen und ganz fest gedrückt hätte – ganz gleich wer.

Das Tuckern des Traktors war fast nicht mehr zu hören. Hering schlang ihre Arme um sich selbst, drehte sich um und trat in ihr Zimmer. Sie griff nach ihrem Smartphone und wählte die Telefonnummer von Britta. Das Besetztzeichen ertönte.

Mit Schwung warf sie sich auf ihr Bett und streckte Arme und Beine weit von sich. Regungslos lag sie da und starrte zur Decke. Eine Menge Fragen beschäftigten sie. Hätte sie die neue Stelle besser nicht angenommen? Hatte sie sich zu viel zugemutet? War der Job eine Nummer zu groß für sie? War sie zu weich dafür? Und vor allem: Merkte man ihr an, dass dies ihre ersten Mordermittlungen waren? Wie konnte sie zu ihren Mitarbeitern, vor allem zu Hecht, ein besseres Verhältnis aufbauen? Sie hatte den Eindruck, dass er der ungekrönte König der Gmünder Kripo war.

Je länger sie aber über die Ereignisse der letzten Tage nachdachte, desto überzeugter wurde sie, dass sie eigentlich – von kleinen Einschränkungen abgesehen – ein gutes Team hatte und sie ganz zufrieden sein konnte.

Nach einer Weile zog sie sich an und ging hinunter in die Gaststube.

NEUNTER TAG – DONNERSTAG

Die Betrachtung des Videobandes mit unterschiedlichen Geschwindigkeiten konnte Heckenlaible sich sparen. Das hatte Jennifer Funk schon ausgiebig getan. Gestern Abend hatte er begonnen, das Band mit der speziellen Software des LKA in Einzelbilder zu zerlegen, diese durch diverse Bildfilter zu jagen und zu vergleichen. Erst spät in der Nacht war er nach Hause gefahren. Heute wollte er die Sache zu Ende bringen.

Er suchte das letzte Einzelbild, das er betrachtet hatte. Das Programm würde die nächsten Aufnahmen Schritt für Schritt damit vergleichen.

»Hoppla, was ist das denn?«, wunderte er sich. Mehrmals ließ er die Aufzeichnungen vor- und wieder zurücklaufen. Die Bilder wurden übereinandergelegt, und er staunte nicht schlecht, als er das überraschende Ergebnis sah. Dann griff er nach dem Örtlichen Telefonbuch und suchte die Nummer des Lichtblicks heraus.

***

Obergfell hatte gestern noch lange über dem Nadolny-Fall gebrütet und alles zusammengetragen, ausgewertet, verglichen und an die Pinnwände geheftet. Die nahmen inzwischen fast den gesamten Einsatzraum ein.

Tomberg hatte die Fakten nun sauber aufbereitet, mit Fragen versehen und die Schnittmengen, Verbindungen und Beziehungen farbig markiert. Von Hering hatte sie dafür ein großes Lob erhalten.

So langsam beschlich Obergfell das Gefühl, dass er von der neuen Chefin ausersehen war, die alten Ladenhüter wie die Skelettfunde und den Nadolny-Fall zu bearbeiten, an dem sie sowieso nicht weiterkamen. Gestern jedoch hatte er, zu seiner großen Freude zusammen mit Jenny Funk, im Notariat und bei den Grundstücksaufkäufern des Regierungspräsidiums recherchieren können. Nun würde er die Ergebnisse seinen Kollegen mitteilen, die sich um den langen Tisch im Einsatzraum gruppiert hatten. Es herrschte eine gedrückte Stimmung unter ihnen, denn jeder wusste seit gestern, dass sie im Mordfall Brenner quasi bei Null anfangen mussten.

Zunächst kam Obergfell auf seine Recherchen in Hamburg zurück. »Gemäß den Akten war Nadolny von Anfang 1988 bis 1990 wohnsitzlos und hat Unterstützung von der Stadt bezogen. Von Wilkens gab es seit 1987 keine Einwohnermeldung mehr. Wir können davon ausgehen, dass er auf der Straße im Großraum Hamburg lebte.«

»Erinnern Sie sich, wie sich der Wilkens gleich in das Thema reingesteigert hat, als Sie ihn auf sein Engagement für Obdachlose angesprochen haben?«, fragte Hecht seine Chefin.

»Klar doch!«, erwiderte sie.

Obergfell blätterte in einem Schnellhefter. »Hier, Kopien von Auszahlungsbelegen für die Unterstützung von Obdachlosen.« Er ließ die Blätter des Stapels zwischen Zeigefinger und Daumen flattern. Langsam fuhr sein Finger auf dem obersten Blatt hinunter und stoppte an einer Zahlenreihe. »Aus den Unterlagen hier geht hervor, dass Nadolny siebenunddreißig und Wilkens dreiundzwanzig Zahlungen innerhalb von drei Jahren erhalten haben. Neunzehn davon weisen dasselbe Datum auf.« Obergfell machte eine bedeutungsvolle Pause.

»Das heißt ...«, begann Funk.

»... die beiden könnten sich getroffen haben. Theoretisch«, vollendete Hecht den Satz.

»Die Auszahlungen endeten bei beiden im Mai 1990«, ergänzte Obergfell.

»Wann war noch mal der Überfall?«, fragte Hering.

»Am 2. Juli 1990.«

»Na wer sagt's denn!« Hechts Stimme klang triumphierend.

»Passt alles zusammen«, jubelte auch Funk begeistert.

Allen war die Erleichterung anzumerken.

»Nadolny wurde Anfang 1991 zu einer Haftstrafe von acht Jahren verurteilt«, informierte Obergfell weiter. »Einige Monate später, im Oktober, taucht Wilkens in Schwäbisch Gmünd auf. Wahrscheinlich fühlte er sich hier sicher. Und er wird auch nicht damit gerechnet haben, dass Nadolny im Mai 1996 vorzeitig aus der Haft entlassen wurde.«

»Um im Herbst 1996 hier bei uns ermordet zu werden«, fügte Hering hinzu.

»Wahrscheinlich hat er ein halbes Jahr gebraucht, um Wilkens ausfindig zu machen«, rechnete Funk nach.

»Das Grundstück, auf dem Nadolnys Leiche gefunden wurde, hat sehr lange zum Verkauf gestanden. Aber das Brachland mit verwildertem Gestrüpp war ein Ladenhüter.« Diese internen Informationen, die in keinen Unterlagen zu finden waren, hatten Obergfell und Funk bei ihrem Besuch im Notariat erhalten. Sie hatten Gespräche mit Mitarbeitern führen können, die an den Verkäufen beteiligt gewesen waren.

»Wegen seiner Lage im Überschwemmungsbereich der Rems bestand ohnehin Bauverbot. Allenfalls die Anlage eines Parks oder eines Parkplatzes wäre denkbar gewesen. Die Eigentümer und jeder erfahrene Makler konnten davon ausgehen, dass das Grundstück nie verkauft werden würde. Bis das Wunder geschah, und der Bund das gesamte Areal für den Bau der Tunnelzufahrt Ost erwarb.«

»Logisch! Das konnte der Mörder damals natürlich nicht ahnen und vergrub Nadolnys Leiche hier, weil er sicher gehen konnte, dass man sie dort nie finden würde«, sagte Hering.

»Jahrzehntelang hatte der Bund die verschiedensten Linienführungen für die Ortsumgehung untersucht«, erläuterte Hecht der Zugereisten. »Zur Diskussion standen eine Hochstraße oder eine weiträumige Umgehung auf den Höhen nördlich und südlich der Stadt. Dann fiel die Entscheidung plötzlich für die Trasse »Tunnel in Tallage«, dessen östliche Zufahrt genau über den Leichenfundort führte.«

»Das Grundstück gehörte übrigens einer Erbengemeinschaft von siebenundzwanzig Personen, die in alle Winde zerstreut lebten, einige auch im Ausland. Den Verkaufsauftrag hatte damals, seit 1992 ein Maklerbüro, ähm ... « Funk geriet ins Stocken.

»... AW-Immobilien«, ergänzte Obergfell. Sie lächelte ihm dankbar zu.

Das ließ Nelli Tomberg aufhorchen. »Moment mal!« Sie begann, in ihren Unterlagen zu blättern, und rief kurz darauf begeistert. »Bingo! Wissen Sie, wie AW-Immobilien heute heißt?«

Alle im Raum sahen sie erwartungsvoll an.

»Wilkens Immobilien – Finanz- und Vermögensberatung.«

»Meine Herrschaften, ich glaube, so langsam wird aus dem dürftigen Puzzle ein klares Bild«, strahlte Hering hoffnungsvoll in die Runde. »Eindeutig! Der Wilkens ist todsicher unser Mann«, war die Kriminaloberrätin überzeugt.

Bei allen war Erleichterung zu spüren.

»Also noch mal, fassen wir zusammen.« Hering stand auf. Sie ging vor den Pinnwänden auf und ab. »Die vielen Gemeinsamkeiten, die haben sich bestimmt gekannt.«

»Wilkens muss die ganze Beute bei sich gehabt haben, während Nadolny im Knast saß«, stellte Hecht fest.

»Dann ist er mit der Beute in Gmünd untergetaucht«, führte Hering fort.

»Nadolny hat Wilkens nach seiner Entlassung irgendwie ausfindig gemacht«, überlegte Obergfell. »Telefonbuch-CD, Detektiv oder weiß der Geier wie.«

»Nadolny kam nach Gmünd und forderte von Wilkens seinen Anteil ein«, spann Hering den Ablauf weiter.

»Tja, was geschah dann?«, fragte Hecht.

»Der hatte das Geld nicht mehr«, sagte Funk.

»Oder wollte ohnehin nicht mit ihm teilen und hat ihn umgebracht«, mutmaßte Obergfell.

»So muss es gewesen sein«, sagte Funk.

Alle waren verblüfft über die plötzliche Entwirrung und gleichzeitig sehr erleichtert. Ihre Mienen verrieten es.

»Die Namensänderung des Büros erfolgte übrigens 1998«, informierte Tomberg.

»Mit AW wollte er wohl seine Spuren verwischen, um nicht von Nadolny gefunden zu werden«, vermutete Hering. »Aber nach dessen Tod hatte er nichts mehr zu befürchten.«

»Werden die Indizien zu einer Verurteilung reichen?«, fragte Funk.

»Schwer zu sagen«, antwortete Hering.

»Wäre schon besser, wir hätten Beweise«, stellte Hecht nüchtern fest.

»Und wie könnten wir ihm das beweisen?«, bohrte Funk jetzt nach.

»Tja, die einzige, wenn auch winzige Chance wäre vielleicht, die Tatwaffe zu finden«, sagte Obergfell.

»Ohne Beweise brauchen wir dem Staatsanwalt nicht kommen, und dem Domanski schon gleich gar nicht. Und ob der sich auf einen Indizienprozess einlässt? Also ich weiß nicht!«, zweifelte Hecht.

»Und wenn, dann wäre der Haftprüfungstermin beim Richter vermutlich in zwei Minuten erledigt«, sagte Hering.

»Am besten wir nehmen den Wilkens kräftig in die Mangel und kochen ihn weich. Mal sehen, was er dazu zu sagen hat«, schlug Hecht mit Zuversicht in der Stimme vor.

Hering warf ihm einen vorwurfsvollen Blick zu und zog die Augenbrauen hoch.

»Ähm, ich mein, wir befragen ihn – erst mal«, schwächte Hecht seinen Vorschlag augenzwinkernd ab.

»Auf jeden Fall werde ich einen Durchsuchungsbeschluss beantragen«, sagte Hering.

***

Die wöchentliche Einsatzbesprechung beim Bauhofchef hatte wegen der vielen Wochenendveranstaltungen in der Stadt heute länger als sonst gedauert. Die Temperatur betrug bereits zwanzig Grad an diesem Spätvormittag, als sich Junker zu seinem Arbeitsplatz begab.

Er war immer der Ansicht gewesen, ein eigener Computer mit E-Mail-Anschluss lohne sich für ihn zu Hause nicht. Die paar Mails könne er auch auf seinem Rechner im Büro schreiben. Aufgrund der Ereignisse der vergangenen Tage hatte er noch keine Gelegenheit gehabt, in sein Postfach zu schauen. Selbst wenn es möglich gewesen wäre, er hätte ohnehin keinen Nerv dazu gehabt. Seit Tessas Tod war er gewaltig durch den Wind. Er musste sich eingestehen, an den letzten Abenden viel mehr Alkohol als sonst getrunken zu haben. Erst am heutigen Donnerstagmorgen war er wieder zur Arbeit auf dem Bauhof erschienen.

»Grüß dich, Dietmar«, rief ein Kollege aus dem Nachbarbüro herüber.

»Morgen!«, grummelte Junker zurück.

»Tut mir leid, das mit Tessa! Geht's wieder?«

»Muss!« Er setzte sich an seinen Schreibtisch im Meisterbüro und blätterte die Stundenzettel und den Stapel Arbeitsberichte durch, die sich in den Tagen seiner Abwesenheit angesammelt hatten. Dann klickte er die E-Mail-Liste an und löschte die vielen Spammails, die sich eingeschmuggelt hatten.

Plötzlich stutzte er. Sein Blick blieb an einer E-Mail vom vergangenen Sonntag hängen. Der Absender war Tessa Brenner. Er öffnete sie und las den Text.

Die linke Hand wanderte zu seinem Mund. Daumen und Zeigefinger strichen langsam über seine Mundwinkel. Seine Wangen begannen zu vibrieren. Die rechte Hand ballte sich zur Faust. Sie fuhr nach oben und krachte plötzlich auf die Tischplatte.

Sofort kam der Kollege aus dem Nachbarbüro hereingestürmt. »Was war das denn?«, wollte er wissen.

Junker atmete schwer und starrte vor sich hin. Den Rücken hatte er zum Bildschirm gedreht. Sein Gesicht war kreideweiß.

»Geht's dir nicht gut?«, fragte der Kollege besorgt.

Junker nahm ihn nicht wahr. Wie in Trance erhob er sich langsam vom Stuhl. Wortlos ging er an ihm vorbei. Er öffnete einen Stahlschrank, griff nach einem Schlüsselbund und verließ den Raum. Auf seinem Computer lief der Bildschirmschoner.

***

»Da hat sich jemand sehr viel Mühe gegeben«, sagte Heckenlaible. »Der das manipuliert hat, hat Einzelbilder aus Aufnahmen vom nächsten Morgen kopiert und sie für die gelöschten Bilder des Abends eingefügt.« Gespannt lauschten Hering, Hecht, Funk und Obergfell den Erklärungen des Kriminaltechnikers. Der saß vor seinem Monitor, auf dem die entscheidenden Stellen des Bandes liefen.

»Hier, um dreiundzwanzig Uhr zehn sind diese elf Sekunden …«, Heckenlaible ließ die Aufzeichnungen schnell vorlaufen, »… und um null Uhr fünfzehn noch einmal acht weitere mit Bildern vom Morgen ersetzt worden.« Die vier Ermittler, die alle direkt hinter ihm standen, staunten nicht schlecht.

»Saubere Arbeit«, sagte Hering bewundernd. »Aber ich seh nichts.«

»Doch, Sie müssen nur ganz genau hinschauen. Pech nur, dass die Putzfrau vor den Aufnahmen am nächsten Morgen das Treppenhaus gereinigt hat.« Mit wenigen Mausklicks holte der Kriminaltechniker die Einzelbilder auf den Bildschirm. Mit einem Stift erklärte er seine Erkenntnisse. »Hier oben, die Bilder mit der Yuccapalme am Abend, und hier«, Heckenlaible zeigte auf die untere Leiste, »die entsprechende Einstellung vom nächsten Morgen.«

Bei der Bildüberlagerung war eine kaum wahrnehmbare Verschiebung des Kübels zu erkennen. Die Putzfrau hatte bei der Reinigung des Treppenpodestes die Pflanze um etwa zehn Zentimeter seitwärts verrückt.

»Bei der Einzelbildbetrachtung hier, da sieht man das kleine Ruckeln in der Bildfolge. Ist mit dem bloßen menschlichen Auge beim Abspielen des Films nicht wahrnehmbar«, sagte Heckenlaible und sah Funk dabei an. Die atmete erleichtert aus und war froh, dass sie nichts dafür konnte, die Manipulation nicht bemerkt zu haben.

In diesem Moment trat Nelli Tomberg ein und gab Heckenlaible einen E-Mail-Ausdruck. »Hier, das kam gerade rein. Der Untersuchungsbericht des Materialprüfinstitutes.« Sie blieb neben den anderen stehen, während er die ersten zwei Seiten überflog.

»Also! Jetzt haltet euch fest. Das Gestein, das wir am Türrahmen des einen Fahrzeuges gefunden haben«, er lächelte zufrieden, »ist mit meinen Proben identisch.«

»Und das heißt jetzt im Klartext?«, fragte Hering.

»Mensch, mach's nicht so spannend, Hecki«, warf Hecht ungeduldig ein.

»Es ist der Audi von Barbara Wilkens. Der Wagen war definitiv in der Tatnacht am Tatort.« Triumphierend reichte er Hering den Bericht.

»Ist ja unglaublich! Zwei Mörder in der Familie, in einem Haus«, rief Frau Tomberg begeistert.

»Und beide an einem Tag überführt. Das gab's noch nie«, legte Obergfell kopfschüttelnd nach.

Hering legte trocken nach: »Ich glaube, wir schreiben Kriminalgeschichte.«

»Damit hätten wir ja jetzt genügend Indizien und Beweise«, stellte Hecht nüchtern fest. »Das reicht dann wohl locker für einen Durchsuchungsbeschluss.«

»Und wonach suchen wir?«, fragte Hering mit zweifelndem Blick.

»Das sag ich Ihnen, wenn wir es gefunden haben.« Er grinste. Hering schüttelte genervt den Kopf. Beide wussten nur zu genau, dass sie Hinweise benötigten, die eine Verbindung zwischen Täter und Opfer belegten. Und sie wussten auch, dass die Aussichten nicht gerade erfolgversprechend waren.

Vielleicht würden sie aber auf Beweise stoßen, an die sie bislang gar nicht gedacht hatten. Hecht wollte das Ehepaar aus der Reserve locken. Nicht das erste Mal würde eine Durchsuchung und eine scharfe Befragung einen solchen Eindruck auf einen Verdächtigen machen, dass er ein Geständnis ablegte.

***

Ohne große Diskussion hatte Hering diesmal sofort auf Antrag des Staatsanwaltes vom zuständigen Richter einen Durchsuchungsbeschluss für das Haus und Haftbefehle für das Ehepaar bekommen. Hecht und Hering sahen sich einen Moment mit ernstem Blick an und nickten sich zu. Dann ging Hering schnellen Schrittes hinüber in ihr Büro.

Hecht schloss eine Schublade auf, blickte hinein, überlegte und atmete tief durch. Er griff nach seiner Walther P5, die sich in einem abgegriffenen, speckigen Gürtelholster befand.

Für Hering war es ungewohnt. Sie tat sich etwas schwer, ihr beigefarbenes, stark nach Leder riechendes Schnellziehholster anzulegen, in dem eine nagelneue P2000 steckte. Ihre Hände zitterten dabei.

***

Etwa ein Dutzend Beamte der Schutzpolizei und der Kripo durchsuchten das Haus und das Büro der Wilkens' von oben bis unten. Gleich zu Beginn der Durchsuchung war ihnen der Hobbyraum aufgefallen, der neben der Bibliothek mit den Videokassetten lag. Ältere Schneide- und Vertonungsgeräte und ein Laptop befanden sich darin.

Hecht wollte aufs Ganze gehen, sämtliche Möglichkeiten ausschöpfen und nichts dem Zufall überlassen. Deshalb war gleich die Steuerfahndung mit angerückt und, wie in solchen Fällen üblich, auch ein Zeuge der Stadtverwaltung anwesend. »Wenn wir schon mal einen Durchsuchungsbeschluss haben, dann wird der ganze Laden mit allen zur Verfügung stehenden Mitteln gründlich auf den Kopf gestellt«, sagte er sich. Deshalb hatte er zusätzlich von der Hundestaffel aus Aalen einen Waffen- und Sprengstoffsuchhund angefordert. Auf die Nase des Rottweilers war immer Verlass. Aufgeregt mit dem Schwanz wedelnd, arbeitete sich der Hund langsam von oben bis in das Büro im Untergeschoss vor. Im Hobbyraum stellte sich das Tier vor eine Wand und bellte sie an. Dann legte es sich davor hin, den Blick unverwandt nach unten gerichtet.

»Brav! Braver Wotan!«, lobte der Hundeführer und fuhr ihm sanft über das Fell. Er kniete sich neben den Hund und klopfte mit dem Fingerknöchel systematisch die Sockelleiste ab. An einer Stelle klang es hohl. Mit einem Schweizer Messer zog er die Leiste ab. Ein in eine Plastiktüte eingewickelter Gegenstand kam zum Vorschein. Mit Heißhunger machte sich Wotan über seine Leckerli her, die er von seinem Herrchen als Belohnung bekommen hatte, bevor dieser ins Wohnzimmer der Wilkens' ging, um Hecht den Fund zu überreichen.

Hecht erfühlte den Inhalt der Tüte, warf einen kurzen Blick hinein und ließ den Gegenstand auf den Wohnzimmertisch gleiten. Darauf lagen bereits die eingetüteten Kleidungsstücke, die das Ehepaar am Tatabend getragen hatte. Vorsichtig faltete er mit einem Kugelschreiber das Ölpapier auf. Eine matt schimmernde schwarze Pistole kam zum Vorschein.

»Eine Beretta 92FS, eine Neun-Millimeter«, stellte er nüchtern fest. »Ab damit in die Ballistik«, sagte Hecht zu dem Hundeführer. Der beschriftete einen Beweissicherungsbeutel und tütete die Waffe ein.

»Sollte sich herausstellen, dass das Projektil aus Nadolnys Kopf aus dieser Pistole stammt und noch Fingerabdrücke Ihres Mannes zu finden sind, dann ist das der eindeutige Beweis, dass er Nadolnys Mörder ist«, sagte Hering zu Frau Wilkens.

Frau Wilkens wurde weiß im Gesicht, ihre Haut wirkte glasig und ihre rot unterlaufenen Augen waren verquollen. Wie versteinert saß sie da und starrte völlig abwesend auf die Waffe. »Das kann doch alles nicht ...«, sagte sie leise mit matter Stimme. Sie schien noch nicht begriffen zu haben. Die Flasche Wodka, die auf dem Tisch stand, war fast leer. Das große Cocktailglas hielt sie so fest umklammert, dass es zu zerspringen drohte.

»Frau Wilkens, warum haben Sie Tessa Brenner ermordet?« Hering fixierte sie mit eindringlichem Blick.

Barbara Wilkens sah sie einen Augenblick erstaunt an, starrte dann wieder auf die Pistole. »Ich habe sie nicht umgebracht. Und diesen Nadolny auch nicht«, sagte sie leise und kraftlos. In ihren Augen lag ein flehender Schimmer. »Natürlich hatte ich einen Hass, so was von einem unbändigen Hass auf sie.« Ganz langsam richtete sie sich auf und sah Hering an.

»Ihr Fahrzeug weist Spuren von Tonstein auf, der ausschließlich in der Tatnacht von der westlichen Tunnelbaustelle abtransportiert worden ist. Das heißt, Ihr Wagen war zu diesem Zeitraum dort.«

»Meinen Audi hatten wir an dem Abend im Lichtblick dabei. Aber ich, ich war die ganze Zeit im Heim«, begann sie zu schluchzen.

»Und der Wagenschlüssel?«, fragte Hering.

Frau Wilkens überlegte.

»Der war in meiner Jackentasche. An der Garderobe.«

»Warum haben Sie gleich am Morgen nach der Tat Ihren Wagen waschen lassen?«, wollte Hecht wissen.

»Die Wagen waschen? Dafür ist mein Mann zuständig. Der kümmert sich um unsere Autos«, sagte sie mit einer kraftlosen Leere in der Stimme.

Die beiden Ermittler hatten verstanden.

»Ich kapier' das alles nicht. Warum sollte er sie, seine Geliebte ...?« Frau Wilkens Wangen begannen zu vibrieren. Sie sank in sich zusammen.

»Wo ist Ihr Mann jetzt?«, fragte Hecht und zog sein Handy aus der Jackentasche.

Sie zeigte keinerlei Reaktion. Ihr Kopf war vornüber geneigt und ruhte in ihren auf den Oberschenkeln abgestützten Handflächen. Tränen drangen zwischen ihren Fingern hervor und rannen an den Handrücken hinunter.

»Frau Wilkens, Sie müssen uns helfen, bitte!« Hering setzte sich neben sie.

»Nun reden Sie schon!«, mischte sich Hecht mit barschem Ton ein und baute sich ungeduldig vor ihr auf.

Frau Wilkens sah auf. Ihr Gesicht wirkte eingefallen, ihr ganzer Körper zitterte.

Hering legte die Hand auf ihren Arm und sah ihr in die traurigen, verquollenen Augen. »Wollen Sie, dass noch jemand stirbt?« Ihre Stimme war ruhig, aber bestimmt.

Frau Wilkens schüttelte langsam den Kopf. »Da war so ein Anruf, vorhin, so ein merkwürdiger, für meinen Mann.«

»Haben Sie ihn entgegengenommen?«

»Ja.«

»War es ein Mann, eine Frau?«

»Ein Mann.«

»Kannten Sie die Stimme?«

»Nein.«

»Und wie klang die? Jung? Alt? Irgendetwas Auffälliges oder Ungewöhnliches, an das Sie sich erinnern können?«, fragte Hering.

Langsam schüttelte Frau Wilkens den nach unten gesenkten Kopf. »Ich habe das Gespräch an Arne gegeben und mitbekommen, dass der Anrufer irgendwelche Unterlagen für ihn hatte.«

»Wie hat Ihr Mann reagiert?«

»Er hat etwas aus dem Tresor genommen und dann, dann ist er weggefahren.«

»Wissen Sie wohin?«

Langsam schüttelte sie den Kopf.

»Als er das Haus verlassen hatte, sah ich im Safe nach. Das ganze Geld, etwa vierzehntausend Euro, und seine Pistole fehlten.«

Hecht hatte sich unterdessen im Zimmer umgesehen. Er deutete auf die Ladestation eines schnurlosen Telefons. »Haben Sie den Anruf hier entgegengenommen?«

Barbara Wilkens nickte.

Hecht ging zum Telefon, nahm den Hörer und betätigte die ISDN-Taste neben dem schwarzen Balken. Auf dem Display erschien eine Nummer. Er drückte eine weitere Taste.

Am anderen Ende meldete sich die Sekretärin der Kanal- und Bauabteilung des Baubetriebsamtes. Es war der Dienstapparat von Junker.

Hecht gab sofort telefonisch eine Fahndung nach Dietmar Junker und Arne Wilkens heraus und schickte Obergfell und Funk zu Junkers Wohnung. Dann machte er sich zusammen mit Hering auf den Weg zum Bauhof. Die Luft hatte etwas Drückendes. Hecht schwitzte. Seine kleinen, nassen Achselflecken hatten sich inzwischen zu großen Tellern vergrößert.

***

Der Pförtner saß in seiner Kabine und sortierte die Hauspost. Er wunderte sich, dass der Himmel für den frühen Nachmittag bereits ungewöhnlich grau war. Er stand auf, öffnete das Fenster und blickte hinaus. Im Westen schien sich ein Gewitter aufzubauen.

Immer wieder passierten orangefarbene Dienstfahrzeuge die Zu- und Ausfahrt des Geländes. Dass um diese Zeit ein Unimog mit Ladekran den Hof verließ, war nichts Besonderes. Dass aber ein solches Fahrzeug mit einem großen Gegenstand beladen und mit einer Plane abgedeckt hinausfuhr, veranlasste ihn aufzublikken. Am Steuer erkannte er Dietmar Junker. Verwundert begann er in der Liste auf seinem Monitor zu blättern, in der die Bereitschaftsdienste und Einsatzfahrten aufgeführt waren.

»Was sich da unter der Abdeckung auf der Ladefläche befand, das geht mich nichts an«, dachte er sich. Dann ließ er es dabei bewenden.

***

»Wie kann man nur so blöd sein und sich das Ding klauen lassen!«, raunzte der Meister den Lageristen bedrohlich von oben herab an. Seine flache Hand klatschte dabei an seine Stirn. Neben ihm in Junkers Büro standen die beiden Kriminalbeamten.

Wie ein Häufchen Elend stand der kleine, rundliche Mann in orangefarbener Latzhose vor dem Meister. Der konnte noch immer nicht glauben, dass jemand die stadteigene Böllerkanone gestohlen hatte.

»Wieso steht das Teil hier auf dem Bauhof?«, wollte Hering erstaunt wissen.

»Des darf nur von zwei speziell ausgebildeten städtischen Mitarbeitern betrieben werden. Auf dem Bauhof befinden sich auch die Lagerhallen, in denen Utensilien der Stadtverwaltung und die Kanone zwischen ihren Einsätzen unter Verschluss gehalten werden«, erklärte Hecht.

Der Lagerist schwitzte heftig. Hering tat der Mann leid. Sie wollte sich aber nicht einmischen.

»Der Junker hat auch einen Schlüssel zum Lager. Das weißt du doch«, versuchte sich der Arbeiter gegen den großen, stämmigen Meister zu verteidigen.

Der grummelte etwas Unverständliches, was der kleine Mann zufrieden als Entschuldigung für den Wutausbruch wertete.

Eine hübsche junge Frau in orangefarbener Arbeitskluft sah kurz zur Tür herein und übergab dem Meister einen Stapel Papiere. Der warf diese auf den Schreibtisch, wodurch die Maus von Junkers Computer zur Seite geschoben wurde. Der Bildschirmschoner verschwand und der Monitor gab den Blick auf eine geöffnete E-Mail frei.

Neben dem Text war ein Bild eingefügt. Ein altes, vermutlich von Tessa Brenner mit dem Handy abfotografiertes Foto, zeigte Nadolny und Wilkens gemeinsam auf einer Barkasse in einem Hafen. Im Hintergrund war der Michel, der Turm der Hamburger Michaelskirche, zu erkennen.

Aus dem Mailtext ging hervor, dass Tessa Brenner mit Arne Wilkens zusammen vor einigen Wochen alte Jugendbilder angeschaut hatte. Nachdem sie dann das Foto von Nadolny in den Zeitungen gesehen hatte, war ihr klar geworden, dass Wilkens Nadolny umgebracht hatte. Mehrmals verlangte sie von Wilkens, sich zu stellen. Er hatte es ihr versprochen, aber nicht Wort gehalten.

Den beiden Ermittlern und dem Meister war sofort klar, was Junker mit der Böllerkanone vorhatte. »Ein Schuss mit etwa zweihundert Gramm Böllerpulver in kurzem Abstand – da bleibt vom Kopf, zumindest aber vom Gesicht, nicht mehr viel übrig«, erklärte der Meister mit besorgtem Blick den beiden Ermittlern und schluckte.

Dass Hering Hecht aufforderte, einen Auftrag für eine Handyortung rauszugeben, war überflüssig. Er hatte sein Telefon bereits am Ohr.

»Das können Sie sich sparen«, sagte der Meister und deutete mit dem Kopf auf den Schreibtisch. Auf dem lag ein Handy. »Das ist das von Junker.«

In den Gesichtern der Kripobeamten lag schwere Enttäuschung. »Herr Hecht«, sagte Hering, »dann lassen Sie nach dem orangefarbenen Unimog fahnden.«

»Da weiß ich was Besseres.« Mit diesen Worten forderte der Meister die beiden auf, ihm hinüber in den Verwaltungstrakt zu folgen. Sie betraten einen fensterlosen Raum, der mit Monitoren vollgestellt war. Stickige, abgestandene Luft schlug ihnen entgegen. Verschiedene Überwachungsbildschirme standen dicht beieinander. Neben dem alten Monitor des Verkehrsrechners für die Ampelanlagen befand sich ein größerer Flachbildschirm. Auf ihm konnten per Satellit die Bewegungen der mit GPS ausgerüsteten Fahrzeuge verfolgt werden. Die Unimogs und Lastwagen waren hauptsächlich wegen des Winterdienstes und der Mäh- und Reinigungsfahrten mit den kleinen, unscheinbaren Kästchen neben dem Armaturenbrett versehen worden.

»Die Daten dieser GPS-Geräte werden kontinuierlich hierher an den Server übermittelt, alle dreißig Sekunden«, erklärte der Meister. »Damit ist der Standort der Fahrzeuge bis auf den Meter genau feststellbar.« Er führte ein kurzes Telefonat mit dem Fahrzeugdisponenten und ließ sich das Kennzeichen des Unimogs geben. »Ganz schön dämpfig. Die Luft ist geladen.« Er wischte sich mit dem Hemdärmel den Schweiß von der Stirn.

»Und was ist, wenn der des Ding ausgeschaltet hat?«, fragte Hecht.

Ein paar Tastengriffe später leuchtete ein gelbes Quadrat mit Daten auf der dynamischen Karte auf. »Hat er nicht!«, sagte der Meister mit Erleichterung in der Stimme.

Das Signal bewegte sich als ruckeliger Punkt langsam nach Süden – in Richtung Weiler in den Bergen.

»Danke! Wir bleiben in Verbindung!«, rief Hering dem Mann im Weggehen zu. Hecht war ihr bereits zum Wagen vorausgeeilt.

***

Der Himmel war so dunkel, als bräche bald die Nacht herein. Im niedrigen Gehölz knackten Zweige. Junker brach sich den Weg durch das Unterholz des Kalten Feldes. Den Unimog hatte er etwas abseits in einer dichten Fichtenschonung versteckt. An ihm vorbeistreifende Äste hatten kleinere Kratzer an seinen Oberarmen hinterlassen. Die Beine schützte die orangefarbene, imprägnierte Arbeitshose. Während der Fahrt hierher hatte er sich genau ausgemalt, was er mit Tessas Mörder anstellen würde.

Vor ihm tauchte eine einstöckige Hütte auf. Sie war aus unbehauenen Kalksteinen des Weißjura gebaut, die für das Kalte Feld typisch waren. Ihre kleinen, vergitterten Fenster umrahmten rotweiß gestreifte Fensterläden. Das steile Ziegeldach war auf der Westseite fast vollständig mit Moos bewachsen.

Von Weitem ertönte das Geräusch eines Fahrzeuges. Ein schwarzer Geländewagen kam die Grundstückszufahrt herauf. Rasch trat Junker aus dem Gebüsch ins offene Gelände und nahm sofort Deckung hinter der Hütte. Sein Atem ging schnell. Seine Hände umklammerten fest eine Schaufel.

Der Jeep fuhr jetzt langsamer auf der Schotterzufahrt heran und hielt direkt vor dem Hütteneingang. Wilkens saß darin. Vorsichtig blickte er sich nach allen Richtungen um. Dann nahm er entschlossen eine Pistole und ein Bündel Geldscheine aus dem Handschuhfach. Mit einem klickenden Geräusch lud er die Waffe durch, steckte sie und die Scheine in sein Jackett und beobachtete dabei mit unruhigem Blick die Umgebung. Er fragte sich, was für belastendes Material ihm dieser Junker anbieten wollte. Das Wichtigste aber war, die Sache so schnell wie möglich zu Ende zu bringen.

Wilkens stieg aus, ging auf die Hütte zu und kramte einen Schlüsselbund aus seiner Hosentasche. Es hatte zu tröpfeln begonnen. Er beugte sich nach vorn und steckte den Schlüssel ins Türschloss. Plötzlich verspürte er einen Schlag im Nacken. Vor seinen Augen wurde es schlagartig stockdunkel. Direkt vor dem Hütteneingang sank er zu Boden.

***

Hering telefonierte mit ihrem Smartphone. Sie ließ sich die Position durchgeben, wo der Unimog angehalten hatte. »Kaltes Feld.« Sie sah zu Hecht hinüber. Der neigte sich zu ihrem Telefon hinüber, laut brüllend: »Genauer! Des ist groß!«

»Im Gebiet Steinbühl, Höllgrund«, übermittelte Hering.

»Des kann nur die Baderhütte sein!«

»Die Baderhütte?«, fragte Hering ins Telefon. Kurz darauf bestätigte sie Hecht: »Ja, genau.«

»Die liegt südlich des Knörzerhauses«, überlegte er laut, »in Richtung Bergwachthütte.«

Um die dreißig – teilweise versteckt liegende – Hütten gab es allein auf der Hochfläche des Kalten Feldes. Die richtige auf Anhieb zu finden, war selbst für Ortskundige nicht leicht. Hecht aber kannte sie fast alle, hatte er sich doch in seiner Kinder- und Jugendzeit mit seinen Freunden in der Gegend zwischen Bernhardus, Hornberg und Kaltem Feld herumgetrieben.

Immer wieder las Hering den Ausdruck von Tessa Brenners E-Mail an Junker.

»Der konnte ja eins und eins zusammenzählen«, sagte Hecht.

»Für ihn muss sofort klar gewesen sein, dass Wilkens auch der Mörder von Tessa Brenner ist«, ergänzte Hering.

»Er hat ihn also angerufen und ihn unter irgendeinem Vorwand aufs Kalte Feld gelockt«, schlussfolgerte Hecht.

Ganz vereinzelt landeten feine Regentropfen auf der Windschutzscheibe. In der Ferne, im Bereich der Drei Kaiserberge und über dem Kalten Feld, fuhren Blitze herunter.

Beide schwiegen, fragten sich nur, ob sie es noch rechtzeitig zur Baderhütte schaffen würden.

***

»Ich will endlich wissen, was passiert ist, Sie Schwein«, schrie Junker mit sich überschlagender Stimme. Er nahm die Pistole vom Tisch und drückte sie Wilkens an die Stirn. Der saß mit Klebeband gefesselt auf einem Stuhl, der vor einem Holzpfosten stand und daran befestigt war.

Junker hatte Wilkens' Oberkörper so am Stuhl fixiert, dass der sich kaum bewegen konnte. »Warum haben Sie Tessa und unser Kind umgebracht?«, presste er zwischen seinen Lippen hervor.

Wilkens antwortete nicht sofort, überlegte, was er tun könnte, um seine Haut zu retten. Der Druck der Pistole gegen seine Stirn wurde stärker. Entsetzen stand in seinen Augen, die panisch hin und her flackerten. Dann signalisierte er Junker, dass er sprechen werde.

Junker setzte sich ihm gegenüber auf einen Stuhl und legte die Pistole vor sich auf den Tisch. Auf Wilkens' schweißnasser Stirn blieb der kreisrunde, gerötete Abdruck der Laufmündung zurück. Junker fixierte ihn mit seinen hasserfüllten Augen.

Ängstlich begann Wilkens zu erzählen. Er redete langsam. Vor drei Wochen hatte er mit Tessa bei ihr zu Hause alte Kinder- und Jugendfotos betrachtet. Sie wollte gern wissen, wie er früher ausgesehen hatte. Er sprach ganz offen über seine Obdachlosigkeit, dass er fast alle seine Fotos verloren hatte. Die wenigen, die ihm geblieben waren, hatte er ihr wenig später im Büro gezeigt. Er hatte sie lange suchen müssen, sie schließlich in einem Briefumschlag gefunden. Darunter befand sich die Polaroidaufnahme, die ein netter Tourist einmal von Wilkens und Nadolny im Hamburger Hafen geschossen und ihm geschenkt hatte.

Nur wenige Zeit später hatte Tessa ein anderes Foto von Nadolny gesehen, in der Online-Ausgabe der Remspost. Sie sagte, sie habe ihn an den markanten, buschigen Augenbrauen, den ausgeprägten, vorspringenden Wangenknochen und dem außergewöhnlichen Delfin-Ohrring wiedererkannt.

Den Briefumschlag mit den Fotos hatte er achtlos auf seinem Schreibtisch liegen gelassen. Dort hatte Tessa ihn gesucht und ohne Schwierigkeiten gefunden. Sie verglich das Polaroidfoto mit dem aus der Zeitung und fand bestätigt, dass es Nadolny war.

Daraufhin hatte sie ihn zur Rede gestellt. Sie fragte ihn direkt auf den Kopf zu, ob er Nadolny umgebracht habe. Er leugnete natürlich. Sie aber bohrte so lange weiter, bis er es schließlich gestand, aber seine Tat als Notwehr darlegte. Trotzdem war sie geschockt, so wollte sie kein gemeinsames Leben mit ihm beginnen. Er sollte sich stellen. Es werde ihm doch sicher nicht viel passieren, wenn er die Notwehr schilderte, aus der er gehandelt hatte. Als er sich weigerte, eröffnete sie ihm, sein Foto mit ihrem Handy fotografiert zu haben und selbst zur Polizei zu gehen, wenn er es nicht tun würde.

Er bat sich ein paar Tage Bedenkzeit aus. Tessa war einverstanden. Von da an war sie auf Abstand zu ihm gegangen.

Von der Ferne war lauter Donner zu vernehmen.

Schwer atmend saß Junker am Tisch. Die ganze Zeit über hatte er Wilkens nicht unterbrochen. Jetzt fragte er nur: »Wie?«

Es war, als ob Wilkens sich seiner Erinnerungen entledigen wollte, indem er darüber sprach. Nach einigen Tagen war ihm klar geworden, dass er Tessa aus dem Weg räumen musste, wollte er nicht ins Gefängnis wandern. Diesen Entschluss fasste er auf der Feier im Lichtblick. Er verließ das Fest und fuhr mit dem Wagen seiner Frau zur westlichen Tunnelbaustelle. Unterwegs rief er Tessa aus einer Telefonzelle an. Er deutete an, Selbstmord begehen zu wollen, sich von einem Kran in die Baugrube zu stürzen, um sie dorthin zu locken.

Als sie dann erschienen war, hatte er sie nochmals im Namen ihrer Liebe angefleht, ihn nicht anzuzeigen. Doch Tessa zeigte sich unnachgiebig, hatte wohl schon Abstand von ihm genommen und wollte sofort zur Polizei gehen. Da blieb ihm keine Wahl.

»Ich habe sie gewürgt und dann ...«

»Hören Sie auf!«, unterbrach ihn Junker.

»Ich sah, dass sie sich ...«

»Aufhören!«, schrie Junker.

Doch es schien, dass Wilkens ein Ende machen, sich alles von der Seele reden wollte.

»Dass sie sich noch bewegte.«

Junker hielt seine Hände vor das schmerzverzerrte Gesicht und wippte mit dem Kopf vor und zurück. Einen Moment später stand er auf, ging auf Wilkens zu, holte aus und schlug ihm ins Gesicht. Speichel spritzte aus seinem Mund und blieb an einem Holzpfosten hängen. Junker atmete schwer und schloss die Augen. Tränen liefen über seine Wangen. Langsam tastete er nach der Pistole auf dem Tisch.

Wilkens erstarrte.

»Bereit zu sterben?«, stieß Junker scharf hervor und zielte auf Wilkens. Aus dessen Mundwinkel lief ein kleines Rinnsal Blut. Durch die Fenster zuckte ein Blitz und erhellte für einen Sekundenbruchteil den Raum.

»Neeeiiin!«, schrie Wilkens verzweifelt.

Ein lauter Knall ertönte. Dann herrschte Totenstille.

***

Eine erdrückende Schwüle lag in der Luft. Dunkle Wolkenballen türmten sich entlang der Albkante auf. Die beiden Kriminalbeamten passierten den Ortsausgang von Weiler und fuhren die ansteigende Landesstraße hinauf in Richtung Degenfeld. Ein Bussard kreiste über einem Wiesenhang und stürzte sich dann wie ein Pfeil in die Tiefe auf seine Beute.

Gleich nach der Überquerung des Furtlepasses bogen sie nach rechts ab zum Segelflugplatz Hornberg. Ein Traktor mit prall gefülltem Anhänger fuhr die kurvige Kreisstraße vor ihnen her.

Überholen war unmöglich. Leichter Regen setzte ein und der Wind wurde stärker.

Ein Unwetter kündigte sich an. Für Hecht waren Maigewitter nichts Ungewöhnliches. Und er wusste auch, aus den Erzählungen der Väter und Großväter, dass die es in sich hatten. Ein lauter Donnerschlag bestätigte das.

***

Die Pistole lag auf dem Tisch. Mit voller Wucht hatte Junker sie auf die dicke Holzplatte geknallt.

»Du Drecksau, du kleines, mieses, dreckiges Schwein!« Seine letzten Worte gingen im Donnergrollen unter.

Für die rustikale Hütteneinrichtung, die auf dem Boden liegenden Felle, die Jagdtrophäen an den Wänden hatte er keinen Blick. Durch die kleinen Fenster drang nur wenig Licht, zu schwarz verhangen war der Himmel inzwischen.

Auch Wilkens hatte keinen Blick für die Inneneinrichtung, die vergilbten Fotos von Barbaras Familie, die Bücher in dem Regal. Für ihn ging es um sein Leben. Er hatte noch nicht damit abgeschlossen. Junker verließ die Hütte und schloss die Tür hinter sich.

***

Oben auf dem Flugplatz, der auf einem Plateau nördlich und unterhalb des Kalten Feldes lag, beeilten sich die Segelflieger, die letzten Flugzeuge in den Hallen zu verstauen und die Tore zu schließen. Hecht bog im Bereich des Landefeldes nach links in einen Feldweg ein, der um das weitläufige Fluggelände herum zum einhundert Meter höher gelegenen Kalten Feld führte. Die leicht hügelige Hochebene war mit 780 Metern die höchste Erhebung der Ostalb. Große Teile des Naturschutzgebietes waren mit Wald bedeckt, nur vereinzelt lagen noch größere Reste der ursprünglichen Wacholderheide dazwischen.

Vor ihnen fuhr ein Blitz herunter. Gleichzeitig ertönte ein lauter, peitschender Knall. Beide zuckten zusammen. Sie sprachen nicht viel. Hering machte auf Hecht einen angespannten Eindruck. Der VW-Bus hatte den Segelflugplatz bereits hinter sich gelassen. Sie erreichten den Anstieg zum Kalten Feld.

»Gewitter, die der Mai gebracht, haben stets ein gutes Jahr gemacht«, gab Hecht in melodischem Ton von sich. Hering zeigte keinerlei Reaktion. Hecht dachte sich, dass er es vielleicht einmal mit einer lustigeren Regel versuchen sollte. Er überlegte. Hering hingegen beschäftigte etwas anderes. Demonstrativ sah sie hinunter auf das Gaspedal, das vollständig unter seinen Trekkingstiefeln verschwand. Es war ganz durchgetreten. Aber was hieß das schon bei nur achtzig Pferdestärken des schwer beladenen Campingbusses? In gemächlichem Tempo zuckelte der Wagen weiter den Berg hinauf. Von Hecht gab es dafür nur ein entschuldigendes Schulterzucken.

»Gewitter im Mai, singt der Bauer Juheii«, gab er stattdessen von sich. Es war die zweite Regel, die ihm noch einfiel.

Hering starrte teilnahmslos aus dem Fenster. Auf die Windschutzscheibe klatschten dicke Regentropfen. »Mein Gott, Sie haben vielleicht Nerven«, sagte sie vor sich hin. Hecht warf ihr einen kurzen Seitenblick zu, der sein Unverständnis ausdrückte. »Hier geht es um Leben und Tod, und Sie, Sie … geben Bauernregeln zum Besten.«

Hecht war verunsichert, wusste nicht, was er sagen sollte. Schweigend fuhren sie weiter den Berg hinauf. Plötzlich riss er ruckartig das Lenkrad herum und bremste. Der hohe VW-Bus schwankte bedrohlich, drohte umzustürzen. Mit dem Kopf knallte Hering gegen die Seitenscheibe. Auf der linken Talseite des Weges lag ein armdicker Ast.

»Tschuldigung«, sagte er kleinlaut, setzte den Wagen zurück und lenkte ihn dann langsam um das Hindernis herum. Vorsichtig tastete Hering mit der Hand ihre rechte Kopfseite nach einer entstehenden Beule ab.

In der Ferne war immer wieder dicht aufeinanderfolgender Donner zu vernehmen. Weitere Blitze flackerten am schwarzgrauen Himmel. Mehr und mehr färbte sich der westliche Horizont über den Drei Kaiserbergen schmutziggelb. Unten im Tal ließ ein mächtiger Orkan die Staubwirbel auf den Äckern tanzen, bevor das Gewitter richtig losbrach. Nun folgte Blitz auf Blitz, Donner auf Donner. Zuerst ging ein gewaltiger Platzregen nieder, dann prasselten minutenlang erbsengroße Hagelkörner auf Hechts Wagen und verursachten einen infernalischen Lärm. Der war so laut, dass sich die beiden anschreien mussten, um sich zu verstehen. Hecht verlangsamte auf Schritttempo.

Kurz vor Erreichen der Hochfläche des Kalten Feldes stoppte er plötzlich den Wagen. Eine große, zersplitterte Birke lag quer auf dem Weg. Der glatt polierte Stamm dampfte, seine vollständig abgeschälte Rinde lag wie sauber entfernt darunter. Ein Blitz musste ihn voll getroffen haben.

»Oh Gott, das darf doch nicht ... das war's dann wohl«, seufzte Hering und schlug die Hände vors Gesicht.

***

Wilkens versuchte sich auf seinem Stuhl vor dem Holzpfosten zu bewegen. Junker hatte seinen Kopf mit Klebeband am Pfosten fixiert. Das Blut, das im Halsbereich unter dem Band hervorgetreten war, war bereits verkrustet. Es stammte von der Verletzung mit der Schaufel, mit der ihm Junker gleich nach dem Verlassen seines Wagens einen Schlag verpasst hatte.

Wilkens gelang es, die Panik zu überwinden und nachzudenken. In ihm reifte ein Plan.

***

Hecht hatte keine Miene verzogen. Er war ausgestiegen und hatte hinten aus dem Wagen eine Kettensäge geholt. Der Regen hatte etwas nachgelassen. Erleichtert verließ auch Hering den Wagen und zog die Luft in mehreren tiefen Zügen durch die Nase. Sie nahm einen schwefeligen Geruch wahr, der vom Blitzeinschlag in den Baum herrührte.

Mit einem kurzen Ruck warf Hecht die Säge an und zertrennte den Stamm in handliche Stücke. Sofort begann Hering, diese an den Rand des Weges zu schaffen. Teamarbeit.

***

Mit einem Ruck flog die Hüttentür auf. Unter großer Anstrengung bugsierte Junker die grau gestrichene Böllerkanone an der Anhängerkupplung durch die Türöffnung. Mit seinem klobigen Stahlrahmen passte das Fahrgestell gerade so hindurch. Die einen halben Meter hohen Räder waren mit groben Stollenreifen versehen. Auf der robusten Stahlkonstruktion lagerte ein eineinhalb Meter langes, armdickes Stahlrohr. Um Platz zu haben, schob Junker mit dem Fuß den Ledersessel beiseite. Seine nassen Haare klebten an seiner Stirn.

»Sie werden nicht sterben wie ein Mann, durch eine Kugel«, keuchte er. »Sie werden krepieren wie eine Sau. Gegrillt wie ein Spanferkel!« Seine Stimme hatte etwas Verächtliches angenommen. »Und Sie werden Ihr Gesicht verlieren, genau wie Tessa«, flüsterte er ihm leise, mit einem verschwörerischen Ton in seiner Stimme, direkt ins Ohr.

Wilkens' Gehirn arbeitete fieberhaft. »Wie viel?«, fragte er zaghaft. Seine Augen flackerten unruhig. Auf seiner Stirn bildete sich dort, wo sie nicht vom Klebeband bedeckt war, Schweiß, der in seine Augen hinunterrann.

Junker blickte nur kurz auf und fuhr dann unbeeindruckt mit seinen Vorbereitungen fort.

»Wir können doch über alles reden, in aller Ruhe«, stieß Wilkens schwer atmend hervor.

Junker schnappte die Pistole und drückte sie ihm an die Stirn. Ganz nah beugte er sich zu ihm und sah ihn mit hasserfüllten Augen an. »Halts Maul! Gar nichts können wir!«

Wilkens' Lippen begannen zu beben, seine Gesichtszüge waren entstellt.

***

Nach wenigen Minuten konnten die beiden Kriminalpolizisten weiterfahren. Aber schon kurz darauf stoppte der VW-Bus unterhalb eines Hanges, über den sich dichtes Buschwerk erstreckte. Sie stiegen aus. Hecht entging nicht, dass Hering nun nach dem abkühlenden Regen leicht zu frieren schien. Er kramte zwei orange-grüne Holzfällerjacken hervor, gab Hering eine, die sie ohne ein Wort schnell anzog.

Mit dem Arm zeigte er zur Böschung, in die Richtung, in der die Baderhütte liegen musste. Sie ging voraus durch das lichte Gehölz und begann, den steilen Hang hinaufzuklettern. Mit den Händen versuchte sie, sich an den Haselnusssträuchern hochzuziehen. Hecht stapfte seiner Chefin hinterher.

***

Junker hatte die Kiste mit den Utensilien für das Laden der Böllerkanone demonstrativ auf dem Tisch platziert.

Wilkens bebte vor Angst. Leise begann er zu wimmern. »Hören Sie auf! Bittteeeeee!«, stöhnte er.

Langsam richtete sich Junker auf, schaute ihn kurz an und wandte sich sofort wieder seiner Arbeit zu. Die Gummireifen der Kanone quietschten, als er sie auf dem glatten Parkettboden hin und her drehte, um sie in die genaue Position vor Wilkens' Kopf zu bringen. Mit routinierten Handgriffen verkeilte er sie rückstoßsicher zwischen den gegenüberliegenden Pfosten. Der Abstand von der Mündung des Kanonenrohres bis zu Wilkens' Gesicht war nicht größer als das auf dem Boden ausgebreitete Fell eines Frischlings.

Nacheinander nahm Junker die erforderlichen Werkzeuge und das Ladezubehör aus der Kiste und legte es fein säuberlich nebeneinander auf den Tisch, als folge er einem Ritual.

»Hunderttausend Euro!« schrie Wilkens verzweifelt.

Junker lachte nur. »Sie sind doch pleite. Ihnen gehören doch nicht mal die Schuhe, die Sie anhaben.« Währenddessen schraubte er die mechanische Zündvorrichtung auf das Rohr. An die notwendigen Sicherheitsvorkehrungen verschwendete er heute keinen Gedanken.

***

Sie hatte eindeutig die bessere Kondition und sie war leichter als er. Er blickte nach oben in ihre Richtung. Rechts von seiner Chefin war hinter den Bäumen ein Gebäude zu erkennen, aus dem ein schwaches Licht drang. Er war sich ganz sicher, das musste die Baderhütte sein. Er hoffte, dank seiner profilierten Schuhe bald zu Hering aufschließen zu können. Auf ihren glatten Ledersohlen glitt sie immer wieder ein Stück zurück. Das Wasser lief jetzt in kleinen Rinnsalen den Hang hinunter, verwandelte ihren selbstgetrampelten Steig in einen schmierigen Weg.

Plötzlich kippte sie nach vorn auf die Knie. Gerade noch konnte sie sich mit einer Hand abstützen. Ihre langen blonden Haare verfingen sich im Geäst. »Aah!« Ruckartig brach sie den Ast ab und hatte Mühe, ihn aus ihren triefend nassen Haaren zu befreien. Die verschlammte Hand wischte sie an der Jacke ab, mit der anderen hielt sie sich an einem Strauch fest. Sie drehte sich leicht nach hinten und sah über ihre Schulter.

Kopfschüttelnd stand Hecht wenige Meter hinter ihr. Seine Füße waren abgewinkelt in den Hangboden gestemmt. Er beobachtete, wie sie versuchte, sich am Geäst eines Wacholderbusches hochzuziehen. Des darf doch nicht ..., dachte er sich und rief laut den Hang hinauf: »Heilig's Bügeleisen!«

Der Ast, an dem sie sich festzuhalten versuchte, brach mit einem lauten Knirschen. Langsam begann sie, rückwärts auf ihren Kollegen zuzurutschen. Der streckte instinktiv abwehrend beide Hände von sich. Hilfesuchend schaute Hering nach hinten und registrierte seine sonderbare Stellung. Unaufhaltsam glitt sie weiter talwärts. Es gelang ihm, sie zu stoppen, ohne dass sie beide umfielen.

«So tun Sie doch was!«, schrie sie gegen das abziehende Donnergrollen an. Zaghaft versuchte Hecht, seine Chefin mit seinen Händen an ihrem Rücken hochzuschieben. Aber er drückte sie nur mit dem Oberkörper nach unten. Der Schwerpunkt stimmte so nicht. Ein Blitz über dem Bernhardus ließ die Szenerie für einen Augenblick in hellem Licht erscheinen.

Ich kann doch meiner Chefin nicht …, schoss es ihm durch den Kopf.

»Jetzt stellen Sie sich doch nicht ...«, rief Hering. Der Rest ging im einsetzenden, entfernten Donner unter.

Hechts Handflächen rutschten zaghaft weiter nach unten, wurden runder und umfassten ihren Po in der engen Hose. Er schloss für einen Moment seine Augen und drehte den Kopf zur Seite.

Schritt für Schritt stemmte er sich in den weichen Boden und schob seine Chefin mit ausgestreckten Armen vor sich her den Hang hinauf. Die nahm währenddessen weiterhin die Hilfe der auf dem Weg liegenden Sträucher in Anspruch. Dass dabei ab und zu ein Ast in Hechts Gesicht schlug, schien sie nicht wahrzunehmen.

***

Je sicherer Junker an der Böllerkanone hantierte, desto verzweifelter wurde Wilkens. Immer heftiger waren seine Befreiungsversuche. Wie ein Besessener versuchte er, sich auf dem Stuhl hin und her zu bewegen. Doch das starke Klebeband ließ ihm absolut keinen Spielraum. Nur den Kopf konnte er im Millimeterbereich zur Seite drehen.

Zufrieden spannte Junker den Schlagbolzen und ließ den Sicherungsstift hineinrutschen. Die daran befestigte Abzugsleine hing neben der Kanone auf den Boden hinunter. Wilkens war erschöpft. Stille herrschte im Raum. Nur ab und zu wurde sie von weit entferntem Donnergrollen unterbrochen. Er schaute nicht hin, als Junker nach dem Ladelöffel und der Plastikflasche mit dem schwarzen Pulver griff, hörte nicht das feine Rauschen, mit dem eine kleine Menge in das leicht geneigte Rohr rieselte. Plötzlich hatte Junker wieder Tessas entstelltes Gesicht auf den Polizeifotos vor Augen, die man ihm bei seiner Vernehmung gezeigt hatte.

Junker freute sich an Wilkens' zusammengesunkener Gestalt. Genüsslich gab er eine weitere Pulvermenge dazu. »Laden!«, schrie er sich laut seinen Hass aus der Seele. Seit Jahren schon war ihm dieses Ritual vertraut. Alljährlich half er an den fünf AGV-Jahrgangsfesten dem städtischen Böllerschützen beim Aufstellen, Laden und Abfeuern der Kanone.

Nur ein leises »Tock, Tock«, war zu hören, als der Ladestock mit mehreren Stößen auf das Pulver traf und es verdichtete. Aber es rief Wilkens aus seiner Lethargie. Mit weit aufgerissenen Augen verfolgte er, wie Junker den Verdämmkorken auf dem Ladestock aufsetzte.

»Stopfen!«, befahl er sich selbst und stieß mehrmals voller Zorn den Stock mit dem Korken in das Rohr.

***

Oben angekommen, standen sich Hecht und Hering keuchend gegenüber. Ihre Blicke trafen sich für einen Augenblick. Beide trieften vor Nässe. Sie stand aufrecht, sagte kein Wort. Ihre blonden Haare klebten wild durcheinander in ihrem Gesicht.

Hecht stützte sich nach vorn gebeugt mit seinen Händen auf den Knien ab. Er konnte - selbst wenn er wollte - nichts sagen, schnappte nur nach Luft und sah zu Boden. Sie spürte, dass er kurze Zeit zur Erholung brauchte. Als er sich aufrichtete und sie mit offener Jacke völlig durchnässt vor ihm stehen sah, hatte er andere Gedanken, doch der Ernst der Lage ließ sie nicht zu. Er fasste sich, deutete mit dem Kopf zur Hütte.

Mit ernsten Blicken nickten sie sich zu. Beide zogen gleichzeitig - als hätten sie es bereits Dutzende Mal so praktiziert - ihre Pistolen aus den Holstern. Mit vorgehaltenen Waffen näherten sie sich vorsichtig der Baderhütte. Das Gewitter zog allmählich nach Osten in Richtung Bernhardus ab. Der Regen tröpfelte nur noch.

***

Junker genoss es sichtlich, Wilkens so verzweifelt und in Todesangst zu sehen. Es verschaffte ihm größte Genugtuung. Er nahm das Anzündhütchen aus einer Schachtel, hielt es ihm ganz nah vor sein Gesicht und drehte es zwischen Daumen und Zeigefinger.

»Hiiilffeeee!«, schrie Wilkens nun aus Leibeskräften.

»Glaubst du, dass dich hier irgendjemand hört?«

»Hiiilffeeee!« Seine Stimme überschlug sich, versagte dann völlig. Nur noch geschäumter weißer Speichel drang aus seinen Mundwinkeln. Seine Augen traten weit hervor.

Junker setzte das Anzündhütchen in die mechanische Zündvorrichtung ein. Einen Moment hielt er inne, überlegte und fixierte Wilkens mit einem entschlossenen Blick. Alles war fertig, die Ladung war feuerbereit.

Draußen vor dem Fenster waren im nur noch schwachen Lichtschein eines weit entfernten Blitzes einen Augenblick lang die Köpfe von Hecht und Hering zu sehen.

Junker bückte sich nach der Abzugsleine. Wilkens' Gesicht war zu einer jämmerlich verzerrten Fratze geworden. Aus seinem rechten Hosenbein lief ein kleines Rinnsal, verteilte sich auf dem glatten Parkettboden und drang in das Wildschweinfell ein. Junker genoss es, grinste hämisch. Er hielt die gespannte Abzugsleine der Kanone in der Hand.

In diesem Moment flog die Hüttentür auf. Mit vorgehaltenen Waffen stürmten Hecht und Hering herein.

Hering sah in Junkers Hand die Leine, die zur Kanone führte. Sofort erfasste sie die Situation, erkannte die Gefahr. »Fallen lassen!«, rief sie und zielte auf Junker.

Der war von dem Überraschungsangriff so perplex, dass er reflexartig tat, was ihm geheißen wurde. Die Abzugsleine mit dem Ring fiel auf den Boden.

Während Hering weiter mit ihrer Waffe sicherte, steckte Hecht seine Walther P5 weg und ging auf Junker zu, der sich von dem Schock erholt hatte und nach der Leine greifen wollte. Geistesgegenwärtig stürzte sich Hecht auf ihn, stieß ihn zur Seite und krachte mit ihm zusammen auf den Holzstapel neben dem offenen Kamin. Währenddessen trat Hering mit dem Fuß gegen die Anhängedeichsel der fixierten Kanone. Erst der dritte Tritt war erfolgreich und riss sie aus der Verankerung am Pfosten. Quietschend drehte sie sich aus der Schussrichtung.

Inzwischen war es Hecht gelungen, sich aufzurappeln. Er packte Junker am Kragen und zog ihn aus dem Holzstapel. »Umdrehen und Hände an die Wand!«, herrschte er ihn an. Dann tastete er Junkers Körper ab, holte ein paar Handschellen aus der Tasche und legte sie ihm an.

Erleichtert steckte nun auch Hering ihre Waffe zurück. Sie trat zu Wilkens heran. Der sah sie dankbar an und fing an zu schluchzen.

»Herr Wilkens, Sie sind vorläufig festgenommen wegen des dringenden Tatverdachts, Wolfgang Nadolny und Tessa Brenner ermordet zu haben«, sagte sie mitleidlos.

Dann begann sie, ihn aus seiner misslichen Lage zu befreien.

***

Es hatte aufgehört zu regnen. Das Gewitter war rasch weiter nach Osten gezogen. Draußen zuckten nur noch die Blaulichter der Einsatzfahrzeuge. Vor der Hütte parkten mehrere Streifen- und ein Notarztwagen. Seine hinteren Flügeltüren standen offen und gaben den Blick ins Fahrzeuginnere frei. Wilkens saß in eine Decke gehüllt auf der Trage. Ein Notarzt untersuchte ihn. Davor standen zwei uniformierte Beamte und ließen ihn nicht aus den Augen.

Für die beiden Ermittler war der Einsatz vor Ort nun beendet. Hecht hatte sich bei dem Sturz gegen den Holzstapel einen Riss auf dem rechten Handrücken zugezogen. Hering bemerkte es, als er im VW-Bus seine Hand auf das Lenkrad legte. Sie ergriff sie, zog sie zu sich heran und besah die Wunde. Sie sah nicht harmlos aus.

»Das müssen Sie unbedingt behandeln lassen.« Sie deutete auf das Rettungsfahrzeug.

»Ist doch nur ein Kratzer, hol ich mir ständig bei der Arbeit im Wald«, antwortete er und wollte den Wagen starten.

Hering griff seine Hand und zog sie vom Zündschlüssel. »Bitte!«

Hecht überlegte einen Augenblick und sah ihr lächelnd in die besorgten Augen. »Also gut!«

***

Junker saß am Tisch im Vernehmungsraum. Ihm gegenüber hatten sich Hecht und Hering auf Stühlen platziert.

»Hätten Sie die Böllerkanone wirklich abgefeuert?«, fragte Hering abschließend. Sie sah ihm dabei direkt in die Augen.

Junker wich ihrem Blick aus, drehte sich zur Seite, sagte nichts. Die Kriminaloberrätin wartete einen Augenblick. Dann bedeutete sie dem Beamten an der Tür, ihn hinauszubegleiten.

»Tja, bin mal gespannt, wie das für den ausgeht«, sagte sie, als er den Raum verlassen hatte.

»Hhm. Da haben wir ...« Hecht begann aufzuzählen, »Diebstahl von Kanone und Fahrzeug ...«

»Wird sich zeigen, wie das die Stadtverwaltung sieht«, warf Hering ein.

»... versuchter Mord ...«

»Ist die Frage, ob das die Richter auch so sehen.«

»... zumindest aber gefährliche Körperverletzung und Freiheitsberaubung«, fuhr Hecht fort.

»Da ist bestimmt mit Bewährung noch was zu machen.«

Hecht gab auf.

***

Wilkens trug einen Kopfverband. Die Ärzte diagnostizierten eine Gehirnerschütterung, die von Junkers Schlag mit der Schaufel herrührte. Sie hatten ihn für nicht vernehmungsfähig erklärt. Doch er bestand vehement darauf, mit den Ermittlern zu reden. So fuhren die beiden nach Junkers Vernehmung in das nördlich von Gmünd liegende Stauferklinikum nach Mutlangen.

Wilkens saß aufrecht auf dem Krankenbett und sprach bereits seit einer halben Stunde über Tessa Brenner. Völlig emotionslos und sachlich beantwortete er die Fragen der Polizisten. Dann kam er von sich aus auf Nadolny zu sprechen. Nach seiner Haftentlassung hatte der ihn im Süden ausfindig gemacht und seinen Anteil an der Beute gefordert. Nur in der Hoffnung, mit dem Geld ein besseres Leben nach der Haft führen zu können, hatte er die ganzen Jahre im Gefängnis durchgehalten und Wilkens nicht verraten.

»Einen Tag lang habe ich ihm erst mal die Stadt gezeigt. Selbst wenn ich gewollt hätte, ich hätte ihm seinen Anteil nicht geben können. Ich hatte ihn nicht mehr.«

»Was haben Sie damit gemacht?«, wollte Hering wissen.

»Verzockt!«

»Und wie?«

»Optionsscheine, Warentermingeschäfte und all so'n Zeug.«

Hering runzelte die Stirn. Hecht schüttelte verständnislos den Kopf. Wilkens machte eine bedauernde Handbewegung und sprach weiter. »Ich wusste genau, der würde nicht lockerlassen, würde sein Leben lang an mir kleben. Wie eine Zecke, bis er sein Geld hatte.« Er sah die beiden an als wollte er um Verständnis bitten. »Aus der Nummer wäre ich doch nie wieder rausgekommen, wäre total erledigt gewesen.«

Die Ermittler zeigten keinerlei Reaktion.

»Ich hatte mir geschworen, dass Barbara von dem Kapitel meines Lebens niemals erfahren würde. Er hat mich erpresst, stellte mir ein Ultimatum. Drohte, mich bei der Polizei anzuzeigen. Ihm war das ja egal, er hatte ja seine Strafe schon abgesessen.«

Hecht und Hering hatten den Eindruck, dass ihm das Gespräch Erleichterung verschaffte.

Seine Stimme wurde leiser. »Am nächsten Tag habe ich ihn auf das Brachland an der Rems gelockt und ...« Wilkens verstummte.

Die beiden Polizisten ließen ihm Zeit.

»... dann habe ich ihn dort verscharrt. Das Grundstück war nichts wert, damals. Da war noch nicht bekannt, dass die Ortsumgehung der B 29 dort verlaufen, geschweige denn, dass es eine Baustelle mit diesem Ausmaß geben würde. Sonst wäre ich doch nicht so dumm gewesen, ihn dort ...« Dann schwieg Wilkens.

***

Es war gewiss nicht so, dass sich Stefan die letzten Tage keine Gedanken über den Schlamassel gemacht hätte, in dem er steckte. Insgeheim fragte er sich, ob vielleicht das Sparen und das Warten auf einen Roller oder gar auf ein Auto nicht wirklich besser gewesen wäre.

»War wohl nicht okay, die Aktion bei der Hütte vom Strümpfelmüller-Karl«, seufzte Stefan und wartete gespannt auf die Reaktion seines Vaters, der mit Patriz am Esszimmertisch saß.

Der sagte erst einmal nichts, sah nur zu Simone in die Küche hinüber. Die gab ihm mit einem Blick zu verstehen, dass ihm die Aufgabe zufiel, das letzte Wort in der Angelegenheit zu sprechen.

»Ich helfe dir auch mal beim Holzmachen«, legte Stefan in reuigem Ton nach. Simone riss erstaunt den Mund auf, als sie das hörte. Unglaublich, was für ein Opfer ihr Junge da bringen wollte. Auch Patriz wurde hellhörig.

»Drei Mal!«, rief Hecht und streckte seinem Sohn drei gespreizte Finger entgegen.

»Oh nee, Mensch Dad«, entgegnete Stefan gequält.

»Zwei Mal, und basta!«, zementierte er mit energischem Ton die Bedingungen. Stefan akzeptierte zähneknirschend.

»Ein Hecht steht zu seinen Taten und regelt das wieder«, sagte seine Mutter mit einer Bestimmtheit, die Hecht und auch Patriz in Erstaunen versetzte. »Und dem Strümpfelmüller-Karl, dem hilfst du bei der Reparatur des Bienenstandes«, legte sie noch eins drauf.

Stefan verzog das Gesicht. Patriz hörte nur erstaunt zu.

»Das ist doch selbstverständlich, nicht wahr?«, meinte Simone mit einem Augenzwinkern und einem Seitenblick zu Hecht. Der sah seinen Sohn von unten herauf an.

»Der Mofaroller, der gehört ja jetzt dir«, begann er vorsichtig.

»Logisch!«, antwortete der Junge.

»Der muss noch repariert werden«, fuhr Hecht fort.

Sein Sohn horchte auf, glaubte, seinen Ohren nicht zu trauen.

»Da brauchen wir zur Reparatur noch den einen Spiegel,

Scheinwerferglas und ein neues Schutzblech. Wo des Ding steht, weiß ich.«

»Woher?«, fragte er.

»Ich bin ja schließlich bei der Kripo. Und die Teile, die habe ich gestern schon besorgt.«

»Mensch Dad ...« Stefans Augen wurden feucht. Simone glaubte, ein Tränchen über seine Wange kullern zu sehen.

Wäre es nicht uncool gewesen, Stefan hätte seinen Vater am liebsten umarmt. Der winkte verlegen ab. Auch Patriz schien zufrieden zu sein. Mit einem lauten Schniefen zog er sich genüsslich eine Prise Schnupftabak in die Nase.

»Der Rettig konnte Frau Stegmaier überreden, die Anzeige zurückzuziehen«, rückte nun Simone heraus.

Stefan strahlte.

»Und übrigens, du hast Glück gehabt. Des Mofa war nicht frisiert.« Hecht grinste wie ein Honigkuchenpferd.

Stefans Miene jedoch verfinsterte sich. Eigentlich müsste er wegen dieser Nachricht froh sein, fiel doch deshalb die Strafe milder aus. Sein Gesicht lief rot an. Er ballte die Fäuste und schnaufte. »Dann wollte mich der Daniel bescheißen!« rief er entrüstet.

Patriz verfolgte die Diskussion weiter aufmerksam und hatte bisher nichts dazu gesagt, nur geschmunzelt. »Ich kann des verstehen, dass der Bua net mit deim alten, frisierten Mofa rumfahra will«, mischte er sich nun ein.

»Hä?«, entfuhr es Stefan, »dein Mofa ist frisiert? Und bei mir, da machst du so einen Aufstand«, raunzte er seinen Vater an.

Hecht verzog das Gesicht und sah Patriz vorwurfsvoll an. Dessen Schnurrbart begann zu vibrieren. Er zog den Kopf ein und drehte sich zur Seite.

»Den Motor hätte ich vorher natürlich ordnungsgemäß hergerichtet«, erklärte Hecht.

»Mensch, Anton«, wandte Patriz sich an seinen Sohn, »jetzt sei amal ehrlich. Du bischt doch früher auch net mit meiner alten zammagerosteten Quickli rumgefahren.«

»Du hast mir ja nicht erlaubt, es umzulackieren.«

»Des war doch nur, weil du obedingt den Kopf von dem, ähm, diesem Revoluzzer ...« Patriz überlegte.

»Che Guevara«, sagte Hecht genervt.

»... weil du den ganz groß auf den Benzintank draufmala wolltest.«

»Und warum hast du mir des damals nicht erlaubt?«, fragte Hecht vorwurfsvoll.

»So hättescht du doch net im Dorf rumfahra könna. Des waren noch andere Zeita. Da wären mir ja gleich als Kommunisten verschrien worda.«

Stefan und Simone verfolgten genüsslich das Vater-Sohn-Gespräch. Aber Stefan hatte auf einmal das Gefühl, seinem Vater weitere Peinlichkeiten ersparen zu müssen. »Wegen der Reparatur von meinem Mofa ...«, begann er.

Hecht war erleichtert, dass endlich das Thema gewechselt wurde, und sah seinen Sohn dankbar an.

»... wenn wir des schon reparieren, dann sollten wir den Auspuff auch gleich richten«, schlug Stefan vor.

Bei dem Wort Auspuff war Hecht zusammengezuckt. »Heilig's Bügeleisen! Morgen früh, die Darmspiegelung«, grummelte er in sich hinein und verließ das Esszimmer.

Simone schmunzelte.

ZEHNTER TAG – FREITAG

Zybura saß von Hering flankiert an einem Tisch im Festsaal der Dienststelle. Die Journalisten warteten gespannt auf den Beginn der Pressekonferenz. Unruhig sah der Chef der Ostalbpolizei zur Eingangstür.

»Na endlich!«, sagte er leise zu Hering.

Schnellen Schrittes kam Hecht auf ihn zu. Der Polizeidirektor blickte ihn vorwurfsvoll an und sah demonstrativ auf seine Armbanduhr.

»Arzttermin! Tschuldigung!« Hecht war noch außer Atem.

»Doch nichts Ernstes?«, fragte Zybura dann doch besorgt.

»Routinecheck.«

»Hätt ich auch mal nötig«, murmelte Zybura vor sich hin. Er bedeutete ihm, rechts neben ihm Platz zu nehmen. Dann strahlte er in die klickenden Kameras. »Meine Damen und Herren, ich darf Sie ...«, begann Zybura seine Ausführungen über die beiden aufgeklärten Mordfälle.

Zehn Minuten lang stellte er die Ergebnisse der Ermittlungen vor. Gegenüber saßen die Vertreter der Printmedien, der regionalen Radiosender und zweier Fernsehsender. Auch vom LKA aus Stuttgart habe man lobende Anerkennung bekommen. Vor allem deshalb, weil es in Gmünd so eine gute, selbständige Kriminaltechnik gebe. Zybura genoss den Erfolg, auch wenn er sich vor der Presse betont bescheiden gab und die Ergebnisse einfach nur als solide Polizeiarbeit seiner Gmünder Dienststelle abtat. Offiziell würde er es nie zugeben, dass er mächtig stolz auf seine Truppe war, die er doch selbst zusammengestellt hatte.

Heute war das auch nicht nötig - man sah es ihm an.

***

Auch den Fall der alten Skelette konnten sie abschließen - wenn auch nicht zu ihrer Zufriedenheit. Obergfell legte Hering und Hecht einen Abschlussbericht vor. Durch umfangreiche Untersuchungen hatte das Denkmalamt herausgefunden, dass die Gebeine nicht von den Wiedertäufern stammten, die im Jahr 1529 enthauptet worden waren. Die Anthropologen grenzten die Lebenszeit der Toten auf etwa 1711 bis 1777 ein.

Aus welchem Grund die Personen außerhalb des Friedhofes am Remswasen beigesetzt worden waren und wer sie gewesen sind, würde wohl für immer ein Rätsel bleiben. Mona Hering hatte nochmals mit dem Stadtarchivar gesprochen. »Die sterblichen Überreste - von wem auch immer sie stammen mögen - werden eine würdige Bestattung auf dem Leonhardsfriedhof bekommen«, berichtete sie.

Trotzdem wollte man endlich der hingerichteten Täufer gedenken, es sollte eine Feier mit der Enthüllung einer Gedenktafel am Schmiedturm geben. Durch dessen Tor waren die zum Tode Verurteilten zu ihrer Hinrichtungsstätte geführt worden. Die Tafel würde neben der Auflistung der sieben Namen folgende Aufschrift bekommen:

Zur Erinnerung
Sieben Täufer wurden am 7. Dezember 1529 durch den Schmiedturm zur Hinrichtung auf dem Remswasen geführt.

Der große Rat der Freien Reichsstadt Gmünd hatte sie am 4. Dezember 1529 zum Tod durch das Schwert verurteilt.

Über neun Monate Haft, Verhör und Folter hatten sie nicht von ihrem Glauben und ihrem Weg der Nachfolge Jesu abbringen können.

***

Hering war happy. Sie setzte sich Hecht gegenüber an den Tisch. Der sah sie aufmerksam an.

»Torben hat versprochen, in den Sommerferien nach Gmünd umzuziehen«, strahlte sie. Ihre Augen leuchteten.

»Toll!«, freute er sich mit ihr.

»Und ich habe Herrn Heckenlaible gebeten, das nächste Grillfest für die Dienststelle zu organisieren.«

»Und?«

»Er hat zugesagt!«

Hecht lächelte zufrieden. Dann fragte er: »Ach ja, haben Sie es schon gehört?«

»Was denn?«

»Sie sind durch!«

Hering schaute ihn fragend an. Sie konnte ihm nicht ganz folgen.

»Vor zwei Stunden erfolgte der Tunneldurchschlag im Osten.«

Die beiden Ermittler saßen im Höhenrestaurant auf dem Segelflugplatz Hornberg. Die großen Panoramafenster und der ausgelichtete Wald ermöglichten einen weiten Blick nach Westen auf die Albkante. Im Gegensatz zu gestern, erlaubte das Wetter heute einen atemberaubenden, kontrastreichen Ausblick auf die Drei Kaiserberge Stuifen, Rechberg und Hohenstaufen. Erst am Horizont verlor sich die Alb im bläulich schimmernden Dunst. Die Aussicht gefiel ihr.

»Wenn Ihr Sohn erst einmal hier ist, werden Sie sich schnell wohlfühlen. Ich helfe Ihnen gerne weiter bei der Wohnungssuche. Und dann auch beim Umzug.«

»Aha! Sie waren das wohl mit den Vermietungsinseraten in den Anzeigenblättern«, vermutete Hering.

Hecht sagte nichts, sah verlegen zum Fenster hinaus. Dann griff er in seine Jackentasche, zog ein Stück Papier heraus, faltete es auf, strich es glatt und legte es wortlos vor ihr auf den Tisch. Sie nahm das Papier und überflog es. Erwartungsvoll musterte er sie.

Sie blickte auf und sah ihn mit einem ungläubigen Blick von unten herauf an. Oben auf dem Blatt stand mit großen Buchstaben *Altersgenossenverein 1969 – Aufnahmeantrag*. Sie faltete es zusammen, steckte es in ihre Handtasche und sagte lächelnd zu ihm: »Ich überleg's mir, dauert ja noch bis zum nächsten Fest. Ach übrigens, das mit Ihrer Versetzung nach Aalen ist vom Tisch. Das war wirklich nur ein Gerücht«, sagte Hering und zwinkerte dabei.

Hechts zufriedenem Gesicht sah man die Erleichterung an.

Sie nahm ihr Weinglas und blickte zum Fenster hinaus. »Ist das schön hier, so urig, die Landschaft, und vor allem die Menschen.«

Er griff nach seinem Weizenglas. Sie prostete ihm zu.

Anton Hecht druckste ein wenig herum und begann dann langsam und vorsichtig: »Dafür, dass Sie einen Doppelnamen tragen, dafür sind Sie eigentlich ganz in Ordnung.«

»Eigentlich hab ich ja auch gar keinen Bindestrich-Namen. Den Schweizer habe ich seit der Scheidung abgelegt und im Norden gelassen. Hier bin ich die Hering, Herr Hecht.«

Herzlichen Dank

an alle, die mich bei den Recherchen zu diesem Kriminalroman und sonst in irgendeiner Weise unterstützt haben. Vor allem an Almut, Christine, Christof, Dagmar, Daniel, Edwin, Helmut, Herbert und Susanne, an Hermann Staudenmaier, den Leiter der Kriminalpolizei-Außenstelle Schwäbisch Gmünd, und an meine Lektorin Dr. Anette Kleszcz-Wagner.

Vom selben Autor

Gerd Zipper, Der Übervater
228 Seiten, Paperback, Originalausgabe Juni 2014
ISBN 978-3-95475-081-8

Zwei Verbrechen in einer Nacht beschäftigen die Gmünder Kripo. Zuerst der Raub eines wertvollen barocken Gewehres aus dem Prediger, und kurz darauf der Mord am Sohn des Gold- und Schmuckfabrikanten Bamberger.
Hauptkommissar Anton Hecht und seine Chefin, Kriminaloberrätin Mona Hering, treffen auf einen Patriarchen, dem der Erhalt der Familiendynastie über alles geht. Sein verbissenes Festhalten an alten Traditionen hat schon in der Vergangenheit Leben zerstört. Abgründe tun sich vor den Ermittlern auf. Und plötzlich stellt eine grausame Überraschung sie vor ein schier unlösbares Problem.
Wird es ihnen gelingen, weitere Menschen vor dem Tod zu bewahren?

Inselkrimis im Prolibris Verlag

Antje Friedrichs
Letzte Lesung Langeoog
Paperback, 184 Seiten, ISBN: 978-3-935263-00-9

Antje Friedrichs
Die Langeoog Lektion
Paperback, 232 Seiten, 978-3-935263-48-1

Antje Friedrichs
Letztes Bad auf Norderney
Paperback, 204 Seiten, ISBN 978-3-935263-17-7

Klara G. Mini
Badezeiten
Langeoog Krimi
Paperback, 222 Seiten, ISBN 978-3-935263-64-1

Birgit C. Wolgarten
Und es wurde Nacht
Rügen Krimi
Paperback, 251 Seiten, ISBN 978-3-935263-24-5

Volker Streiter
Mörderische Nachsaison
Amrum Krimi
Paperback, 216 Seiten, ISBN 978-3-935263-95-5